Ingrid Geiger

Nougatherzen

Ingrid Geiger

Nougatherzen

ROMAN

Silberburg·Verlag

Ingrid Geiger, geboren 1952 in Reutlingen. Ihre Jugend- und Studienzeit verbrachte sie in Köln. Nach ihrer Heirat kehrte sie nach Baden-Württemberg zurück. Sie lebt heute mit ihrer Familie in einer ländlichen Gemeinde am Fuß der Schwäbischen Alb. Ab 1988 veröffentlichte sie zunächst Kinderbücher, dann Gedichte in schwäbischer Mundart und heitere Familienromane.

Quellennachweis:

Seite 6: Christine Brückner, »Alles verändert sich« und Seite 59: Christine Brückner, »Dem gleichen Jahrgang« sind aus: Christine Brückner, Lachen, um nicht zu weinen, © 1985 Ullstein Buchverlage GmbH, Berlin.

Seite 150: Erich Fried, »Dich« ist aus: Erich Fried, Liebesgedichte, © 1979 Verlag Klaus Wagenbach GmbH, Berlin.

Seite 110: Anne Steinwart, »Wünsch dir was« ist aus: Anne Steinwart, Wer hat schon Flügel, © 1984 Mosaik Verlag, München.

1. Auflage 2013

© 2013 by Silberburg-Verlag GmbH,
Schönbuchstraße 48, D-72074 Tübingen.
Alle Rechte vorbehalten.
Umschlaggestaltung: Christoph Wöhler, Tübingen.
Coverfoto: © BeTa-Artworks – Fotolia.com.
Druck: Gulde-Druck, Tübingen.
Printed in Germany.

ISBN 978-3-8425-1276-4

Besuchen Sie uns im Internet
und entdecken Sie die Vielfalt
unseres Verlagsprogramms:
www.silberburg.de

Meinen Eltern in Liebe gewidmet

*Alles verändert sich mit dem,
der neben einem ist oder neben einem fehlt.
(Christine Brückner)*

Elly

Unverhofft kommt oft.
(Sprichwort)

Der Tag, an dem der Unbekannte in Neubach auftauchte, veränderte Ellys Leben.

Mit 83 Jahren erwartete sie nicht mehr viel Neues. Bald würde sie noch einmal Urgroßmutter werden und am nächsten Montag würden die Maler anrücken, um das Wohnzimmer und die Diele neu zu tapezieren. Aber das war auch schon alles.

Elly hatte beschlossen, einen der letzten ruhigen Tag vor der Renovierung in Theas Café zu verbringen. Bei Kaffee und Apfelkuchen lauschte sie der Geschichte über den mysteriösen Unbekannten.

»Du hasch no nix drvo ghört?«, fragte Trudi ungläubig. »Ganz Neubach schwätzt drvo. 's isch doch scho heut Morge bassiert!«

Sensationen verbreiteten sich schnell in Neubach, aber sie waren nicht dazu angetan, die bunten Blätter der Regenbogenpresse zu füllen. Ehebrüche, Scheidungen, verfrühte Todesfälle, eine kleine Überschwemmung im Ortskern, ein ausgebrannter Dachstuhl im vergangenen Jahr, den die Freiwillige Feuerwehr schnell gelöscht hatte, und eine Garage, die ohne Genehmigung gebaut worden war. Mehr hatte Neubach nicht zu bieten. Aber diese Neuigkeiten sprachen sich schnell herum, beim Bäcker, beim Metzger, in der Apotheke und seit zwei Jahren auch in Theas Café.

Theas Café war eine Bereicherung für den Ort – und für Elly. Viele waren anfangs skeptisch gewesen, ob es sich halten könne. Franziska, die Besitzerin, hatte etliche Widerstände überwinden müssen, aber inzwischen lief ihr Café sehr gut.

Auch von außerhalb kamen Gäste, denn Theas Café war etwas ganz Besonderes. Benannt war es nach Franziskas Freundin Thea, die ihr das Haus vererbt hatte, verbunden mit dem Wunsch, dass Franziska darin ein Café eröffnen solle, ein Buchcafé.

Elly gehörte inzwischen zu Franziskas Stammkundinnen. Sie liebte es, es sich auf einem der Sessel oder Sofas bequem zu machen, Kuchen zu essen, Kaffee zu trinken und dabei in einem der vielen Bücher zu schmökern, die die Regale füllten. Man konnte diese Bücher nicht kaufen und auch nicht ausleihen, aber für Freundinnen und Stammkunden machte Franziska manchmal eine Ausnahme.

»Bestimmt war der Autofahrer viel z' schnell«, vermutete Trudi. »Des kennt mr ja.«

Franziska, vierzig Jahre jünger als Trudi und im Gegensatz zu dieser Autofahrerin, ergriff Partei für den gescholtenen Fahrer. »Vielleicht war der alte Herr ja auch unvorsichtig, ist plötzlich hinter dem Bus aufgetaucht und zu schnell auf die Straße getreten.«

»Zu schnell? In dem seim Alter?« Trudi schnaubte empört.

Thea hatte Franziska nicht nur ihr Haus vererbt und ihr den Wunsch nach einem Buchcafé ans Herz gelegt, sondern auch ihre Freundin Trudi. Die half trotz ihres Alters tatkräftig beim vormittäglichen Kuchenbacken und nutzte am Nachmittag jede sich bietende Gelegenheit, mit den Gästen ins Gespräch zu kommen.

»Aber du woisch ja no net alles«, verkündete Trudi triumphierend und legte eine spannungsgeladene Kunstpause ein. »Mr woiß nämlich net, wer der Ma isch!«

»Na ja, man kann ja nicht jeden kennen, der mit dem Bus nach Neubach kommt«, warf Elly ein.

»Du verstohsch net. Der woiß selber net, wer er isch. Der woiß net amol, wie 'r hoißt und wo 'r wohnt. Der hat durch den Unfall sei Gedächtnis verlore.«

»Mein Gott, das ist ja schrecklich. Aber er muss doch irgendwelche Papiere bei sich gehabt haben!«

»Ebe net!«

Vermutlich war Elly eine der Letzten in Neubach, die vom Unfall des großen Unbekannten erfuhr. Er war an der Haltestelle Teckstraße aus dem Bus ausgestiegen und von einem vorbeifahrenden Auto erfasst worden. Die Verletzungen waren nicht allzu schwer, eine Gehirnerschütterung und ein paar Prellungen. Man hatte ihn »in die Röhre geschoben« und eine Computertomographie von seinem Kopf gemacht.

Wie all diese Nachrichten vom Göppinger Krankenhaus so schnell ihren Weg nach Neubach fanden, war leicht zu erklären. Sabrina, die Tochter von Bäcker Nägele, arbeitete als Krankenschwester in der Klinik am Eichert und hatte alle Neuigkeiten umgehend nach Hause gemeldet.

»Wie schrecklich«, sagte Elly. »Der arme Kerl kann nicht mal seinen Sohn oder seine Tochter verständigen, damit sie ihn besuchen kommen und ihm Geld oder Wäsche vorbeibringen.«

»Hat der an Sohn und a Tochter? Woher woisch denn du des?«, fragte Trudi erstaunt.

»Ich weiß gar nichts, auch nicht, ob er Kinder hat. Aber das weiß er wohl selbst nicht, wenn er sein Gedächtnis verloren hat. Also kann er auch niemanden um Hilfe bitten.«

Diesen Aspekt der Sache hatte Trudi, ganz von der Sensation der Geschichte gefangen genommen, noch gar nicht beachtet. Jetzt kam ihr mitleidiges Herz zum Vorschein. »O je, der arme Kerle. I woiß ja, wie's mir gange isch vor zwoi Jahr, wo i mir mein Arm broche han. Wenn i da d' Franziska net ghabt hätt. Die hat na au glei mei Sabine agrufe. I könnt den Ma ja mol bsuche und em ebbes vorbeibringe.«

Das unbekannte Unfallopfer beschäftigte die Gäste in Theas Café an diesem Nachmittag noch lange. Und auch die Frage, wer er wohl war und ob man an einem haltenden Bus überhaupt vorbeifahren dürfe.

Das Gespräch erhielt neue Nahrung, als Karl sich zu der Runde gesellte. Karl Fröschle war einer der drei Rentner, die sich die Wohnung im ersten Stock über dem Café teilten, und, wie Elly vermutete, Franziskas zukünftiger Schwiegervater. Er war am Morgen auf dem Weg zur Apotheke an der Unfallstelle vorbeigekommen.

»Aber da war's scho bassiert. I bin au gar net stande bliebe, 's wared scho gnug Gaffer da, die dr Polizei und em Krankewage im Weg gstande sin. Helfe hätt i ja nix meh könne.«

Trotzdem war Karl als unmittelbarer Unfallzeuge ein gefragter Gesprächspartner. Auch seine beiden Mitbewohner, Hugo Carstens und Ernst Blickle, nahmen rege am Gespräch teil.

Als Elly sich auf den Heimweg machte, waren ihre Gedanken noch immer bei dem Unbekannten, voller Mitgefühl, aber in der Annahme, dass sie mit der Sache nichts zu tun habe.

Das änderte sich, als es abends an ihrer Tür klingelte. Draußen stand Uli Eberle, Polizist und der Mann von Franziskas bester Freundin Paula.

»Hallo, Frau Engelmann, tut mr leid, wenn i heut Obend no störe muss, aber 's isch wichtig. Dürft i gschwind reikomme?«

Einen Polizisten vor der Tür stehen zu sehen, fand Elly grundsätzlich beunruhigend. Aber sie erwartete keine schlechten Nachrichten. Die Zeiten, als sie abends unruhig auf das Nachhausekommen ihrer Töchter gewartet hatte, waren lange vorbei. Und sie war sich auch keines Vergehens bewusst.

Neugierig bat sie Uli herein. »Darf ich Ihnen etwas anbieten? Ein Bier vielleicht oder ein Glas Wein?«

»Vielen Dank, aber i bin ja mit em Auto da«, winkte Uli ab.

»Na, Sie werden sicher keinen Strafzettel bekommen«, lachte Elly. »Aber ich will Sie natürlich nicht in Versuchung führen. Ein Glas Wasser vielleicht?«

Uli lehnte dankend ab.

»Wie geht's Paula und den Kindern?«

»Danke, gut. Na ja, dr Leon hat sich dr Fuß verstaucht, aber des isch ja net schlimm.« Uli rutschte ein wenig unruhig auf dem Sofa hin und her. Dann rückte er mit der Sprache heraus. »Frau Engelmann, der Mann, der da heut in dr Teckstraß agfahre worde isch, kenned Sie den?«

Elly sah Uli erstaunt an. »Ich? Aber nein. Das heißt, ich kann es mir nicht vorstellen, aber ich habe ihn ja gar nicht gesehen, also ... keine Ahnung. Warum fragen Sie?«

»Deshalb«, sagte Uli und schob einen Zettel über den Couchtisch zu Elly hinüber.

»Was ist das?«

»Lesen Sie!«

»Da steht mein Name und meine Adresse drauf. Und, was ist damit?«

»Des«, sagte Uli, »hen mir bei dem Mann in dr Jackedasch gfunde. Koin Ausweis, koi Kreditkart, koi Krankekart, nix. Bloß den Zettel mit Ihrem Name und Ihrer Adress. Könned Sie sich des erkläre?«

Elly schüttelte verwundert den Kopf. »Wie sieht denn der Mann aus?«

Uli drückte auf den Tasten seines Handys herum und schob es dann ebenfalls zu Elly hinüber. Das Display zeigte das Foto eines älteren Herrn, der ernst in die Kamera blickte.

»Des han i heut im Krankehaus gmacht. Der Mann isch zirka einen Meter fünfundsiebzig groß, schlank, etwa achtzig Jahr alt, hat volles weißes Haar, braune Auge, war gut, aber net auffallend gekleidet, gängige Markeware halt, koine bsondere Kennzeiche. I han scho d' Vermissteazeige durchforschtet, aber offesichtlich wird 'r nirgends vermisst. Na ja, 's isch ja au erscht heut Morge bassiert. Er isch am Busbahnhof eigstiege. Kann sei, dass 'r aus Göppinge oder Umgebung komme isch. Kann aber au sei, dass 'r mit em Zug akomme isch, von irgendwoher, aus Stuttgart oder Frankfurt oder Hamburg. Er spricht Hochdeutsch, kann also von überall her sei. Aber so, wie's aussieht, war 'r auf em Weg zu Ihne. Erwarted Sie jemand? En Vertreter vielleicht? Oder jemand von dr Versicherung? Ihr Aussag wird von mir selbstverständlich vertraulich behandelt«, betonte Uli und sah Elly erwartungsvoll an.

»Ich kenne den Mann auf dem Foto nicht. Und ich erwarte auch niemanden. Wie kommen Sie denn darauf?«

»Gehen Sie manchmal ins Internet?«

»Ich?«

»Na ja, könnt doch sei.« Uli war das Gespräch jetzt offensichtlich etwas unangenehm. »I moin, wenn Ihne der Mann net bekannt isch, aber ganz offesichtlich mit Ihrer Adress in dr Tasch auf em Weg zu Ihne war, na könnt's doch sei, dass des a Internetbekanntschaft isch.«

»Sie meinen, ich suche Bekanntschaften im Internet? Also wirklich! Was denken Sie denn von mir?« Elly war verärgert.

»Des isch doch nix Schlimms«, versuchte Uli Eberle sie zu beruhigen. »Des isch net strafbar und schäme muss mr sich au net drfür. 's gibt viele einsame Leut, die auf die Art jemand kennelerne welled. Des isch ja ganz verständlich. Bloß manchmal sitzt mr da drbei Betrüger auf oder no schlimmere Zeitgenosse. 's sin scho Leut umbracht worde. Erst jetzt wieder a junge Frau im Rheinland. I will Ihne ja koi Angst mache, aber des isch alles scho vorkomme. Also, jetzt däd i doch gern an Schluck Wasser trinke.«

Elly stand wortlos auf und ging in die Küche, um eine Flasche Wasser und ein Glas zu holen. Dabei versuchte sie sich ein wenig zu beruhigen. Gut, dass Uli Eberle als Polizist der Schweigepflicht unterlag. Nicht auszudenken, wenn es im Ort die Runde machte, der Unbekannte sei auf dem Weg zu ihr gewesen. Eine Internetbekanntschaft auf dem Weg zu ihrem einsamen Herzen.

»Dud mr leid«, sagte Uli, als sie ihm das Glas und die Flasche reichte, »i wollt Ihne da net zu nahe trete. Aber i muss halt alle Möglichkeite abklopfe. Wäred Sie denn zu ra Gegenüberstellung im Krankehaus bereit? Eifach um endgültig auszuschließe, dass Sie den Mann kenned. So a Foto auf em Handy kann ja unter Umständ täusche.«

»Was werden denn da die Leute denken?«, warf Elly ein.

Uli Eberle schlug vor, die Gegenüberstellung als nett gemeinten Besuch zu tarnen, als Samariterdienst sozusagen.

»Sie könnted em ja ebbes mitbringe, a bissle Obst oder Praline oder en Saft vielleicht. I werd Sie in Zivil begleite, des fällt net so auf. Und im Krankehaus kennt Se ja au niemand.«

Außer Sabrina, dachte Elly, aber egal. Sie war jetzt selbst neugierig geworden und wollte den großen Unbekannten, der mit ihrer Adresse in der Tasche durch die Lande fuhr, gern kennen lernen.

Der Unbekannte

Das Gedächtnis ist ein sonderbares Sieb:
Es behält alles Gute von uns
und alles Üble von den anderen.
(Stendhal)

Er lag mit geschlossenen Augen im Bett und fischte wieder einmal im Trüben. Er hoffte, den Anfang des Wollknäuels zu finden, den Faden, an dem er ziehen musste, damit das Knäuel seiner Erinnerungen sich wie von selbst abrollen würde.

Der Arzt hatte gemeint, die Chancen stünden gut, dass er seine Erinnerungen wiederfinden würde, aber ob das bald oder später oder vielleicht doch nie sein würde, das konnte er ihm nicht sagen.

Wenn er sein Gedächtnis wenigstens dort verloren hätte, wo es Menschen gab, die ihn kannten. Jemanden, der ihn in seine Vergangenheit zurückführen konnte, ihm sagte, wie er hieß, wo er wohnte, wer seine Familie und seine Freunde waren. Er hoffte, dass es jemanden gab, der ihn vermisste und nach seinem Verbleib forschte.

Sein Bettnachbar war ein freundlicher Mann Mitte vierzig. Er las viel und sprach wenig. Ihm war es recht, denn was sollte der andere auch mit ihm reden. Der sprach schwäbisch, so wie viele Leute hier. Er selbst sprach diesen Dialekt nicht, aber er konnte ihn mühelos verstehen, woraus er schloss, dass er zwar nicht hier geboren war, aber vielleicht hier lebte oder wenigstens einmal gelebt hatte.

Auch in Russland schien er schon gewesen zu sein. Jedenfalls konnte er einiges von dem Gespräch verstehen, das eine Krankenschwester mit der Putzhilfe geführt hatte. Ob er früher vielleicht geschäftlich in Russland zu tun gehabt hatte? Oder ob er im Krieg dort gewesen war? Ob er schon so alt war, dass das zutreffen konnte? Verrückt, nicht einmal zu wissen, wann er geboren war.

Es kamen zwar immer mehr Puzzleteile zusammen, aber die Löcher dazwischen waren so groß, dass er kein Bild erkennen konnte. Mutmaßungen, nichts als Mutmaßungen.

Er hörte, dass es an der Tür klopfte, und schlug die Augen auf.

Den Mann, der die Tür öffnete, erkannte er. Es war der Polizist, der gestern da gewesen war, ihn befragt und ein Foto von ihm gemacht hatte. Aber heute trug er keine Uniform, sondern war in Zivil. Hinter ihm betrat eine ältere Dame das Zimmer. Sie war klein und ein wenig mollig, und ihre großen, braunen Augen bildeten einen lebhaften Kontrast zu ihrem weißen Pagenkopf.

Der Polizist, Herr Eberle, machte ihn mit der Dame bekannt und fragte dann: »Kenned Sie d' Frau Engelmann? Hen Sie die scho mal gsehe oder kommt Ihne die bekannt vor?«

Er musste die Frage verneinen, und auch Frau Engelmann beteuerte, ihn nie gesehen zu haben.

»Ich habe Ihnen Obst mitgebracht«, sagte sie dann und reichte ihm einen Teller mit verschiedenen Früchten. »Ein bisschen von allem, weil ich nicht wusste, was Sie mögen.«

Fast hätte er gesagt: »Ich weiß es doch auch nicht«, denn er konnte sich nicht an den Geschmack der Früchte erinnern. Aber dann bemerkte er, dass die Erdbeeren ihn anlachten, während er auf Bananen keine Lust verspürte. Alles schien er nicht vergessen zu haben.

»Wirklich sehr nett von Ihnen, vielen Dank! Wo ich Ihnen doch nur Scherereien mache.«

»Aber Sie können doch nichts dafür, Herr ... Oh, Entschuldigung.« Frau Engelmann schaute verlegen zur Seite.

»Kein Problem. Es ist ja auch nicht so einfach mit mir. Hier im Krankenhaus nennen sie mich Herr Mustermann – offiziell«, erklärte er mit Blick auf das Namensschild am Fußende seines Betts. »Aber manchmal sagen die Schwestern auch Mister X zu mir. Ich glaube, den Namen hat der Oberarzt sich ausgedacht.«

»Mister X?« Frau Engelmann runzelte die Stirn. »Das finde ich aber keinen sehr netten Namen.«

»Sie dürfen mir gern einen anderen geben«, schlug er vor.

»Wirklich?« Sie musterte ihn ernst. »Wie wär's mit Herbert? Nein, nein, das passt nicht zu Ihnen. Wie ein Herbert sehen Sie wirklich nicht aus. Gregor wäre nicht schlecht. Es klingt ein bisschen vornehm.«

»Vornehm?« Er musste lachen. »Also ich finde, besonders vornehm sehe ich in meinem schicken Krankenhausnachthemd nicht gerade aus.«

Frau Engelmann ging nicht auf seine Aussage ein. »Jetzt hab ich's. Alexander. Ich finde, Alexander passt zu Ihnen. Gefällt Ihnen der Name?«

»Ja«, bestätigte er und schaute sie amüsiert an. Es machte ihm Spaß, wie ernsthaft sie die Sache seiner Namensgebung anging.

»Aber der Nachname, der Nachname ist schwierig«, sagte sie, runzelte konzentriert die Stirn und legte ihren rechten Zeigefinger an die Lippen.

»Dann lassen wir's doch einfach bei Alexander«, schlug er vor.

»Gut.« Sie klang erleichtert darüber, dass es ihr erspart blieb, nach einem passenden Nachnamen für ihn zu suchen. »Aber dann müssen Sie auch Elly zu mir sagen.«

»Einverstanden, Elly. Es ist nett, dass Sie mich besuchen. Ich hoffe, es war keine polizeiliche Vorladung nötig. Zur Gegenüberstellung sozusagen«, meinte er mit einem Blick auf Herrn Eberle.

»Aber nein, das heißt, gewissermaßen natürlich schon. Aber ich habe freiwillig zugestimmt«, versicherte sie ihm. »Und es hat mir wirklich nichts ausgemacht. Ich möchte ja gerne helfen. Es freut mich, Sie kennen zu lernen, auch wenn die Umstände ein wenig ... ungewöhnlich sind.«

Er sah, dass ihr Blick zu der Karte am Fußende seines Bettes schweifte.

»Hat vielleicht jemand einen Kugelschreiber?«, fragte sie dann.

Uli Eberle holte einen aus seiner Hemdtasche und reichte ihn ihr. »Was haben Sie denn vor?«

»Werden Sie gleich sehen«, sagte Elly, zog energisch die Karte aus ihrer Plastikhülle, legte sie auf den Tisch und begann zu schreiben. »So«, sagte sie dann und zeigte ihm zufrieden ihr Werk. Sie hatte »Herr Mustermann« durchgestrichen und stattdessen »Herr Alexander« auf die Karte geschrieben. »So gefällt's mir besser.«

Er schaute sie verdutzt an, dann musste er laut lachen. Das erste Mal, seit er hier gelandet war. Elly, Herr Eberle und sein Bettnachbar stimmten in das Gelächter ein.

»Sollten Sie deswegen Ärger bekommen, verweisen Sie die Herrschaften ruhig an mich. Sagen Sie ihnen, dass jeder Mensch ein Recht auf einen vernünftigen Namen hat, ob mit Gedächtnis oder ohne. Das spielt in diesem Fall überhaupt keine Rolle. Brauchen Sie noch etwas? Etwas zu lesen vielleicht?«, fragte sie dann.

»Danke, sehr freundlich, aber die ›Grünen Damen‹ waren schon bei mir. Sie sind sehr hilfsbereit.« Er wollte nicht darauf hinweisen, dass das Guthaben in seinem Geldbeutel sich auf genau 172 Euro und 89 Cent belief und dass er keine Möglichkeit sah, es irgendwie aufzufüllen. »Und mein Bettnachbar, Herr Schneider, ist so nett und gibt mir seine Tageszeitung, wenn er sie gelesen hat.«

»Na hen Sie ja sicher gsehe, dass Sie heut in dr Zeitung sin, mit Foto«, mischte sich jetzt Herr Eberle ein. »Mir hoffed, dass Sie jemand kennt und uns an Tipp gebe kann – falls Sie aus dr Gegend sind. Isch Ihne no ebbes eigfalle?«

»Nicht viel. Ich scheine Schwäbisch und Russisch zu verstehen. Und Erdbeeren zu mögen«, fügte er mit einem Lächeln in Ellys Richtung hinzu, das Elly erwiderte.

Die beiden blieben nicht mehr lange. Elly gab ihm zum Abschied die Hand und legte ihre Linke warm und beruhigend auf seinen Arm.

»Machen Sie's gut. Ich werde wieder vorbeischauen«, versprach sie und lächelte ihn an.

»Das ist nett«, sagte er. »Ich weiß allerdings nicht, wie lange man mich noch hierbehält. Und danke für den Namen.«

»Es war mir ein Vergnügen«, schmunzelte Elly.

Als die Tür sich hinter ihr geschlossen hatte, fühlte er sich einsamer als noch ein paar Minuten zuvor, aber sehr viel besser als vor ihrem Besuch. Er seufzte, legte sich auf sein Kissen zurück und schloss die Augen.

Elly

Es ist das Herz, das gibt.
Die Hände geben nur her.
(Aus Zaire)

Als Uli sie nach Hause fuhr, fragte Elly ihn, wie es mit Alexander weitergehen würde. Wenn das Krankenhaus ihn entlasse, müsse man nach einer Bleibe für ihn suchen, war Ulis Antwort. Er vermute, dass man versuchen werde, ihn im Haus Linde in Göppingen unterzubringen.

»Im Haus Linde?«, fragte Elly entsetzt. »Bei den Obdachlosen?«

Ulis Entgegnung, dass Alexander momentan ja wohl nichts anderes sei, fand Elly herzlos. Natürlich hatte das Schicksal Alexander aus der Bahn geworfen, ihn unverschuldet zu einem Mann ohne Heimat gemacht, aber für Elly war er ein Gentleman. Sie war noch nie im Haus Linde gewesen, kannte es nur von außen und war überzeugt davon, dass es sich dabei um eine segensreiche Einrichtung handelte, aber sich Alexander dort vorzustellen – unmöglich!

Am folgenden Tag besuchte Elly Alexander noch einmal im Krankenhaus. Sie sah, dass er sich über ihr Kommen freute.

»Ich habe Ihnen etwas mitgebracht«, sagte sie und packte ihre große Tasche auf seinem Bett aus. »Zuerst ein bisschen Lesestoff. Ich wusste nicht, was Sie gerne lesen. Schließlich habe ich mich für ›Die Himmelsstürmer‹ entschieden, von Alex Capus. Es sind Porträts von außergewöhnlichen Menschen, Madame Tussaud zum Beispiel und Jean-Paul Marat. Oder die Lebensgeschichte von Regula Engel. Sie hat zu Zeiten Napoleons gelebt, ist mit ihm in den Krieg gezogen und sogar in die Verbannung nach Elba gefolgt. Nebenher hat sie ihrem Mann einundzwanzig Kinder geboren, von denen ihr zuletzt nur drei geblieben sind. Ist das nicht eine unglaubliche Geschichte? Und sie ist nicht erfunden, sie ist wahr. Man kann es in Regula Engels Memoiren nachlesen. Nun ja, Ihnen als Mann gefällt vermutlich die Geschichte von dem Ballonfahrer besser oder die vom Privatlehrer der letzten Zarenfamilie. Ich fand das Buch jedenfalls sehr interessant und spannend, richtig gut geschrieben, und ich dachte, es ist nicht so dick und schwer. Jede Geschichte ist abgeschlossen. Das kann man gut im Krankenhaus lesen.«

Alexander schaute sie lächelnd an.

»Was ist?«, fragte Elly irritiert. »Habe ich etwas Falsches gesagt?«

»Nein, überhaupt nicht. Ich finde es nur rührend, dass Sie sich so viele Gedanken um mich machen. Und wie Sie sich für das Buch begeistern können! Als ob Sie es mir verkaufen wollten. Waren Sie einmal Buchhändlerin?«

Elly lachte. »Nein, aber ich lese für mein Leben gern. Das Buch habe ich bei Franziska entdeckt, und dann habe ich es mir gekauft.«

»Ist Franziska Ihre Freundin?«

»Eine gute Bekannte, würde ich sagen. Na ja, vielleicht sogar eine Freundin, obwohl sie viel jünger ist als ich. Sie betreibt das Buchcafé im Ort. Ich werde Sie einmal dorthin mitnehmen. Es wird Ihnen bestimmt gefallen. Aber heute gehen wir erst mal ins Krankenhauscafé unten im Erdgeschoss. Haben Sie Lust?«

»Lust schon. Aber ...« Alexander sah an sich herunter. »So? Wenn ich aufstehe, habe ich von hinten eine verblüffende Ähnlichkeit mit Adam im Paradies. Und ich fürchte, die Sachen, die ich vorher getragen habe, haben den Unfall nicht besonders gut überstanden.«

Elly strahlte. »Das ist kein Problem. Ich habe Ihnen etwas mitgebracht. Einen Herrenschlafanzug hatte ich leider nicht, nur einen Bademantel. Er ist von meinem verstorbenen

Mann. Ich hoffe, es macht Ihnen nichts aus. Er ist frisch gewaschen. Und ich denke, er müsste Ihnen passen, mein Mann hatte in etwa Ihre Statur. Bei einem Bademantel kommt's ja auch nicht so genau drauf an. Wollen wir mal probieren? Ich schau Sie auch nicht von hinten an, versprochen.«

Alexander lachte. »Warum tun Sie das alles für mich? Sie kennen mich doch gar nicht.«

»Nun, erstens sind Sie mir sympathisch«, erklärte Elly. »Zweitens brauchen Sie dringend jemanden, der sich um Sie kümmert. Drittens finde ich, dass ich dazu verpflichtet bin, weil Sie offensichtlich auf dem Weg zu mir waren, aus welchem Grund auch immer. Und außerdem habe ich Sie gewissermaßen getauft. Und eine Taufpatin übernimmt Verantwortung für ihr Patenkind, wie Ihnen vielleicht bekannt sein sollte. Das sind doch Gründe genug, oder? Also, wollen Sie den Mantel mal anprobieren?«

Es gab noch eine kurze Diskussion, weil Alexander sein kostbares Geld nicht für Kaffee ausgeben, sich aber auch nicht von Elly einladen lassen wollte. In seiner Generation sei es üblich, dass der Mann die Frau einlade und nicht umgekehrt.

»In unserer Generation ist es auch üblich, dass man als Gentleman einer Frau seinen Schutz und seine Begleitung anbietet und sie nicht allein ins Café gehen lässt«, konterte Elly, und Alexander gab sich von dieser etwas geschwollenen Rede geschlagen.

Im Café angekommen bestellte Alexander sich eine Tasse Kaffee an der Selbstbedienungstheke, aber nichts zu essen. Elly hätte sich wohler gefühlt, wenn er mit Genuss ein belegtes Brötchen oder ein großes Stück Kuchen verspeist hätte. Sie befürchtete, dass seine Bescheidenheit nicht auf mangelnden Appetit, sondern auf seine prekäre finanzielle Lage zurückzuführen war, die ihn zwang, sich von ihr einladen zu lassen. Andererseits konnte sie ihn gut verstehen. Ihr würde es auch nicht leichtfallen, Almosen von fremden Leuten anzunehmen.

Ihre Befürchtung, dass das Gespräch mit Alexander durch sein Handicap, wie Elly seinen Gedächtnisverlust nannte, schwierig sein würde, erwies sich als unbegründet. Natürlich bestritt Elly den Löwenanteil der Unterhaltung, erzählte von ihrer Familie, von Theas Café und ihrer bevorstehenden Hausrenovierung. Aber seine Einwürfe waren intelligent und humorvoll. Elly stellte fest, dass sie sich nicht nur aus Mitleid um Alexander kümmerte, sondern auch, weil er ihr wirklich sympathisch war.

Bevor sie nach Hause ging, nahm sie die Kleidung aus Alexanders Schrank mit.

»Ich werde die Sachen waschen und die Hose in die Reinigung bringen. Ihre Jacke gebe ich am besten Trudi. Im Gegensatz zu mir ist sie im Nähen sehr geschickt. Sie kann den Riss in Ihrer Jacke sicher besser flicken als ich. Schließlich können Sie das Krankenhaus nicht im Adamskostüm verlassen. Wann ist es denn so weit?«, fragte sie ein wenig bange.

»Übermorgen, hat der Arzt gesagt. Ich bin sozusagen austherapiert. Meine Prellungen heilen von selbst und für mein Gedächtnis können sie ohnehin nichts tun.«

»Machen Sie sich keine Sorgen. Mir wird schon etwas einfallen«, beruhigte ihn Elly.

Elly war tatsächlich etwas eingefallen, nachdem sie die halbe Nacht wachgelegen hatte.

»Ich werde Alexander zu mir nehmen«, verkündete sie am nächsten Nachmittag ihren Freunden in Theas Café.

Es war, als hätte eine Bombe eingeschlagen. Alle redeten aufgeregt durcheinander.

»Elly, du bist verrückt! Du kennst den Mann doch überhaupt nicht!«, meinte Franziska.

»Die Frag isch doch, warum der di Adress bei sich ghabt hat, obwohl du den doch gar net kennsch. Ebbes Guts hat der bestimmt net im Schild gführt«, befürchtete Karl.

»Und eines Morgens wachsch uff und bisch dod, weil der dr dr Schädel eigschlage hat«, warf Trudi ein.

»Deine Hilfsbereitschaft in Ehren«, meinte Hugo, der einzige Nichtschwabe des Rentner-Trios, »aber ich halte die Sache auch nicht für ungefährlich. Sollen sich doch die Behörden um die Angelegenheit kümmern.«

»Du kennst Alexander nicht«, verteidigte sich Elly, »sonst würdest du nicht so reden. Das ist ein feiner, gebildeter Mann, das sieht man auf den ersten Blick. Den kannst du nicht zu den Obdachlosen stecken. Nein, mein Entschluss steht fest, ich hab mir das reiflich überlegt, und mein Bauch sagt mir, dass es richtig ist.«

»Mr darf net immer uff sein Bauch höre. Meiner sagt mr dauernd, i soll ebbes esse, und des isch bestimmt net richtig«, gab Karl zu bedenken und betrachtete nachdenklich seinen Bauch, der sich wie ein Medizinball unter seinem Hemd spannte.

»I flick em sei Jack. I bin ja koi Unmensch. Aber net, wenn 'r nachher schnurstracks drmit zu dir marschiert.«

»Dann mach ich's eben selbst, Trudi, auch wenn's nicht so schön wird wie bei dir«, gab Elly verärgert zur Antwort. »Ich hab gedacht, ihr wärt meine Freunde und würdet mir helfen.«

»Mir moined's doch bloß gut mit dir«, meldete sich jetzt Ernst zu Wort, der dritte Mann aus der Rentner-WG.

Elly sank langsam der Mut. Sie hatte kein Problem damit, Alexander bei sich aufzunehmen, auch wenn alle ihr davon abrieten. Die Sache hatte nur einen Haken. In drei Tagen würden die Maler bei ihr anrücken, morgen würde sie anfangen zu räumen, und in dieser Zeit konnte sie Alexander nicht bei sich beherbergen. Sie hatte daran gedacht, ihn so lange in einem Hotel oder einer Pension unterzubringen. Aber erstens würde Alexander das bestimmt nicht annehmen und zweitens war sie der Meinung, dass es nicht gut war, ihn in seiner Situation allein in einem unpersönlichen Hotelzimmer hausen zu lassen. Dann war ihr die Idee gekommen, ihn für die paar Tage in der Rentner-WG einzuquartieren. Nur, so wie die drei reagiert hatten, wagte sie es kaum noch, ihnen ihren Vorschlag zu unterbreiten. Aber was half's? Eine bessere Idee hatte sie nicht und die Zeit drängte.

»Bei uns? Des wird ja immer besser!«, rief Karl entsetzt. »Mir sin a aständige WG. Für Gauner und Halunke isch bei uns koi Platz!«

»Ich weiß, dass es eine Zumutung ist. Aber es wäre ja nur für ein paar Tage. Und wenn alle Stricke reißen und es mit euch vieren gar nicht klappt, dann nehme ich ihn zu mir, Maler hin oder her, das verspreche ich euch.«

»Sonst kann er bei mir wohnen«, schlug jetzt Franziska vor. »Sarah kommt ja erst in vierzehn Tagen wieder übers Wochenende. So lange ist ihr Zimmer frei. Ich meine, wenn Elly ihn nett findet, dann wird er schon in Ordnung sein.«

Elly nahm Franziskas Meinungsänderung erstaunt, aber erfreut zur Kenntnis.

»Noi, noi, des kommt gar net in Frag«, ereiferte sich Trudi. »Wenn 'r mi fraged, na isch des en Heiratsschwindler oder no ebbes Schlimmers. Und wenn 'r en Kopf eischlägt, na lieber mein alte wie dr Franziska ihren junge, hübsche. Dei Mathias und d' Sarah, die brauched dich no. Na soll 'r lieber bei mir wohne.«

»Trudi hat recht, was Franziska angeht. Ich schlage vor, unter diesen Umständen kommt er doch erst mal zu uns. Wir sind drei gestandene Männer. Wäre doch gelacht, wenn wir ihn nicht in Schach halten könnten. Was meint ihr?«, fragte Hugo seine Mitbewohner.

Elly konnte es kaum glauben. Zuerst wollte keiner Alexander haben und jetzt rissen sie sich geradezu um ihn!

»Ich danke euch«, sagte sie. »Und ich mache euch einen Vorschlag. Morgen hole ich Alexander ab und bringe ihn hierher. Ihr schaut ihn euch an, und wenn er euch nicht gefällt, dann nehme ich ihn doch gleich zu mir. Irgendwie wird es schon gehen. Einverstanden?«

»Einverstanden.«

Nun galt es noch, Alexander zu überzeugen, und das war das schwierigste Stück Arbeit. Er wollte niemandem zur Last fallen, vor allem, da er sich in keiner Weise erkenntlich zeigen konnte und nicht wusste, ob er das irgendwann einmal könnte.

Aber Elly konnte hartnäckig sein. »Mir hat einmal jemand geholfen, als ich in einer sehr schwierigen Situation war. Damals habe ich geschworen, mich irgendwann beim Schicksal zu revanchieren, wenn es mir die Gelegenheit dazu gibt. Nun, jetzt ist es so weit. Vielleicht können Sie ja auch einmal jemandem helfen. Im Übrigen freue ich mich auf Gesellschaft. Seit mein Mann gestorben ist, bin ich viel allein. O je, das hört sich jetzt schrecklich an, so, als suchte ich einen Mann für einsame Stunden. Keine Angst, so ist es nicht. Und das Haus ist groß genug, dass wir uns aus dem Weg gehen können, wenn wir wollen.«

»Ihr Plädoyer war ausgezeichnet«, lachte Alexander. »Ich gebe mich geschlagen. Ich dachte, mein Stolz sei größer als die Angst vor dem Obdachlosenasyl, aber Ihr Angebot ist zu verlockend. Aber bitte versprechen Sie mir, dass Sie mich hinauswerfen, wenn ich Ihnen auf die Nerven gehe. Ich hoffe allerdings, dass ich vorher mein Gedächtnis wiederfinde oder jemand auftaucht, der mich aus meinem früheren Leben kennt.«

»Das wünsche ich Ihnen auch. Nicht um Sie loszuwerden, Sie wissen schon.«

Alexander

Und wo die Herzen weit sind,
da ist auch das Haus nicht zu eng.
(Johann Wolfgang von Goethe)

Alexander fühlte sich als Eindringling in der WG. Er schlief auf dem Sofa im Wohnzimmer und hielt sich auch tagsüber dort auf, während die drei Rentner überwiegend in ihren Zimmern waren. Ob das immer so gewesen war oder ob sie das Wohnzimmer aus Rücksicht auf seine Privatsphäre oder um ihm aus dem Weg zu gehen, mieden, wusste er nicht. Bis auf das Frühstück nahmen sie die Mahlzeiten gemeinsam ein. Er bot seine Dienste bei der Hausarbeit an, was aber freundlich abgelehnt wurde.

Die drei waren seit vielen Jahren befreundet, musizierten gemeinsam, wohnten seit zwei Jahren zusammen und waren ein eingespieltes Team. Es wurde viel herumgealbert, ab und zu gab es auch kleine Reibereien, aber es waren harmlose Geplänkel wie bei einem alten Ehepaar. Alexander fühlte sich wie das fünfte Rad am Wagen und hoffte, bald zu Elly umziehen zu können. Dort würde er sich weniger als ungebetener Gast fühlen. Ellys Freundlichkeit kam von Herzen, die des Trios entsprang der Höflichkeit.

Er war mit Elly in einem Drogeriemarkt gewesen, um dort die nötigsten Hygieneartikel einzukaufen, Kamm, Shampoo, Deo, Zahncreme und Seife. Er hatte darauf bestanden, diese Dinge von seiner knappen Barschaft zu bezahlen, und auf den Einkauf von Rasierzeug verzichtet. »Ich wollte mir schon immer einen Bart wachsen lassen«, hatte er behauptet und dafür einen schrägen, ungläubigen Blick von Elly geerntet.

»Und das wissen Sie noch?«, hatte sie gefragt.

»Ich habe nicht alles vergessen«, antwortete er ausweichend.

Auch ein wenig Unterwäsche und drei Oberhemden aus dem Sonderangebot hatten sie eingekauft. Damit war Alexanders Bargeld fast aufgebraucht. Wenn nur mehr Geld in seinem Geldbeutel gewesen wäre! Andererseits hätte es auch weniger sein können, und es hatte für die wichtigsten Anschaffungen gereicht. Jetzt befanden sich in seinem Geldbeutel noch genau sieben Euro und dreiundzwanzig Cent.

»Bis auf den Bademantel und eine Strickjacke habe ich die Sachen meines verstorbenen Mannes leider alle weggegeben. Ich konnte ja nicht wissen ... Aber die Strickjacke kann ich Ihnen leider nicht geben. Es ist wirklich kleinlich von mir, Sie könnten sie sicher gut gebrauchen. Aber sie hängt immer noch an seinem Schreibtischstuhl in seinem Arbeitszimmer, dort, wo sie immer hing. Ich habe das Gefühl, dass sie da hingehört. Andererseits ist es jetzt sechs Jahre her, seit mein Mann gestorben ist. Vielleicht ist es an der Zeit, mit solchen Sentimentalitäten aufzuhören.«

»Nein«, fiel Alexander ihr ins Wort, »bitte nicht! Sie tun schon viel zu viel für mich. Es wäre mir sehr unangenehm.«

Vieles war Alexander unangenehm. Manchmal würde er gern aus dem Wohnzimmer des Trios flüchten und hinunter zu Franziska gehen. Im Gegensatz zu den drei Männern schien ihre Freundlichkeit von Herzen zu kommen, so wie bei Elly.

Sie hatte ihn eingeladen, sich nachmittags ein wenig in ihr Café zu setzen. Es war nett gemeint, und in seinem anderen Leben hätte er sicher Lust dazu gehabt, aber er wollte nicht noch mehr Gefälligkeiten annehmen. Er konnte seinen Kaffee nicht bezahlen. Und er wollte nicht unter Leute kommen. Nicht unter die, die ihn erkannten und wussten, dass er der große Unbekannte war, und nicht unter die anderen, die ihn viele Dinge fragen würden. Ganz normale Dinge, die man Menschen fragte, wenn man sie kennenlernte: Sind Sie verheiratet? Haben Sie Kinder? Was waren Sie von Beruf? Von wo kommen Sie?

Eines Tages kam er auf dem Weg in die Küche wieder einmal am Klavier vorbei und sah das aufgeschlagene Notenheft auf dem Notenständer stehen. Ein Walzer von Chopin, Op. 34, Nr. 2. Diesmal konnte er der Versuchung, die er schon manchmal beim Anblick des Klaviers verspürt hatte, nicht widerstehen. Er setzte sich und begann selbstvergessen zu spielen. Es schien ihm, als fänden seine Finger die richtigen Tasten ganz von selbst.

Er war fast am Ende des Stücks angelangt, als er merkte, dass jemand neben ihm stand. Abrupt unterbrach er sein Spiel und schaute Hugo Carstens verlegen in die Augen. »Bitte entschuldigen Sie, ich hätte Sie fragen sollen. Aber die aufgeschlagenen Noten ... Soll nicht wieder vorkommen.«

Als er aufstehen wollte, spürte er den Druck von Herrn Carstens Hand auf seiner Schulter.

»Nicht doch, bleiben Sie sitzen. Es gibt nichts zu entschuldigen. Ich kann auch an keinem Klavier vorbeigehen, ohne wenigstens ein paar Tasten anzuschlagen. Sie spielen sehr gut.«

Das Eis war gebrochen. Wenig später saßen sie gemeinsam auf der Klavierbank und spielten vierhändig einen ungarischen Tanz von Brahms.

»Jemand, der so gut Klavier spielen kann, kann einfach kein schlechter Mensch sein. Wie sagt das Sprichwort? Wo man singt, da lass dich ruhig nieder. Böse Menschen kennen keine Lieder.«

»Deshalb hab ich mich ja hier niedergelassen«, lachte Alexander erleichtert.

»Na ja, singe dun mir ja net, bloß Musik mache mitnander. Und dass mir Ihne net so recht über de Weg traut hen, des war ja vor allem wege dem Zettel mit em Name und dr Adress von dr Elly. Des hen mir uns oifach net erkläre könne«, warf Karl ein.

»Ich ja auch nicht«, sagte Alexander.

»Irgendwann wird sich's scho aufkläre«, sagte Ernst beruhigend. »Jetzt wissed mr ja immerhin, dass Sie Klavier spiele könned. Des isch doch au ebbes. Könned Sie vielleicht auch Binokel spiele? Des wär net schlecht.«

»Binokel? Sagt mir nichts, tut mir leid.«

»Na sind Sie koi Schwob, des stoht fest. Oiner, der net Binokel spiele kann, isch koiner. Übrigens, wissed ihr, was an Schwob isch? Des hat mir neulich en Vetter aus em Badische gsagt.«

Karl protestierte. »Des will i gar net höre. D' Badener lassed doch koi guts Haar an uns. Des isch bestimmt a Gemeinheit.«

»Quatsch, des isch luschtig. Also pass auf: Oiner, der alles grüßt, was sich bewegt, und alles putzt, was sich net bewegt, des isch en Schwob.«

»Da bin i eiverstande«, lachte Karl. »Des hoißt, dass mir Schwabe freundlich, höflich und sauber sin. Des isch doch a Kompliment. So, und jetzt hol i d' Karte und na spieled mir Binokel. Dr Herr Alexander kann ja erscht amol zugucke, damit er's lernt.«

Es wurde ein fröhlicher Abend, an dem Alexander Binokel spielen lernte, zwei Flaschen geleert und auch viel gelacht wurde. Als sie ins Bett gingen, waren alle per du miteinander.

Ab sofort war Alexander auch beim Küchendienst eingeplant und er war sehr froh, dass er sich ein wenig nützlich machen konnte.

»Du bisch ledig oder Witwer«, behauptete Ernst, »sonsch wärsch net so gschickt bei dr Küchearbeit.«

»Es gibt auch verheiratete Männer, die in der Küche helfen«, wandte Hugo ein.

»Aber net viele. Wenigschtens net in unsrer Generation. Bei dene junge Männer heut isch des anders. Die müssed abends sogar no selber ihre Hemde bügle, wenn se müd aus em Gschäft kommed«, belehrte Karl. »Die dun mr scho leid. Gut verdienende diplomierte Zuhörer und Tröster mit Abitur in Babypflege und ma Hausmanns-Exame solled se sei, aber drbei bitte koine Weicheier und Warmduscher, sonsch sin die junge Fraue weg, sobald dr erschde Macho uff seim Motorrad ums Eck biegt. I glaub, 's wär langsam wieder Zeit für a Emanzipation, die Emanzipation des Mannes.«

»Na hör mal, ist doch nur gerecht, wenn beide sich die Hausarbeit teilen, wenn beide berufstätig sind«, sagte Hugo.

»Wenn beide schaffe ganged, scho. Aber wenn oiner 's Geld hoimbringt und dr andre drhoim bleibt, na net. Also bei meiner Else und mir, da war des a klare Sach. I han's Geld verdient und d' Else war für dr Haushalt und d' Kinder zuständig. Da hat's gar koi Diskussion gebe, des war a gerechte Arbeitsteilung. I han bloß oimal Kartoffla gschält in meiner Ehe. Da han i na d' Schale so dick abgschnitte, dass von dera Kartoffel bloß no a ganz klois Bebbele übrig war. Des hätt grad no für a halbs Pommes frites greicht. Seither han i nemme schäle dürfe ... müsse«, berichtete Karl.

Wenn es oben im Haushalt nichts zu tun gab, ging Alexander inzwischen regelmäßig nach unten in Franziskas Küche. Das erste Mal hatte sie um seine Mithilfe gebeten, als Trudi überraschend krank geworden war und die Nachbarin, Fräulein Häusler, nicht aushelfen konnte. Da von den anderen drei keiner Zeit gehabt hatte, war Alexander eingesprungen und hatte festgestellt, dass es ihm Spaß machte.

Während er Äpfel schälte und Erdbeeren abzupfte, erzählte Franziska, was sie damals alles erlebt hatte, als sie ihr Café eröffnete. Auch wie sie sich mit Mathias, Karls Sohn, angefreundet hatte und wie die Beziehung wegen eines charmanten Italieners und eines dummen Missverständnisses fast wieder in die Brüche gegangen wäre.

»Wie geht's eigentlich Elly?«, fragte Alexander.

»O je, die Arme ist mit ihren Nerven total am Ende«, berichtete Franziska. »Die alten Tapeten wollen nicht abgehen und müssen eingesprüht und mühsam abgekratzt werden. Im Haus herrscht eine Luftfeuchtigkeit wie in den Tropen. Überall stolpert man über Abdeckfolien. Und die kleinen, feuchten Tapetenfetzen, die die Maler von den Wänden kratzen, werden im ganzen Haus verteilt und auf den Böden festgetreten. Eigentlich wollten Karl und Mathias heute Abend beim Möbelrücken im Wohnzimmer helfen. Aber daran ist noch nicht zu denken, die Maler sind total im Zeitverzug. Ich fürchte, Sie werden's noch ein Weilchen bei uns aushalten müssen.«

Dagegen hatte Alexander inzwischen nichts mehr einzuwenden.

Als Trudi wieder gesund war, war es mit der guten Stimmung in der Küche allerdings fürs Erste vorbei. Sie fand an allem etwas auszusetzen. An seiner Art, die Apfelviertel zu schälen, anstatt die Schale in einer langen Spirale von oben nach unten in einem Stück zu entfernen. »So hat des scho mei Großmutter gmacht, so goht des viel schneller.« Oder an seiner Art, die Schüsseln unter heißem, fließendem Wasser abzuspülen, anstatt in einem »richtigen« Spülwasser. »Des verbraucht doch viel zviel Wasser und Spülmittel.«

Nichts konnte Alexander ihr recht machen.

Franziska verdrehte nur genervt die Augen. Als Trudi kurz die Küche verließ, sagte sie zu Alexander: »Machen Sie sich nichts draus. Es ist nicht persönlich gemeint. So ist das immer, wenn noch jemand außer Trudi und mir in der Küche ist. Sie ist eifersüchtig und hat Angst, dass jemand ihr ihren Platz hier streitig machen könnte. Aber bei Fräulein Häusler hat sie sich auch dran gewöhnt.«

Dann ging auch sie nach draußen und er hörte sie im Gang leise mit Trudi reden. Für den Rest des Vormittags verrichtete Trudi ihre Arbeit mit verschlossenem Mund und Gesicht, aber länger als einen halben Tag konnte sie ihren stummen Protest nicht durchhalten. Trotzdem blieb sie Alexander gegenüber reserviert.

Bis zu dem Tag, als Alexander seufzte: »Ich verstehe nicht, dass keiner mich vermisst und nach mir sucht. Das gibt's doch gar nicht.«

Und Trudi antwortete: »Gibt's scho. Sonscht däd doch net immer wieder in dr Zeitung stande, dass se alte Leut in ihre Wohnunge finded, die da scho wochelang dod romlieged, ohne dass es oiner gmerkt hat.«

»Trudi«, sagte Franziska entsetzt, dann herrschte betretenes Schweigen in der Küche.

Schließlich sagte Trudi ganz verlegen: »Dr Herr Alexander natürlich net. Der däd bestimmt net lang dod in seiner Wohnung romliege, gell?«, und strich ihm unbeholfen über den Rücken.

Von diesem Tag an war sie sehr nett zu ihm und übersah großzügig, wenn er zu viel Wasser verbrauchte oder die Apfelschnitze für ihr Empfinden zu dick geschnitten waren.

Pia

Ein Besuch macht immer Freude.
Entweder beim Kommen
oder beim Gehen.
(Lebensweisheit)

Das Telefonklingeln verhieß nichts Gutes. Anrufe, die Ellys Enkelin Pia um sieben Uhr morgens aus dem Schlaf rissen und mit dem Satz begannen: »Pia, ich brauche deine Hilfe!«, verhießen das selten.

»Mama, ist was passiert?«

»Das kann man wohl sagen!« Einem unheilschwangeren Seufzen folgte eine theatralische Pause.

»Nun red schon! Ist was mit Papa oder mit Antonia?«

Antonia, Pias ältere Schwester, war hochschwanger.

»Nein, nein, Papa geht's gut und Antonia auch, also so einigermaßen. Du weißt ja, es ist eine Problemschwangerschaft.«

Das hatte Pia kaum entgehen können, denn das war zurzeit das Gesprächsthema Nummer eins in der Familie. Bei Antonia war immer alles mit Problemen verbunden, ihr Abitur, ihre Examen, ihre Männergeschichten und jetzt eben auch ihre Schwangerschaft. Und am Ende löste sich immer alles in Wohlgefallen auf, in gute Noten, Auszeichnungen, einen Traummann. Und sicher würde es auch ein Wunderkind werden. Aber noch steckte Antonia in der Problemphase.

»Also, nun sag schon, was ist passiert?«

»Es geht um Oma«, erklärte Pias Mutter.

Pias Schreckensszenarien von Herzinfarkt, Schlaganfall, Krankenhaus und Beerdigung lösten sich in Wohlgefallen auf, als ihre Mutter sich endlich bequemte, zur Sache zu kommen.

Handwerker, Oma Elly hatte die Maler im Haus. Fast hätte Pia gelacht.

»Und deshalb rufst du mich morgens um sieben an? Weil bei Oma die Anstreicher sind?«

Pias Mutter erklärte, sie habe gestern Abend mit Oma telefoniert und dabei gar keinen guten Eindruck gewonnen.

»Oma würde natürlich nie um Hilfe bitten, du kennst sie ja. Aber sie ist völlig fertig. Na ja, man darf ihr Alter nicht vergessen. Ich hab ihr damals gleich gesagt: Mama, lass das sein! Die paar Jahre wird dich deine alte Tapete schon noch aushalten. Aber egal, jetzt sind die Maler nun mal im Haus und wir können Oma nicht hängen lassen. Sie braucht Hilfe. Jemand muss zu ihr fahren.«

Pia zweifelte keinen Moment daran, wer mit »jemand« gemeint war.

»Warum fährst *du* nicht?«, schlug sie vor.

»Ich? Ich kann doch Papa nicht allein lassen. Du weißt, wie ungeschickt er im Haushalt ist. Er würde glatt verhungern.«

Das wagte Pia zu bezweifeln. Ihr Vater konnte tatsächlich nicht einmal ein Ei kochen. Aber Menschen, die nichts konnten, wuchs auf unerklärliche Weise von überallher Hilfe zu. So war es auch bei Papa. Sie erinnerte sich, dass er die Zeiten, die ihre Mutter in der Kur oder bei einer ihrer Töchter verbracht hatte, immer sehr gut überstanden hatte. Er hatte abwechselnd im Restaurant und bei Freunden gegessen, die sich darin überboten, den Strohwitwer zu verwöhnen. Pias Vater war in diesen Zeiten regelrecht aufgeblüht. Aber das ihrer Mutter zu erzählen war wohl überflüssig, sie würde es nicht hören wollen.

»Dann nimm ihn doch mit. Papa ist ja jetzt Rentner.«

»Papa mitnehmen? Bist du verrückt? Du weißt doch, dass Oma und Papa wie Feuer und Wasser sind, und ich steh immer dazwischen. Das halte ich keine zwei Tage aus!«

Obwohl Pia genau wusste, dass es zwecklos war, konnte sie nicht umhin, die übrige weibliche Verwandtschaft ins Feld zu führen.

Sie erfuhr, dass Ute, Mamas Schwester, sich bereits im verschärften Familieneinsatz befand. Die Familie ihrer

Tochter war an Windpocken erkrankt, einschließlich ihres Schwiegersohns. Blieben ihre drei älteren Schwestern. Antonia fiel wegen ihrer anderen Umstände aus. Beata war Ärztin und im Krankenhaus nicht abkömmlich. Und auch Claudia war in ihrer Anwaltskanzlei gebunden und litt außerdem derzeit unter heftigem Liebeskummer.

»Du bist die Einzige!«, betonte Mama und setzte ein großes moralisches Ausrufezeichen hinter diesen Satz.

»Und mein Beruf?«

»Du meinst deine Übersetzungen? Die kannst du doch überall machen.«

»Und meine Führungen im Museum?«

»Aber Pia, die kann sicher jemand für dich übernehmen. Ich meine, Italienisch können schließlich viele Leute. Wenn du jetzt Dolmetscherin für Finnisch oder Ungarisch wärst. Aber Italienisch ...«

Sie sah schon, es würde an ihr hängen bleiben, so wie damals das blöde Latein. Pia war die Jüngste von vier Schwestern, Papas letzter Versuch in der Hoffnung auf einen Sohn, der in seine Fußstapfen treten würde. Seine Fußstapfen, das waren römische Sandalen, denn Papa war Lehrer für Latein und Geschichte und das mit Leib und Seele. Er konnte sich keinen schöneren Beruf vorstellen. Ganz im Gegensatz zu seinen Töchtern. Jede von ihnen hatte einen anderen beruflichen Weg eingeschlagen, bis auf Pia. Pia, das Nesthäkchen, das ihren Papa liebte und nicht enttäuschen wollte. Ein Junge konnte sie nicht werden, auch wenn sie sich alle Mühe gab, aber sie konnte zu Papas Freude Latein und Geschichte studieren.

Als sie feststellte, dass das Studium der alten Sprache ihr zwar keine Schwierigkeiten bereitet hatte, sehr wohl aber die Vermittlung derselben, hatte sie einen Abschluss in der Tasche, der ihr nicht viel nützte. Pia sah sich einfach außerstande, zwanzig Pubertierende, die gelangweilt in ihren Bänken lümmelten, für den Gallischen Krieg und den klaren

Aufbau der lateinischen Sprache zu begeistern. Es war wohl besser, sich und ihren Schülern weitere Misserfolge zu ersparen. Aber was fing sie nun mit ihrem Staatsexamen an? Dolmetscherin für Latein konnte sie schlecht werden.

Sie beschloss, sich zunächst einmal in Rom auf die Spuren der alten Römer zu begeben. Das hatte den Vorteil, dass Papa sich in seiner Begeisterung für alles Römische an den Kosten des Aufenthalts beteiligte, den Rest verdiente sie sich als Reiseführerin dazu. Tagsüber gehörte ihre Aufmerksamkeit den alten Kirchen, am Abend den jungen Italienern, allen voran dem charmanten Paolo. Bis sie feststellen musste, dass der nicht nur sie liebte, sondern auch seine hübsche Frau Laura. Nach zwei Jahren kehrte sie nach Köln zurück, im Gepäck ein gebrochenes Herz und nahezu perfekte Italienischkenntnisse.

Inzwischen sicherte ihr die Übersetzung italienischer Kinderbücher ins Deutsche und Führungen im Römisch-Germanischen Museum in Köln einen bescheidenen Lebensunterhalt. Aber das alles lieferte ihr keinen Vorwand, um nicht zu Oma nach Neubach zu fahren.

Als Kind hatte sie es geliebt, ihre Ferien bei Oma zu verbringen. Es war so viel spannender, mit Cousin und Cousine auf Bäume zu klettern und mit Pfeil und Bogen durch den Wald zu rennen, als mit Papa Altertümer zu besichtigen. Und abends half sie Oma beim Pfannkuchenbacken und kuschelte sich beim Vorlesen an ihren weichen Busen.

Warum eigentlich nicht nach Neubach zu Oma fahren? Sie war schon eine ganze Weile nicht mehr dort gewesen. Zugegeben, Oma ohne Maler im Haus wäre ihr lieber, das klang nach Ungemütlichkeit und Arbeit. Andererseits war es ein Anlass, Oma einmal wieder zu sehen. Und Spaß würde sie trotzdem haben, da war sie sicher.

»Pia! Wo kommst du denn her?«

Oma Elly schien nicht gerade erfreut über ihren Besuch.

»Na, aus Köln natürlich. Freust du dich denn gar nicht?«

»Natürlich freue ich mich«, sagte Oma und nahm sie fest in den Arm. »Aber du hättest vorher anrufen sollen. Es ist gerade ganz ungeschickt. Ich habe die Maler im Haus.«

»Das sehe ich«, sagte Pia und ließ ihren Blick durch die Diele schweifen. Die Wände waren frisch tapeziert, aber auf dem Boden lagen noch Abdeckfolien mit alten Tapetenresten und Kleisterspuren. »Und genau deshalb bin ich ja gekommen, um dir ein bisschen zu helfen.«

»Ach Kind, das ist lieb von dir«, seufzte Oma, »aber es ist mir gar nicht recht. Wenn du wenigstens vorher angerufen hättest. Dann hätte ich dein Zimmer gerichtet und einen Kuchen gebacken.«

Typisch Oma! Sie versank gerade bis zum Hals in Arbeit, hätte sich aber trotzdem nicht davon abhalten lassen, einen Kuchen zu backen und in ihrem Zimmer Großputz zu machen.

»Und genau deshalb habe ich nicht angerufen. Mein Bett kann ich selbst beziehen und Kuchen habe ich von der Tankstelle in Kirchheim mitgebracht. Aber du kannst mal einen Kaffee aufsetzen, während ich meine Sachen nach oben bringe. Ich hab einen Bärenhunger, hab seit dem Frühstück nichts gegessen. Nun schau nicht so«, sagte Pia und drückte ihr einen Kuss auf die erhitzte Wange, »freu dich doch!«

»Tu ich doch, Kind, tu ich. Jetzt komm erst mal rein.«

Oma Elly setzte die Kaffeemaschine in Gang, während Pia ihr Gepäck nach oben in ihr Zimmer trug.

Eigentlich war es Mamas ehemaliges Kinderzimmer, aber immer wenn Pia bei Oma zu Besuch war, übernachtete sie hier. Im Regal standen immer noch die alten Fünf-Freunde-Bücher, die noch aus Mamas Zeit stammten und die Pia in ihren »Omaferien« mit Begeisterung verschlungen hatte. Wie die Kinder aus Enid Blytons Romanen waren sie zwei Mädchen und zwei Jungs gewesen, ihr Cousin Tobias, ihre Cousine Sandra und Felix, der Nachbarsjunge. Da zu den vier Kindern in den Büchern noch Hund Tim gehört hatte, brachte Felix anfangs seinen Dackel mit. Aber der hatte nicht nur rein äußerlich keinerlei Ähnlichkeit mit dem tüchtigen Tim, sondern durchkreuzte ihre Pläne auch durch seine Eigenwilligkeit. Deshalb zogen sie es später vor, ihre Abenteuer zu viert zu erleben. Dass ihr die Rolle der burschikosen, widerspenstigen Georgina, genannt Georg, zugefallen war, stand nie zur Debatte, denn zu Sandra hätte diese Rolle kaum gepasst.

Pia warf einen Blick aus dem Fenster auf den alten Kirschbaum im Garten. Das Baumhaus gab es immer noch und jemand musste es repariert haben, vermutlich Tobias oder Sandras Mann. Sandra hatte inzwischen selbst Kinder. Mit ihren vier- und sechsjährigen Söhnen und der kleinen Sophia wuchs eine neue Generation für Baumhausabenteuer heran.

Oma hatte den Tisch in der Küche gedeckt. »Da ist es gerade gemütlicher als im Wohnzimmer«, erklärte sie. »Ich habe schon angefangen, den Wohnzimmerschrank auszuräumen. Heute Abend kommen Karl und Mathias und rücken die Möbel in die Mitte.«

»Und wer sind Karl und Mathias?«, wollte Pia wissen, während sie sich ein Stück Kuchen in den Mund schob.

»Karl ist Schreiner, besser gesagt, er war Schreiner. Die Schreinerei gehört jetzt seinem Sohn Mathias. Und der ist mit Franziska verbandelt. Und Franziska ist die Besitzerin des Buchcafés im Ort«, erklärte Oma.

Pia verstand kein Wort. »Was für ein Buchcafé?«

»Hab ich dir das noch nicht erzählt? Das Café gibt es doch schon seit zwei Jahren.« Oma erklärte, was es mit Franziska, dem Buchcafé und dem Rentnertrio im ersten Stock auf sich hatte. »Der Kuchen ist wirklich lecker«, sagte sie dann. »Tut mir jetzt richtig gut, so eine kleine Pause. Man sollte nicht denken, was sich in einem Schrank im Laufe der Zeit so alles ansammelt. Mal sehen, vielleicht kannst du das eine oder andere gebrauchen, du bist ja mit dem Auto da. Ich will gar nicht mehr so viel Krempel aufheben, da müsst ihr bloß so viel räumen, wenn ich mal tot bin.«

»Verschone mich, Oma, ich will auch keinen Krempel. Meine Wohnung ist winzig. Und hör bitte auf, vom Sterben zu reden. Du bist fit wie ein Turnschuh, sonst hättest du nicht die Maler bestellt.«

»Fit wie ein Turnschuh? Wie ein ausgelatschter vielleicht! Ich hätte auf deine Mutter hören sollen. Es war wirklich keine gute Idee, die Anstreicher zu bestellen. Irgendwie hatte ich das mit dem Renovieren gar nicht so schlimm in Erinnerung. Aber damals lebte Opa noch und hat mir geholfen. Und ich war auch ein bisschen jünger.«

»Nun hör auf zu jammern«, sagte Pia energisch. »So kenn ich dich gar nicht. Jetzt bin ich ja da. Komm, fangen wir an. Gemeinsam wird's bestimmt ganz lustig.«

Während sie sich unterhielten, ging ihnen die Arbeit tatsächlich schnell von der Hand. Manches Teil, das sie in Kartons verpackten, gab Anlass zu Gesprächen.

»Du warst in der Toskana?«, fragte Pia und betrachtete den Bildband, den sie in der Hand hielt. »Scheint allerdings schon ein paar Jährchen her zu sein«, fügte sie mit Blick auf die altmodische Aufmachung hinzu.

»Allerdings. Das muss irgendwann in den Achtzigerjahren gewesen sein. Es war unsere erste Toskanareise und unsere erste und einzige Gruppenreise. Wir dachten, es sei angenehm, in den italienischen Städtchen keinen Parkplatz suchen zu müssen und immer jemanden dabei zu haben, der einem alles zeigt und erklärt.«

»Ist es doch auch«, meinte Pia.

»Das war ja auch sehr angenehm. Aber weißt du, ich lasse mich nicht gern verplanen. Morgens um sieben geschniegelt und gebügelt zum Frühstück antreten, Abfahrt pünktlich um halb acht, Toilettengang nach der Uhr. Meistens habe ich die zehnminütige Kaffeepause in der Schlange vor der Toilette zugebracht. Und was für Toiletten! Ich hatte wirklich nicht damit gerechnet, dass es diese vorsintflutlichen Löcher im Boden in einem so zivilisierten Land wie Italien immer noch gibt. Damals war ich zum Glück noch ein bisschen gelenkiger, aber wenn ich mir vorstelle, wie ich das heute bewerkstelligen sollte! Ich glaube, es war in Pisa, als einer Frau aus unserer Gruppe die Sonnenbrille in das Loch rutschte, als sie sich nach vorne beugte. Sie hatte sie in den Ausschnitt ihres T-Shirts eingehängt. Sie hat die Brille dann mit Todesverachtung herausgefischt und anschließend fünf Minuten mit Seife und Erfrischungstüchern gereinigt. Es handelte sich um eine teure Designerbrille, und so etwas lässt man natürlich nicht einfach durch die italienische Kanalisation verschwinden. Schadenfroh, wie der Mensch nun einmal ist, war dieser Vorfall die Lachnummer unserer Reise. Und bis zur Rückkehr musste die arme Eva Sätze über sich ergehen lassen wie: ›Wo hast du denn heute deine Klobrille gelassen?‹«

»Das ist ja gemein«, lachte Pia.

»Da hast du recht. Aber es heißt ja nicht umsonst: ›Wer den Schaden hat, braucht für den Spott nicht zu sorgen.‹ Und dann waren da noch die beiden Schwestern«, erzählte Oma weiter, »zwei ältere Fräuleins aus Schwäbisch Gmünd. Die wollten partout die beiden Plätze hinter dem Reiseleiter haben. Klar, da sieht man am besten und kann den armen Mann ständig in ein Gespräch verwickeln. Bei der Abfahrt war es ihnen gelungen, diese Plätze zu ergattern und sie hofften wohl auf die deutsche Angewohnheit, dass bei der Platzwahl das Gewohnheitsrecht gilt. Aber dem war nicht so. Auch andere fanden die Plätze attraktiv, und am zweiten Tag waren sie von einem Ehepaar besetzt. Es gab eine kurze, laute Diskussion, aus der die beiden Schwestern aber nicht als Sieger hervorgingen. Das Ehepaar hatte den Reiseleiter auf seiner Seite. Warum wohl? Nun, am nächsten Tag standen die beiden Schwestern als Erste auf und deponierten noch vor dem Frühstück demonstrativ ihre Jacken auf den vorderen Sitzen.«

»Du meinst so wie die deutschen Touristen ihre Handtücher auf den Liegestühlen?«

»Genau so. Das hat auch gut geklappt und die beiden waren sehr zufrieden. Aber als sie am nächsten Tag einstiegen, waren ihre Plätze besetzt und die Jacken verschwunden. Jeder nahm an, jemand habe sie weggenommen, auch die Schwestern. Sie waren natürlich entsprechend empört und verdächtigten ihre Mitreisenden. Abends zurück im Hotel tauchten die Jacken dann wieder auf. Der Fahrer eines anderen Busses hatte sie an der Rezeption abgegeben. Die Schwestern hatten die Busse, die vor dem Hotel parkten, verwechselt und ihre Jacken in den falschen Bus gelegt.«

»Oh ja«, bestätigte Pia mit ihrer Erfahrung als Fremdenführerin, »bei Reisegruppen kann man so allerhand erleben.«

»Dann war da noch Herr Knöpfle«, erzählte Oma Elly. »Der war Gymnasiallehrer und wusste alles besser. Ein bisschen hat er mich an deinen Papa erinnert.«

»Also Oma!«

»Wenn der Reiseleiter sagte: ›Dieser Palast stammt aus dem dreizehnten Jahrhundert und wurde von der Familie der Sabrinis bewohnt‹, dann behauptete er steif und fest, es sei ein Palast, den die Familie der Rossinis im Jahr vierzehnhundertnochwas bezogen hatte. Irgendwann gab der Reiseleiter sich geschlagen und überließ die Führung Herrn Knöpfle. Keine Ahnung, wer von den beiden recht hatte, mir war das sowieso egal, aus welchem Jahrhundert der Palast stammte und wer ihn bewohnt hatte. Ich fand viel spannender, was uns die Stadtführerin in Florenz erzählte. Die nervte uns nicht mit Namen und Jahreszahlen, sondern erzählte uns Geschichten von den Menschen, die damals dort lebten, von Familienfehden, verhinderten Lieben, arrangierten Ehen, Romeo-und-Julia-Geschichten. Und von sich selbst, von den dreizehn Katzen, die sie vor dem Tierheim bewahrt hatte und die jetzt in ihrer Wohnung hausten. Eine, ihre Lieblingskatze, teilte sogar das Bett mit ihr. Platz gab's genug, denn ihr Mann war auf die Couch im Wohnzimmer umgezogen. Nicht weil er sich zurückgesetzt fühlte, sondern weil er eine heftige Katzenallergie hatte. Ich glaube, die hätte ich auch gekriegt bei dreizehn Katzen in meiner Wohnung. Manche Menschen lieben einfach zu sehr, die einen ihre Katzen, die andern ihre Frau. Also ich wäre nicht ins Wohnzimmer umgezogen, sondern hätte die gemeinsame Wohnung gleich ganz verlassen. Oder was meinst du?«

»Da gebe ich dir recht, Oma«, lachte Pia. »Aber weißt du was? Auch wenn du Gruppenreisen nicht besonders schätzt, du musst zugeben, dass deine Reisen mit Opa bestimmt nur halb so interessant waren.«

»Das mag stimmen«, gab Oma zu, »aber sie waren mir trotzdem lieber. Und außerdem rede ich viel zu viel. So werden wir bis heute Abend nie fertig.«

Da täuschte sich Oma Elly. Wenn man eine Frau war, konnte man schließlich zwei Dinge gleichzeitig erledigen, in diesem Fall also reden und packen. Und während Oma in Erinnerungen schwelgte und darüber ein bisschen ihren schmerzenden Rücken und ihre geschwollenen Knöchel vergaß, wurde ein Karton nach dem anderen mit Büchern und Krimskrams gefüllt.

»Die Kartons lassen wir stehen. Die können die Männer nachher nach nebenan tragen. Und anschließend essen wir zusammen. Dann kannst du die beiden gleich kennenlernen. Ich habe Linsensuppe gekocht«, sagte Oma.

»Als hättest du geahnt, dass ich heute komme«, freute sich Pia, die Omas Linsensuppe mit Saitenwürstchen besonders gern mochte.

Karl und Mathias erschienen pünktlich um sechs. Karl trug Abdeckfolien unter dem Arm, Mathias Rollbretter.

Pia hätte sie nicht für Vater und Sohn gehalten, wenn sie es nicht gewusst hätte. Karl war untersetzt und rund um die Mitte, Mathias groß und schlank. Außerdem sprach er im Gegensatz zu seinem Vater Hochdeutsch. Danach befragt, erfuhr Pia, dass Mathias' Mutter keine Schwäbin, sondern eine »Reigschmeckte«, also eine Zugezogene, gewesen sei. »Und es heißt ja nicht umsonst Mutter- und nicht Vatersprache«, erklärte Mathias.

»I war halt net so viel drhoim, i han ja Geld verdiene müsse«, erklärte Karl. »Die Jonge, die hen mr ja d' Haar vom Kopf gfresse.«

»Man sieht's«, lachte Mathias mit Blick auf Karls Glatze.

»Dädsch du mi endlich zum Großvadder mache, na däd uff deim Kopf au Ordnung herrsche und du könntesch d' Kopfwäsch mit em Waschlappe erledige und 's Geld für de Friseur spare«, gab Karl mit einem Blick auf Mathias' volle, wirre Haarpracht zurück. »Aber jetzt wird endlich ebbes gschafft. Auf goht's, Jonger!«

»Ich dachte, er heißt Mathias«, sagte Pia leise zu Oma Elly, während die beiden sich an die Arbeit machten.

Oma lachte. »Heißt er auch. Jonger heißt auf Schwäbisch so viel wie Junger. Das sagen hier auch die Geschwister zu ihren jüngeren Brüdern: ›mei Jonger‹.«

»Komische Sprache«, stellte Pia fest.

»Mit der Zeit lernt man's«, sagte Oma Elly, die seit ihrer Kindheit im Ländle lebte. »Und für einen Nicht-Rheinländer ist Kölsch auch nicht so ohne weiteres zu verstehen. Oder meinst du, ein Schwabe wüsste, was ein ›Fisternöllche‹ ist? Der würde in dem Fall sagen: ›Der isch nebenausgange.‹«

»Hört sich an wie ›ins Nebenhaus gegangen‹«, meinte Pia.

»Na ja, das entspricht ja auch manchmal durchaus den Tatsachen«, lachte Oma.

»Klingt jedenfalls beides irgendwie nett. Auf alle Fälle nicht so ernst, wie die Sache eigentlich ist«, stellte Pia fest.

»Ja, das stimmt. Aber das ist ja auch das Schöne am Dialekt, es nimmt vielen Dingen die Spitze. Ich gehe mal in die Küche und schalte den Herd an. So, wie ich die beiden kenne, wird das Möbelrücken nicht lange dauern.«

Elly

*Wirklich gute Freunde sind Menschen,
die uns ganz genau kennen
und trotzdem zu uns halten.
(Marie von Ebner-Eschenbach)*

Elly war rechtschaffen müde. Es war ein langer Tag gewesen. Sie war früh aufgestanden und das Mittagsschläfchen war heute auch ausgefallen. Dann das Packen, Bücken und Herumlaufen – und als Krönung von allem Pias Besuch. Nicht dass sie sich darüber nicht freute, ganz im Gegenteil. Pia war schon immer ihr ganz besonderer Liebling gewesen. Aber mit Voranmeldung wäre es ihr doch lieber gewesen. Ihr Kühlschrank war nur für eine Person gefüllt und sie war nicht auf Überraschungsbesuch eingestellt.

Trotz ihrer Müdigkeit konnte Elly nicht einschlafen. Es gingen ihr zu viele Gedanken im Kopf herum. Der Abend mit Karl und Mathias war nett gewesen, bis zu dem Moment, als Karl sagte: »I soll dich vom Alexander grüße. Er hat unbedingt mitkomme und helfe welle, aber i find, der sodd sich no a bissle schone. So ganz uff em Damm isch 'r no net.«

»Ist einer von Ihnen krank?«, wollte Pia wissen.

Und da erzählte Karl die ganze Geschichte. Elly wusste wirklich nicht, warum ihr das unangenehm war. Über kurz oder lang hätte sie es Pia ja doch erzählen müssen, und es gab auch keinen Grund, die Sache zu verschweigen.

»Wie geil ist *das* denn! Ich dachte, so was gibt es nur im Film.« Pia war beeindruckt.

»Durchaus nicht«, schaltete sich da Mathias ein. »Ich hab mich im Internet ein bisschen schlaugemacht. Man nennt das eine retrograde Amnesie. So wie bei Alexander wird sie oft durch einen Unfall oder Sturz ausgelöst.«

»Und finden die Leute ihr Gedächtnis wieder?«, wollte Pia wissen.

»Meistens schon. Aber es kann dauern. Und oft kommt es auch nicht plötzlich wieder, sondern nach und nach. Jeder Fall scheint ein bisschen anders zu verlaufen.«

Pia hing regelrecht an Mathias' Lippen, und Elly hatte den Eindruck, dass es nicht nur das Interesse an Alexanders Amnesie war. Elly würde mit ihr reden müssen. Mathias war ein netter Kerl, aber erstens war er viel zu alt für Pia und außerdem in festen Händen. Franziska hatte schon einmal einen Mann an eine Jüngere abtreten müssen.

Irgendwann musste Elly wohl doch eingeschlafen sein. Als sie aufwachte, schaute sie erschrocken auf die Uhr – schon fast sieben und um halb acht würden die Anstreicher vor der Tür stehen! Früher hätte sie es locker geschafft, bis dahin fertig zu sein, aber es ging einfach alles nicht mehr so schnell. Gestern war sie fast neidisch geworden, als sie beobachtete, wie flink und mühelos Pia die Arbeit von der Hand ging. Nun, sie musste sich wohl damit arrangieren, dass inzwischen alles ein wenig langsamer vonstattenging, und froh sein, dass sie überhaupt noch so gut alleine zurechtkam.

Pia hatte sie gesagt, sie könne ausschlafen, solle aber bitte daran denken, dass ab halb acht die Maler im Haus seien, und nicht halbnackt durch die Gegend rennen. »Die Burschen werden fürs Arbeiten bezahlt, nicht fürs Stielaugenkriegen.«

Pia hielt sich an die Vorgaben und erschien gegen neun angezogen in der Küche.

»Ist richtig schön, mal wieder hier zu sein«, stellte sie fest und drückte Elly. »Ich hab supergut geschlafen und von früher geträumt.«

»Das ist schön. Magst du ein Ei?«

»Nein danke. Ich hab morgens noch keinen Hunger. Nur Kaffee bitte«, sagte Pia.

»Auch keine frische Brezel?«, lockte Elly.

»Eine Brezel? Klar, da sag ich nicht nein. Du warst schon beim Bäcker? Extra meinetwegen?«

»Nicht nur«, gab Elly zu. »Meine Maler kriegen jeden Morgen Brezeln zum Kaffee.«

»Du verwöhnst sie ja ganz schön«, stellte Pia fest. »Aber so eine Brezel ist auch wirklich eine tolle Erfindung.«

»Es gibt jede Menge Geschichten um die Brezel«, erklärte Elly und goss Pia Kaffee in ihre Tasse. »Zum Beispiel, dass ein Bäcker ein Gebäck erfinden sollte, durch das dreimal die Sonne scheint. Aber eine Episode, die finde ich besonders schön. Der Name Manfred Rommel sagt dir vermutlich nichts. Er war früher Oberbürgermeister von Stuttgart, ein sehr humorvoller Mann, der nicht auf den Mund gefallen ist. Jedenfalls wurde er eines Tages von einem Mitarbeiter angesprochen, der meinte, die Stadt Stuttgart müsse sich für ihre Empfänge endlich etwas anderes einfallen lassen als die ständig gleichen Butterbrezeln. Da müsse man sich ja schämen. Anderswo gäbe es bei solchen Anlässen Canapés und ähnlich feine Sachen. Darauf gab Rommel ihm zur Antwort: ›Lieber fünf Minute gschämt als zviel Geld ausgebe.‹«

Pia lachte. »Das könnte Opa auch gesagt haben.«

»Da hast du recht. Das war auch so ein sparsamer Schwabe. Aber sparsam und geizig ist schließlich zweierlei. In vielen Dingen war Opa sehr großzügig. Sag mal, was hältst du davon, wenn wir nachher nach Kirchheim fahren. Da ist heute Markt.«

»Kannst du denn weg?«

»Ich muss. Und wenn's nur für eine Stunde ist. Ich kann dieses Chaos hier nicht mehr sehen. Und arbeiten können wir heute sowieso nichts. Einräumen und putzen können wir erst, wenn die Maler fertig sind. Warum sollen wir also hier rumsitzen bei dem schönen Wetter? Was meinst du? Oder musst du an deiner Übersetzung arbeiten?«

Das könne sie auch noch heute Nachmittag, meinte Pia. Der Abgabetermin sei erst in vierzehn Tagen.

»Verdienst du eigentlich gut mit den Übersetzungen?«, wollte Elly wissen.

Pia lachte. »Nicht wirklich. Ich werde nach Seiten bezahlt. Je schneller ich also bin, umso höher ist mein Stundenlohn. Kinderbücher haben den Vorteil, dass sie in einer relativ einfachen Sprache geschrieben sind. Aber ich habe den Ehrgeiz, sie gut zu übersetzen, und das ist manchmal gar nicht so einfach. Aber ich komme gut zurecht. Ich bin ja kein Luxusweibchen.«

Nein, das war Pia wirklich nicht. Sie hatte noch nie viel auf schicke Kleidung gegeben. Zurzeit trug sie Jeans und eine dieser Tunikas, die jetzt modern waren, und in denen Elly vor einiger Zeit noch alle Frauen, die sie trugen, für schwanger gehalten hatte. Bis sie merkte, dass es heutzutage genau umgekehrt war als zu ihrer Zeit. Heute trugen die nichtschwangeren Frauen die weiten Blusen, während den schwangeren Frauen die Oberteile gar nicht eng genug sein konnten. Und manchmal blitzte zwischen Hosenbund und T-Shirt sogar ein pralles, nacktes Stück Babybauch hervor. Ihren Stolz in allen Ehren, den konnte Elly gut nachvollziehen, aber so wäre sie nie herumgelaufen.

Elly liebte es, auf den Markt zu gehen. Kirchheim mit seinen hübschen Fachwerkhäusern und dem schmucken Rathaus bot eine wunderbare Kulisse für das bunte Treiben. Sie konnte sich nicht sattsehen an den Ständen, die ihre Waren unter gestreiften Markisen gut sichtbar nebeneinander ausgebreitet hatten. Rote Tomaten neben grünen Gurken und gelben Paprika, braune Kartoffeln und orangefarbene Kürbisse, dazwischen Blumen in allen Farben und Marktbesucher mit Körben, Kindern und Hunden. Elly hatte den Eindruck, als habe das Markttreiben einen entspannenden Einfluss auf die Menschen. Alle schienen fröhlich und gut gelaunt zu sein und kamen zwanglos miteinander ins Gespräch.

»Holen wir uns für heute Abend Oliven, gegrillte Zucchini und Schafskäse?«, fragte Pia.

Das alles gab es an einem der größten Verkaufsstände und hier war die Schlange gewöhnlich am längsten. Wer das erste Mal hier einkaufte, wurde höflich darauf hingewiesen, sich bitte hinten anzustellen. Aber da gleich mehrere Personen bedienten, ging es schnell voran. Elly freute sich, dass sie heute mit Pia zu Abend essen würde. Zum einen war es schön, beim Essen Gesellschaft zu haben, zum anderen konnte sie so mehrere verschiedene Sachen einkaufen, weil sie zu zweit davon aßen. Hier waren ihre Augen stets größer als ihr Hunger. Auch am Blumenstand der Mönche würde Elly sicher wieder einmal nicht vorbeikommen, ohne etwas zu kaufen, obwohl in ihrem Garten wirklich kein Platz mehr war.

Auf dem Markt konnte Elly so wunderbar in Ruhe einkaufen. Im Supermarkt waren die Verkäuferinnen auch sehr freundlich, aber an der Kasse musste es schnell gehen. So fix, wie die Ware über den Scanner gezogen wurde, konnte sie gar nicht einpacken. Und kaum war die Frau an der Kasse damit fertig, da wurden die Sachen vom nächsten Kunden schon nachgeschoben, bevor Elly alles wieder in ihrem Einkaufswagen verstaut hatte. Früher hatte es hinter der Kasse zwei getrennte Fächer für die bezahlten Waren gegeben, weiß der Teufel, warum viele Supermärkte das abgeschafft hatten.

Es machte Elly Spaß, mit Pia über den Markt zu schlendern. Sie kauften Erdbeeren und Salat, Nudeln, Steinofenbrot, Kräuter, Honig und Käse und zuletzt noch einen Blumenstrauß mit Sommerblumen in allen Farben.

»Den brauch ich jetzt, für meine Seele«, stellte Elly fest.

Während Pia die Einkäufe zum Auto im nahegelegenen Parkhaus trug, setzte Elly sich auf eine Bank beim Brunnen und beobachtete das bunte Treiben. Viel zu schnell war Pia wieder da. Elly hätte noch lange hier sitzen und schauen können.

»Und jetzt?«, fragte Pia.

»Jetzt gehen wir eine Kleinigkeit essen. Hast du Lust?«
»Klar.«
»Gut, dann komm. Es ist nicht weit. Da kann ich auch gleich etwas für Mathias kaufen, ein kleines Geschenk fürs Helfen. Für Karl muss ich anderswo schauen, der hat's nicht so mit der italienischen Küche«, erklärte Elly, hängte sich bei Pia ein und marschierte los. »Es sei denn, es gibt Panzerotti.«
»Panzerotti?«
»Ja, das sind mit Hackfleisch gefüllte Teigtaschen. Karl nennt sie ›Italienische Maultaschen‹. Wahrscheinlich will er davon ablenken, dass er etwas Italienisches mag«, lachte Elly, »mit Maultaschen haben sie jedenfalls keine große Ähnlichkeit. Aber Karl ist ein ausgeprägter schwäbischer Patriot.«

Sie kamen am Schloss vorbei, gingen über die Straße und waren schon da.

»*Feli(c)xita*« stand in einem gebogenen Schriftzug auf der Glastür, und etwas kleiner darunter: »Enoteca – Wein und mehr.«

»Komm«, sagte Elly und öffnete die Tür.

Links stand eine Glastheke, gefüllt mit frischen Nudeln, Tortellini und Antipasti aller Art, Bruschette mit verschiedenem Belag, Salami, Oliven und gegrilltem Gemüse. Ringsum an den Wänden standen dunkle Holzregale, mit Öl-, Essig- und Weinflaschen gefüllt.

Geradeaus führten zwei breite Stufen nach oben in einen erhöhten Bereich, wo, ebenfalls zwischen Weinregalen, kleine quadratische Tische mit rot-weiß karierten Tischdecken standen. Elly sah Felix, Pias früheren Spielkameraden aus der Nachbarschaft, aus der Küchentür treten und auf sie zukommen.

»Frau Engelmann, wie nett, herzlich willkommen.« Dann schweifte sein Blick zu Pia hinüber. Sein Gesicht nahm einen ungläubigen Ausdruck an, dann strahlte er von einem Ohr zum anderen. »Pia? Ich glaub's nicht! Bist du's wirklich? Klar bist du's, ich erkenne jede einzelne deiner Sommersprossen wieder. Lass sehen, tatsächlich, du hast keine einzige verloren in all den Jahren!«

Schon als Kind hatte Felix sie immer damit aufgezogen, aber heute schien Pia sich nicht darüber zu ärgern.

»Dafür hast du ein paar Haare verloren, seit wir uns zuletzt gesehen haben«, gab sie schlagfertig zurück.

»Ein schönes Gesicht braucht eben Platz. Und was mir oben fehlt, habe ich unten ausgeglichen«, sagte Felix und zeigte auf seinen Dreitagebart. »Aber jetzt lass dich erst mal drücken.« Felix schloss Pia fest in die Arme und schwenkte sie hin und her. »Die kleine Georgina«, lachte er und spielte damit auf Pias Rolle in ihren früheren »Fünf-Freunde-Spielen« an. »Ich freu mich wie verrückt, obwohl es nicht sehr charmant von dir war, gleich auf meinen schütteren Haarwuchs anzuspielen.«

»Wer hat denn angefangen mit meinen Sommersprossen? Und wo wir gerade bei den Nettigkeiten sind, also den Namen für dein süßes Lokal, den finde ich ehrlich gesagt ziemlich blöd. Vielleicht solltest du dir etwas anderes einfallen lassen.«

»Ich glaub's nicht! So war das schon immer«, wandte Felix sich jetzt mit gespielter Entrüstung an Elly. »Sie wusste schon damals alles besser. Sie war die Jüngste, aber sie wollte uns immer sagen, wo's langgeht. Und im Übrigen ist der Name genial. Ich hab lange drüber nachgedacht und dann, eines Nachts, ist er mir eingefallen, einfach so.«

»Hattest du am Abend vorher vielleicht Alkohol getrunken?«, warf Pia frech ein, aber Felix ging gar nicht darauf ein.

»›Felicità‹ heißt Glück auf Italienisch.«

»Ist mir bekannt.«

»Und ich heiße Felix.«

»Ist mir auch bekannt.«

»Und deshalb heißt meine Enoteca ...«

»*Feli(c)xita*, so weit hab ich's kapiert. Heißt aber noch lange nicht, dass es gut ist. Klingt irgendwie ein bisschen wie verflixt.«

»Kinder, nun streitet euch doch nicht. Da seht ihr euch nach Jahren wieder ...«, mischte Elly sich besorgt ein.

»Wir streiten doch nicht, wir kabbeln uns nur ein bisschen, so wie früher«, beruhigte Felix. »Aber jetzt sucht euch erst mal einen Tisch aus und setzt euch. Was wollt ihr essen?«

»Alles«, gab Pia prompt zur Antwort. »Ich will von allem probieren. Das sieht superlecker aus. Und dein Lokal – einfach toll! Ich fühle mich fast wie im ›Buccone‹ in Rom.«

»Du kennst das ›Buccone‹?«

»Klar kenn ich das ›Buccone‹. Ich hab zwei Jahre in Rom gelebt und war mindestens einmal in der Woche da. Aber woher kennst du es?«

Felix erzählte von einem Urlaub, den er in Rom verbracht hatte. »Eines Abends hab ich es auf dem Rückweg von der Spanischen Treppe zu meiner Pension entdeckt. Und da hab ich gewusst: Das ist's! So ein Weinlokal werde ich eröffnen. Meine Güte, ich glaube, wir haben uns viel zu erzählen. Wartet mal, ich hänge mal eben das ›Geschlossen‹-Schild an die Tür, dann haben wir unsere Ruhe.«

»Kannst du das denn? Und wenn jetzt Gäste kommen?«, fragte Elly.

»Müssen sie eben später wiederkommen oder ein andermal. Der größere Andrang kommt sowieso erst gegen eins. Ich hole uns jetzt einen großen Teller Antipasti und eine Flasche Wein, und dann erzählst du mir, warum du nicht in Rom geblieben bist. Ist doch die schönste Stadt der Welt. Lass mich raten: ein Mann?«

»Bingo, einer von der Sorte Schuft.«

»Arme Pia«, sagte Felix und küsste sie auf die Wange. »Siehst du, du hättest meinen Antrag annehmen sollen, damals vor fünfzehn Jahren. Das hätte dir viel Kummer erspart. Aber jetzt gibt's wirklich erst mal was zu essen.«

Während Felix Essen und Wein holte, wandte Pia sich an Elly: »Warum hast du mir nichts gesagt? Du hast doch gewusst, dass das Lokal Felix gehört, oder?«

»Natürlich hab ich's gewusst«, schmunzelte Elly, »ich komme öfter hierher, aber ich wollte dich überraschen. Ich hatte schon Angst, du könntest seinen Namen an der Tür lesen.«

»Na, die Überraschung ist dir gelungen.«

Felix brachte Teller, Gläser und eine Flasche Wein und stellte frisches Weißbrot und eine große Platte mit Köstlichkeiten auf den Tisch.

»Ich hoffe, der Wein schmeckt euch. Es ist ein ›Malbech‹.«

»Ein Malbech? Nie gehört«, sagte Pia.

»Das wundert mich nicht, dieser Wein ist etwas ganz Besonderes. Er war viele Jahre in Europa von der Bildfläche verschwunden. Im 18. und 19. Jahrhundert war er ein Modewein, so wie der Chianti heute. Aber der Reblaus hat er wohl auch geschmeckt, sie hat ihm den Garaus gemacht. Dann hat ein Winzer eines Tages eine alte Flasche in seinem Weinkeller entdeckt und war so begeistert von dem Wein, dass er sich auf die Suche machte – zunächst vergeblich, denn in ganz Europa waren die Reben nicht mehr aufzutreiben. Er hat dann in Erfahrung gebracht, dass Auswanderer aus Italien Rebstöcke in ihre neue Heimat Argentinien mitgenommen haben. Und dort hat der Winzer tatsächlich einen Wein namens ›Malbek‹ gefunden und die alte Rebsorte zurück nach Europa gebracht. Voilà, hier ist das Ergebnis! Der ideale Pärchenwein.«

»Ein Pärchenwein? Was ist denn das?«, lachte Pia.

»Nun, die Sache ist ganz einfach«, erklärte Felix. »Oft mögen Männer lieber trockene Weine, Frauen dagegen fruchtige. Der Malbech ist beides – trocken und fruchtig. So sind beide zufrieden – und ich bin es auch.«

»Du scheinst ja echt Ahnung zu haben«, stellte Pia bewundernd fest und beobachtete, wie Felix mit italienischer Grandezza die Flasche entkorkte und die rubinrote Flüssigkeit in die Gläser gluckern ließ, für Elly auf Wunsch nur ein halbes Glas, weil sie noch Auto fahren musste. »Oder hast du die Geschichte nur gut erfunden?«

»Wenn, dann hat sie mein Weinlieferant erfunden«, lachte Felix. »In jedem Fall ist sie hübsch und macht diesen Tropfen zu etwas ganz Besonderem. Aber jetzt lass uns endlich auf unser Wiedersehen anstoßen. Und dann bist du mit Erzählen dran. Ich bin gespannt.«

Pia ließ ihr Leben in den vergangenen Jahren Revue passieren und Felix hörte gespannt zu.

»Und jetzt du«, sagte sie. »Meine gute Erziehung steht mir im Weg. Man soll nicht mit vollem Mund reden. Aber bis ich fertig erzählt habe, habt ihr mir alles weggegessen.«

»Keine Angst«, lachte Felix, »es ist noch Nachschub da. Ich verspreche dir, dass du nicht hungrig durch die Tür hinausgehen wirst. Also, ich hab zunächst Theologie studiert.«

»Du wolltest Pfarrer werden? Und warum bist du's nicht geworden?«

»Ich hab eine hübsche Philosophiestudentin kennengelernt. Leider war der Papst nicht bereit, über die Abschaffung des Zölibats mit sich verhandeln zu lassen. Also hab ich das Studienfach gewechselt und Philosophie studiert. Es war ausgesprochen interessant. Trotzdem hätte ich auf meinen Vater hören sollen, der gleich meinte: ›Junge, was willst du denn damit mal anfangen?‹ Da mir nichts Besseres einfiel, hab ich's nach dem Studium wie du gemacht und bin erst mal nach Italien gegangen. Und weil mein Vater nicht allzu viel von ›dolce far niente‹ hielt, sprich, nicht bereit war, mir die Sache zu finanzieren, hab ich mich an meinen Onkel Luigi und sein Weingut erinnert.«

Felix hatte italienische Wurzeln, besser gesagt schwäbisch-italienische. Seine Großeltern väterlicherseits waren Italiener, aber jetzt in der dritten Generation hatte das schwäbische Blut bei Felix fast die Oberhand gewonnen.

»Es hat mir Spaß gemacht, auf dem Weingut zu arbeiten. Ich habe viel dabei gelernt, was ich heute gut gebrauchen kann, nicht nur über den Weinbau, sondern auch darüber, dass Arbeit und Vergnügen kein Widerspruch sein muss. Vielleicht wäre ich sogar geblieben, aber Zio Luigi hat vier Söhne, da war ich, außer zur Weinlese, ziemlich überflüssig. Zum Abschluss meiner Italienzeit hab ich mir einen Urlaub in Rom gegönnt. Und eines Tages bin ich dort im ›Buccone‹ gelandet, und den Rest kennst du.«

»Komisch, unsere Lebensläufe ähneln sich irgendwie«, stellte Pia fest. »Mit Latein kann man auch nicht viel anfangen. Aber wir können uns immerhin auf Lateinisch unterhalten. Dann haben wir wieder eine Geheimsprache so wie früher, Latein verstehen bestimmt nicht viele Leute. Prosit, Felix! Auf dein Wohl, Oma. – Und, hast du die Philosophiestudentin geheiratet? Steht sie in der Küche und macht Nudeln?«

»Nein, in der Küche steht Maria, aber sie ist nicht meine Frau, eher so was wie meine Mama. Jedenfalls behandelt sie mich so. Eine Italienerin aus Apulien, klein, aber mit kräftigen Händen und einem großen Herzen. Sie ist mein ›bestes Stück‹. Ohne sie könnte ich den Laden zumachen.«

»Felix, du lenkst ab. Was ist aus der Philosophiestudentin geworden?«

»Keine Ahnung. Unsere Wege haben sich schon nach zehn Monaten getrennt. Sie war hübsch, aber humorlos. Umgekehrt hab ich's lieber.«

»Tatsächlich?«

»Na ja, hübsch und humorvoll wäre natürlich am besten, aber danach suche ich noch.«

Nach der Vorspeise servierte Felix Lachs mit Safrannudeln für Elly und Ravioli Primavera für Pia, die heutigen Mittagstischgerichte. Und zum Nachtisch gab es Tiramisu und Panna cotta mit Früchten.

Felix hatte nach dem Hauptgericht sein »Geschlossen«-Schild wieder umgedreht, und Elly und Pia waren inzwischen nicht mehr die einzigen Gäste.

Eilig lief Felix zwischen der Küche und den Tischen hin und her und verkaufte zwischendurch Nudeln und Salami an der Lebensmitteltheke. Dabei wechselte er mühelos zwischen den Sprachen, sprach mit den Gästen Hochdeutsch und Schwäbisch und mit Maria ein Kauderwelsch aus Deutsch und Italienisch.

»Ich glaube, wir sollten langsam gehen. Meine Maler werden sich schon wundern, wo ich bleibe«, stellte Elly fest. »Aber ich brauche noch einen kleinen Geschenkkorb für Mathias.«

Felix wollte sich nur den Geschenkkorb bezahlen lassen. Das Essen sei sein Willkommensgeschenk für Pia. Elly gab schließlich nach, nachdem Felix ihre Gegeneinladung angenommen hatte. Er würde sich allerdings gedulden müssen, bis die Renovierungsarbeiten abgeschlossen waren.

»Wohnst du noch immer nebenan bei deinen Eltern?«, wollte Pia wissen.

»Gott bewahre, nein, ich habe eine Dachwohnung hier in Kirchheim, klein, aber schnuckelig. Komm doch mal auf ein Glas Wein vorbei. Sonntags und montags hab ich mein Lokal geschlossen. Ich ruf dich an. Okay?«

»Okay«, sagte Pia.

Auf der Heimfahrt plapperte sie ununterbrochen. Sie schien sich sehr zu freuen, dass sie ihren Kinderfreund wiedergetroffen hatte. Und Elly war froh, dass ihr die Überraschung gelungen war.

Pia

Was nicht umstritten ist,
ist auch nicht sonderlich interessant.
(Johann Wolfgang von Goethe)

Inzwischen waren die Maler fertig geworden. Karl und Mathias hatten geholfen, die Möbel wieder an ihre angestammten Plätze zu rücken. Nun waren Elly und Pia seit zwei Tagen dabei, Vorhänge zu waschen, die Möbel mit Politur abzureiben und alles wieder in die Schränke und Regale zu räumen. Oma Elly konnte sehr streng sein, wenn Pia es wagte, die eine oder andere Arbeit in Zweifel zu ziehen.

»Natürlich müssen die Gläser gespült werden, bevor wir sie wieder in den Glasschrank räumen. Wo denkst du denn hin?«

»Wozu brauchst du die vielen Gläser überhaupt? Zwölf Rotweingläser, zwölf Weißweingläser, zwölf Sektgläser, sechs ... was ist das überhaupt?« Pia musterte das tulpenförmige Glas in ihrer Hand.

»Ein Portweinglas.«

»Ein Portweinglas? Wer braucht denn ein Portweinglas? Also, ich habe einen Satz Gläser von Ikea, aus denen kann man alles trinken, Wein und Bier und wenn es sein muss, sicher auch Portwein.«

»Das versteht ihr jungen Leute nicht. Früher war man sehr stolz, wenn man schöne Gläser hatte. Wir waren froh, dass Mama nicht ausgebombt worden ist ...«

»Wegen der Gläser ...«

»Sei nicht so frech!«, schimpfte Oma. »Natürlich nicht wegen der Gläser. Aber was meinst du, was das nach dem Krieg für ein Schatz war. Mama hat sie uns zur Hochzeit geschenkt, handgeschliffene Gläser aus Böhmen. So etwas bekommst du heute gar nicht mehr. Also pass auf, dass dir keins kaputt geht beim Spülen.«

»Wäre schon eins weniger zum Abtrocknen«, brummte Pia.

»Was sagst du?« Zum Glück hörte Oma ein wenig schwer.

»Sind wirklich ganz hübsch, wenn man so was mag. Aber ich verstehe immer noch nicht, warum du sie nicht spülst, bevor Besuch kommt. Außerdem, zwölf von jeder Sorte brauchst du doch nie.«

»An meinem achtzigsten ...«

»Waren wir einen Haufen Leute und du hast die einfachen Gläser auf den Tisch gestellt, weil du Angst hattest, dass eins von den guten kaputtgehen könnte.«

»Nur wegen der Kinder. Du weißt, wie schnell da mal was umfällt.«

Pia gab's auf. Sie würde Oma nicht davon überzeugen können, die Gläser ungewaschen wieder in den Schrank zu stellen.

»Aber um sechs muss ich weg.«

Natürlich wollte Oma wissen, wohin, und Pia erzählte, dass Felix am heutigen Abend einen Kochkurs in seinem Lokal gab. Zuerst würde gekocht und dann gegessen werden, mit Weinprobe. Felix hatte das schon öfter gemacht und die Stimmung an diesen Abenden sei immer prächtig gewesen.

»Seit wann kochst du denn?«

Natürlich, diese Frage musste ja kommen.

»Das hat dich doch bisher nicht interessiert.«

Natürlich nicht, da wollten ja auch Oma oder Mama ihr das Kochen beibringen, Fleischküchle und Sauerbraten. Das versprach nicht halb so viel Spaß wie Spaghetti mit Felix.

Sie freute sich sehr, ihn wiedergetroffen zu haben. Es war eine Vertrautheit zwischen ihnen, als hätte es die vergangenen Jahre, in denen sie sich nicht gesehen hatten, nie gegeben. Ihre Freizeitaktivitäten waren andere geworden, aber sie konnten noch immer so herrlich herumalbern wie früher. Und sie verstanden sich ohne Worte.

»Na, ich verstehe schon«, grinste Oma. »Dann beeil dich mal, damit wir fertig werden. Oder weißt du was? Geh dich schon mal hübsch machen. Ich mache die Gläser alleine fertig. Du kannst sie dann nachher ins Wohnzimmer tragen, dann muss ich nicht so oft laufen.«

Dieses Angebot konnte Pia nicht ablehnen. Sie legte schnell ihr Handtuch zur Seite und drückte Oma einen Kuss auf die Wange.

»Ich war schließlich auch mal jung«, lachte Oma, »und ich hab's nicht vergessen.«

Vermutlich war Oma auf dem falschen Dampfer und vermutete, Pia sei verliebt. Aber mit Liebe hatte das wirklich nichts zu tun. Pia hatte Felix gerade erst wiedergefunden und absolut keine Lust, ihn gleich wieder zu verlieren. Sie würde also den Teufel tun und sich in ihn verlieben. Die Gefahr, dass die Sache schiefging und sie ihn dann für immer verlor, war ihr viel zu groß. Felix war der große Bruder, den sie nie gehabt hatte und mit dem sie eine Menge Spaß haben konnte.

Elly

*Dem gleichen Jahrgang anzugehören,
das schafft eine Basis,
die fester ist als vieles andere.*
(Christine Brückner)

Elly hatte wieder einmal schlecht einschlafen können, und jetzt war sie schon wieder wach, weil ihr tausend Gedanken durch den Kopf gingen.

Heute würde Alexander bei ihr einziehen, und Elly war es angst und bange. Wie hatte sie nur auf die Idee kommen können, Alexander dieses Angebot zu machen? Sie kannte ihn doch gar nicht! Damals, als er noch im Krankenhaus lag, war ihr alles so klar und einfach erschienen. Ihr Mitleid war riesengroß gewesen. Aber Mitleid hatte die dumme Eigenschaft, mit der Zeit zu schrumpfen. Das war nicht nett, aber vielleicht war es eine Überlebensstrategie. Wenn alles Mitleid, das sie in ihrem Leben empfunden hatte, so groß geblieben wäre wie zu Anfang, dann wäre es jetzt ein hoher Berg, so hoch, dass sie dahinter das Schöne nicht mehr sehen könnte. Und Mitleid hatte noch eine fatale Eigenschaft: Manchmal schaltete es den gesunden Menschenverstand aus.

Alexander schien sich inzwischen in der Rentner-WG ganz wohl zu fühlen. Vielleicht wäre es das Beste, wenn er dort bliebe. Bestimmt würde es ihm auch besser gefallen, mit dem Trio Karten und Klavier zu spielen als mit ihr auf dem Sofa zu sitzen und fernzusehen. Ob er abends bei ihr sitzen oder in sein Zimmer gehen würde? Elly hatte sich inzwischen ans Alleinsein gewöhnt, daran, ihren Tag so zu gestalten, wie es ihr gefiel. Schon Pias Anwesenheit war eine Umstellung für sie, aber Pia war ihre Enkelin, das war etwas anderes.

Aber der Vorschlag, dass Alexander noch länger in der WG bleiben könne, müsste natürlich von den drei Männern kommen, nicht von ihr. Es war nett genug, dass sie ihn so lange bei sich aufgenommen hatten. Und der Schlafplatz auf der Wohnzimmercouch war kein Dauerzustand. Bei ihr würde Alexander wenigstens ein eigenes Zimmer haben. Aber was, wenn Alexander sein Gedächtnis nie mehr wiederfand? Sollte sie ihn dann bis an ihr oder sein Lebensende bei sich beherbergen? Nicht auszudenken!

Pia hatte sie gefragt, ob sie noch etwas länger bleiben könne. Ihre Übersetzungen könne sie auch hier machen und ihre Führungen im Museum würde eine befreundete Studentin übernehmen. Nun, Elly machte sich keine Illusionen. Nicht sie, sondern Felix war wohl der Grund für Pias Urlaubsverlängerung. Trotzdem freute sie sich, dass Pia noch ein wenig bleiben würde. Einerseits ... Aber andererseits bedeutete das, dass sie für drei kochen musste und dass morgens drei Leute das Bad benutzen würden. Sie würde früh aufstehen müssen, damit sie und das Bad gerichtet waren, bevor die anderen aufstanden. Elly seufzte. Schon wieder gaben andere das Tempo vor. Sie sehnte sich danach, ihr altes Leben wiederzubekommen, nach ihrem Rhythmus leben zu können.

Gestern hatte sie mit Pia gesprochen. »Du weißt ja, dass morgen Alexander bei uns einziehen wird, und ich wollte dich um etwas bitten. Es wäre mir recht, wenn du ... Wie soll ich das sagen? Nun, also, du weißt, dass Eltern sich um ihre Kinder Sorgen machen. Und die finden das oft lästig und übertrieben.«

»Wem sagst du das! Aber was hat das denn mit Alexander zu tun?«

»Nun lass mich doch mal ausreden. Also, wenn ihre Kinder dann erwachsen sind, fangen die Eltern an, sich Sorgen um ihre eigenen Eltern zu machen, und auch die sind oft übertrieben, und deshalb ...«

»Keine Angst, Oma, ich erzähle Papa und Mama nichts von Alexander.«

»Woher weißt du denn ...«

»Na, so schwer war das ja nicht zu erraten. Aber dann sagst du auch nichts von Felix.«

»Felix?« Also doch! Nun, da brauchte sie sich wenigstens keine Gedanken mehr um Franziska und Mathias zu machen. »Ich dachte, das sei nur eine Freundschaft.«

»Ist es ja auch, aber das würde Mama mir nie glauben. Die hört immer gleich die Hochzeitsglocken läuten, sobald ein Mann im heiratsfähigen Alter in meiner Nähe auftaucht. Der wird dann auf Herz und Nieren geprüft, ob er als Ehekandidat tauglich ist. Bei meinem letzten Freund hat sie gleich beim ersten Besuch das Fotoalbum herausgeholt und ihm meine Kinderbilder gezeigt. Wie peinlich ist *das* denn! Und Papa hat nach seinen Einkommensverhältnissen gefragt. Da würde Felix allerdings gleich durchs Raster fallen. Der Besitzer eines Weinlokals!«

»Ist es bei deinen Schwestern denn auch so schlimm?«

»Nein, Antonia ist ja nun glücklich unter der Haube, noch dazu mit einem höheren Beamten. Besser geht's nicht. Und Beata und Claudia sitzen beruflich fest im Sattel. Im Gegensatz zu mir. Da muss man natürlich einen Mann finden, der das Kind auch ernähren kann.«

»Sie meinen's sicher nur gut mit dir«, beruhigte Elly. »Aber ich verspreche dir, dass ich nichts sage. Und du behältst die Sache mit Alexander auch für dich. Bestimmt würde deine Mama gleich hier anrücken, wenn sie davon wüsste.«

»Darauf kannst du Gift nehmen, und zwar mit Papa im Schlepptau.«

»Gott bewahre, nur das nicht! Nicht dass ich etwas gegen deinen Papa hätte, er ist eigentlich ein netter Kerl. Aber seine umständliche Art und seine ausschweifenden Erklärungen, das geht mir schon nach einer Stunde auf die Nerven.«

Es war gut, dass sie wenigstens Pia ins Vertrauen ziehen konnte. Ach, wenn sie doch mit Heinz, ihrem verstorbenen Mann, darüber reden könnte. Er hatte immer Rat gewusst.

Aber vermutlich würde er nur den Kopf schütteln und sagen: ›Tja, Elly, das hast du dir nun eingebrockt, jetzt musst du es auch auslöffeln. Was hast du dir nur dabei gedacht?‹

Wenn sie das nur wüsste.

Das Schrillen des Telefons riss sie aus ihren Gedanken. Elly schaute auf ihren Wecker – zehn nach sieben. Wer rief denn um diese Zeit schon an?

»Engelmann.«

»Mama, hab ich dich geweckt?« Gudrun, ihre jüngste Tochter und Pias Mutter, wartete ihre Antwort gar nicht erst ab. »Ich muss es dir gleich sagen. Du bist die Erste, die ich anrufe.«

Was für ein Glück für die anderen, die noch ein bisschen weiterschlafen durften.

»Du bist Urgroßmutter geworden!«

Elly war vor Freude plötzlich hellwach. Sie freute sich auch für Gudrun. Für Elly war es ja schon das vierte Urenkelkind, aber Gudrun wurde zum ersten Mal Großmutter, das war natürlich etwas ganz Besonderes.

»Wie schön! Herzlichen Glückwunsch! Ist alles gutgegangen?«

Diese Frage löste eine ausführliche Schilderung der Ereignisse aus. Antonias Wehen hatten am vergangenen Abend gegen neun Uhr eingesetzt. Gudrun teilte ihr den genauen Abstand der Wehen mit und den anschließenden Verlauf der Geburt, die gegen zwölf Uhr ins Stocken geraten war. Man hatte Antonia Wehenmittel gegeben und dann, als das auch nichts nützte, das Kind schließlich mit Kaiserschnitt geholt.

»Na ja, der Bursche wiegt 3800 Gramm«, berichtete Gudrun stolz.

»Bursche? Ich denke, es ist ein Mädchen«, wunderte sich Elly.

»Na ja, das dachten wir alle. Aber der Kleine hat den Arzt wohl ausgetrickst und sein Zipfelchen bei den Ultraschalluntersuchungen gut versteckt«, lachte Gudrun. »Ganz hundertprozentig scheint die Methode auch nicht zu sein. Der stolze Großvater ist natürlich selig, dass es ein Junge ist.«

»Und wie heißt er?«

»Werner, das weißt du doch.«

»Das Baby?«, fragte Elly, entsetzt über den altmodischen Namen.

»Ach so, das Baby«, lachte Gudrun, die gedacht hatte, Elly frage nach dem Namen des Großvaters. Sie schien vor Aufregung ein wenig konfus zu sein. »Das wissen sie noch nicht. Sie hatten doch ganz fest mit einem Mädchen gerechnet.«

Ja, so kann das gehen, wenn man sich zu sehr auf die moderne Wissenschaft verlässt, dachte Elly ein wenig schadenfroh. Wir hatten damals immer zwei Namen parat, einen für einen Jungen und einen für ein Mädchen. Hoffentlich mischte sich Werner nicht in die Namensgebung ein, denn dann würde ihr vierter Urenkel womöglich Cäsar oder Aurelian heißen. Cäsar Schlumpfberger, wenn das kein klangvoller Name war! Vielleicht auch Tiberius Claudius oder Titus Flavius Schlumpfberger!

»Markus« – das war Gudruns Schwiegersohn – »sagt, er stellt bis heute Abend ein Foto auf ihre Facebookseite. Da steht dann sicher auch der Name drauf. Pia soll mal reingucken, sie hat ja die Internetadresse. Sag ihr Grüße, sicher schläft sie noch. Ach, wenn ich nur auch schlafen könnte. Ich hab die ganze Nacht kein Auge zugetan, nachdem Markus angerufen hat, dass sie jetzt ins Krankenhaus fahren. Ich bin immer noch ganz aufgedreht«, stöhnte Gudrun.

»Tja, so ist das im Leben, es gibt nichts umsonst, auch kein Enkelkind«, kommentierte Elly altklug. »Aber eine durchwachte Nacht für ein Enkelkind ist doch nicht zu viel, oder?«

»Nein, wirklich nicht. Es ist ein herrliches Gefühl, ich könnte glatt heulen.«

»Dann heul ein bisschen. Ich glaube, das habe ich bei meinem ersten Enkelkind auch gemacht«, sagte Elly, »und grüß Antonia, wenn du sie besuchst. Du fährst doch sicher heute noch hin?«

»Ich denke schon. Also, dann mach's gut, Mama. Schlaf noch ein bisschen, wenn du kannst.«

Wenn du wüsstest, dachte Elly. Auch ich habe einen Grund, kein Auge zuzumachen, aber meiner ist leider nicht so erfreulich. Aber dass sie wieder Urgroßmutter eines gesundes Urenkelkindes geworden war, das war doch wenigstens eine gute Nachricht an diesem Tag.

Karls alter Golf fuhr gegen drei Uhr vor dem Haus vor. Elly, die schon ein wenig nervös gewartet hatte, sah Karl und Alexander aussteigen und aufs Haus zugehen.

Vielleicht war ihr auch so bange vor diesem Augenblick, weil sie Alexander seit seiner Entlassung aus dem Krankenhaus nur zweimal gesehen hatte. Wie er jetzt ein wenig verlegen mit seinen wenigen Habseligkeiten vor ihrer Tür stand, da waren ihre alten Gefühle für ihn auf einmal wieder da: Sympathie und Mitgefühl.

»So, da bring i dir dein neue Mitbewohner«, sagte Karl. »Nachts schnarcht 'r, beim Essen schmatzt 'r und nach em Esse rülpst 'r, aber sonsch isch 'r en agnehmer Zeitgenosse. Späßle gmacht«, lachte Karl, als er Ellys erschrockenes Gesicht sah.

Jetzt lachte auch Elly. »Kommt rein, ihr zwei. Ich hab Kaffee gemacht. Ihr esst doch ein Stück Kuchen?«

»Sag amol, Alexander, hättsch du ebbes drgege, mit mir zum tausche? Mei Zimmer in dere WG isch 's Größte und geht in Garte naus. I däd drfür des Kinderzimmer bei dr Elly beziehe. Was moinsch?«, schlug Karl mit einem verschmitzten Grinsen vor.

»Vorschlag abgelehnt«, sagte Alexander. »In einem solchen Fall pflegte meine Mutter zu sagen: ›Wer Lust hat zu tauschen, hat Lust zu betrügen.‹«

»Des isch jetzt hart ausdrückt«, stellte Karl fest, »aber so ganz orecht hat se net ghabt.«

Elly war dankbar, dass Karl ihnen mit seinen Späßen über die erste Verlegenheit hinweghalf.

»Du kannst schon mal ins Wohnzimmer gehen«, sagte sie zu Karl. »Ich zeige Alexander nur schnell sein Zimmer und das Bad.«

Sie hatte Utes ehemaliges Zimmer ein wenig umgeräumt. Statt der Spiele und Bilderbücher für die Urenkel hatte sie einige Bücher aus Heinz' Bücherschrank in die Regale gestellt, Klassiker, Krimis und Biographien. Auf dem kleinen Schreibtisch vor dem Fenster stand eine Schale mit Obst, daneben eine Flasche Piccolo, eine Flasche Wasser, zwei Gläser und ein Schreibblock mit Kugelschreiber. Im Schrank hatte sie ein wenig Platz geschaffen. Sie hatte daran gedacht, den Schrank, in dem sie Bettwäsche, Tischdecken und Handtücher aufbewahrte, ganz leerzuräumen, aber dann davon Abstand genommen. Zum einen hatte Alexander kaum etwas einzuräumen, was in dem leeren Schrank dann ärmlich und verloren wirken würde. Und sie wollte auch zum Ausdruck bringen, dass sein Aufenthalt ein Besuch auf Zeit war. Im Bad hatte sie ihm Handtücher zurechtgelegt.

»Die grünen sind Ihre«, erklärte Elly. »Und dieses Fach im Schrank ist für Ihre Kosmetikutensilien. Ich denke, der Platz müsste reichen. Meine Enkelin Pia wird uns auch noch ein paar Tage Gesellschaft leisten, aber ich meine, das dürfte kein Problem sein, wenn wir alle ein wenig Rücksicht nehmen.«

»Ach Elly«, sagte Alexander, »Sie können sich gar nicht vorstellen, wie unangenehm mir das alles ist.«

»Doch, Alexander, ich kann.« Elly legte ihm die Hand auf den Arm. »Ich kann Sie sehr gut verstehen. Aber ich glaube, dass wir gut miteinander zurechtkommen werden. Und jetzt kommen Sie, gehen wir hinunter, der Kaffee wird kalt. Und Pia ist schon sehr gespannt darauf, Sie kennen zu lernen.«

Der Kaffeenachmittag verlief lustig und entspannt. Als Elly in die Küche ging, um noch eine Kanne Kaffee zu kochen, folgte ihr Karl kurze Zeit später nach.

»Hör mal, Elly, i wollt dr da no ebbes sage. Am Montagabend kommt dr Alexander zu uns. Des isch so ausgemacht. Des isch unser Binokel- und Skatabend. Dr Alexander übernachtet na au glei bei uns.«

»Aber das ist doch nicht nötig, ich kann ihn doch auch bei euch abholen.«

»Kommt gar net in Frag. Bis mir fertig sin, liegt a aständige Frau scho längst im Bett. I könnt en ja au hoimfahre. Aber woisch, mir trinked ja au a bissle ebbes. Für oi Nacht goht des gut uff dem Sofa, bloß uff Dauer ...« Karl ließ den Satz unvollendet. »Und na hasch du au mal en Abend für dich alloi, sonsch isch dei Hausfreund no beleidigt, wenn jeden Abend dr Alexander uff deim Sofa sitzt. Mir spieled neuerdings um Geld.«

»Aber Alexander hat doch gar keins«, warf Elly ein.

»Vorher net, nachher scho«, erklärte Karl schmunzelnd. »Deshalb spieled mr ja um Geld, seit dr Alexander bei uns isch. Der moint, des wär scho immer so gwese, also verpfeif uns net. Am Afang hat 'r sich a bissle ziert, aber er hat koi Spielverderber sei welle. Und seit 'r gmerkt hat, dass 'r immer meh gwinnt wie verliert, sagt 'r sowieso nix meh. Woisch, mir könned gut bscheiße, vor allem beim Binokel, weil dr Alexander des no net so gut ka. Der wundert sich bloß immer über sei Afängerglück.«

»Ihr seid richtig nett«, freute sich Elly. »Ich kann euch auch Geld geben, zum Beschummeln, mein ich.«

»Kommt gar net in Frag. Du füttersch den Kerle scho durch. Des isch unser gute Tat. Ob mr's jetzt em Rote Kreuz gebe oder me arme Deufel direkt, isch doch egal. Er darf 's bloß net merke. Und no ebbes. Mir mached doch ab und zu bei dr Franziska im Café Musik, normalerweis umsonscht, weil mr doch da au immer umsonscht Kaffee trinked, aber des woiß ja dr Alexander net. Mir hen mit dr Franziska ausgmacht, dass mr nächstes Mal für Honorar spieled. Und dr Hugo sagt na, dass 'r an dem Termin net kann, und na springt dr Alexander für en ei. Des macht der bestimmt gern. Er spielt zwar net so gut Klavier wie dr Hugo, aber für dr Franziska ihr Café wird's lange. Dr Ernst und i, mir gebed unser Honorar natürlich dr Franziska später wieder zrück, aber dr Alexander muss doch a bissle Daschegeld han, der kann sich ja net amol a Pärle Socke kaufe.«

»Du bist ein richtiger Schatz, Karl, und Hugo und Ernst auch. Aber sag mal, könnte Alexander nicht Sozialhilfe oder so etwas bekommen?«, wollte Elly wissen.

»Hen mir au scho überlegt, aber da drvo will dr Alexander nix wisse. Des wär em peinlich, hat 'r gsagt. Er hofft immer no, dass em bald eifällt, wer 'r isch, und dass 'r uns na alles zrückzahle kann.«

»Schön wär's«, seufzte Elly, »nicht wegen uns, aber wegen Alexander.«

»I muss wieder nei«, sagte Karl, »sonsch fällt's uff. So lang braucht ja koi Mensch uff em Klo.« An der Tür drehte sich Karl noch einmal um. »Ach, noch ebbes. Falls de ebbes zum Repariere hasch, na sag's em Alexander. Der isch handwerklich ganz gschickt und er isch so froh, wenn 'r oim en Gfalle do ka. Vielleicht hasch a paar Birne zum Auswechsla oder en tropfende Wasserhahn. So, jetzt bin i aber wirklich weg, bis glei.«

»Halt, warte, Karl, nimm bitte noch den Sekt aus dem Kühlschrank mit und mach die Flasche schon mal auf. Pia soll die Sektgläser aus dem Schrank holen. Ich möchte mit euch auf mein jüngstes Urenkelkind und meinen Untermieter anstoßen.«

»A neus Urenkelkind? Herzlichen Glückwunsch! Und, isch alles dra?«

»Ja, sogar ein bisschen mehr, als wir erwartet hatten. Es ist ein Junge.«

»Und wie hoißt 'r?«

»Das weiß ich noch nicht. Aber seine Eltern werden sich bestimmt etwas ganz Ausgefallenes aussuchen. Wenn es ein Mädchen geworden wäre, hätte es Noemi-Soraya geheißen. Noemi-Soraya Schlumpfberger.«

Alexander

Lebensklugheit bedeutet:
alle Dinge möglichst wichtig,
aber keines völlig ernst zu nehmen.
(Arthur Schnitzler)

Alexander hörte Elly im Bad rumoren. Er blieb immer so lange im Bett liegen, bis Elly im Bad fertig war, denn er wollte ihr nicht das Gefühl vermitteln, sie müsse sich beeilen. Wenn sie dann hinunter in die Küche ging, begab er sich ins Bad, um sich fertig zu machen.

Anschließend deckte er den Tisch im Esszimmer. Er hatte Pia gefragt, ob das Elly recht sei, und sie hatte gemeint, das Tischdecken gehe in Ordnung, aber in die Küchenarbeit solle er sich lieber nicht einmischen, da sei ihre Oma eigen.

Er mochte Pia. Die großen braunen Augen hatte sie wohl von ihrer Großmutter geerbt, aber sonst konnte er äußerlich keine Ähnlichkeit zwischen ihnen feststellen. Allerdings hatten beide die gleiche unkomplizierte, offene Art.

Seit drei Tagen legte er zum Frühstück einen Zettel mit dem »Spruch des Tages« an Ellys Platz. Sie hatte ihm erzählt, dass sie Sprüche liebte, und schien sich über die Aufmerksamkeit zu freuen. Alexander hatte im Bücherschrank eine Sprüchesammlung entdeckt, aus der er sich bediente. Er bemühte sich, nicht Allerweltssprüche auszuwählen, die jeder schon kannte, sondern kluge oder lustige, die unter Umständen auch Anlass zu Gesprächen gaben.

Der erste Spruch hatte gelautet: *Ein bisschen Güte von Mensch zu Mensch ist mehr wert als alle Liebe zur Menschheit. R. Dehmel.* Alexander fand diesen Spruch für ihre Situation sehr treffend und Elly hatte sich darüber gefreut.

Vorgestern hatte er im Supermarkt eine Packung mit Nougatherzen gekauft. Sie war nicht teuer gewesen und würde für etliche Tage reichen. Er hatte daran gedacht, auch Pia morgens ein Herz an ihren Platz zu legen, aber er wollte ausdrücklich nur Elly beschenken, auch wenn das Geschenk klein war. Pia kroch ohnehin erst aus den Federn, wenn Elly und er schon längst mit dem Frühstück fertig waren.

»Sie sollen Ihr kostbares Geld nicht für mich ausgeben«, hatte Elly geschimpft. »Wenn ich das gewusst hätte, hätte ich Ihnen nicht erzählt, dass ich Nougatschokolade mag.«

»Dann hätte ich mein Geld womöglich für eine Schokolade ausgegeben, die Sie nicht mögen«, gab Alexander zurück. »Falls es Sie beruhigt, die Packung war nicht teuer. Und außerdem habe ich neuerdings eine Einnahmequelle, ich bin unter die Spieler gegangen.«

Elly musterte ihn kritisch. »Sie spielen um Geld?«

»Keine Angst, nur mit dem Trio. Und nur um ganz geringe Einsätze. Aber wie's so schön heißt: Kleinvieh macht auch Mist. Ich scheine ein Glückspilz zu sein. Bisher habe ich immer ein bisschen mehr gewonnen als verloren. Es ist mir inzwischen schon ganz peinlich. Aber ich bin natürlich auch froh. Verluste könnte ich mir wirklich nicht leisten. Ich freue mich auch, dass ich in Franziskas Café Klavier spielen darf.«

Morgen war es so weit. Seine Aufregung sprach dafür, dass er in seinem bisherigen Leben nicht vor Publikum aufgetreten war. Offensichtlich hatte er nur klassische Musik gespielt. Hier bewegten sich seine Finger bei vielen Stücken wie von selbst. Insofern schien er bei seiner Amnesie noch Glück gehabt zu haben. Mathias hatte ihn mit Informationen aus dem Internet versorgt, und Alexander hatte gelesen, dass manche Menschen nach einem Gedächtnisverlust alles wieder neu lernen mussten, angefangen beim Schreiben und Lesen.

Leider waren beim morgigen Konzert nicht Mozart und Beethoven gefragt, sondern Unterhaltungs- und Kaffeehausmusik. Karl, Ernst und er hatten gemeinsam Stücke ausgesucht, und Alexander übte jeden Tag fleißig. Elly hatte ihm erlaubt, auf ihrem Klavier zu spielen, und beteuert, das Üben störe sie nicht. Er nutzte die Zeit, wenn sie in der Küche beschäftigt war, weil er annahm, dass sie dann am wenigsten davon mitbekam. Das Üben gab seinem Tag eine Struktur, er hatte eine Aufgabe, und mit dem morgigen Auftritt ein Ziel. Was für ein Glück für ihn, dass Hugo morgen keine Zeit hatte.

Heute Nacht hatte er das erste Mal geträumt, seit er bei Elly wohnte, oder besser gesagt, er hatte sich heute Morgen wohl das erste Mal an einen Traum erinnert. Er hoffte, im Traum einmal auf einen Hinweis aus seinem bisherigen Leben zu stoßen. Ob der heutige Traum ihm weiterhelfen würde? Er hatte in einer Kirche gesessen und einem Konzert gelauscht. Seltsamerweise wurden aber nicht Bach oder Mendelssohn gespielt, sondern fröhliche Straußmelodien. Das hatte sicher mit seinem morgigen Konzert zu tun, es verfolgte ihn bis in seine Träume. Aber was hatte es mit der Kirche auf sich? Alexander hatte sich im Traum gewundert, als er nach dem Konzert die Kirche verlassen und zurückgeschaut hatte: Die Kirche, in der er gesessen hatte, besaß zwei verschiedene Kirchtürme. Der eine war höher als der andere und hatte ein spitzeres Dach, und beide waren miteinander verbunden.

Beim Frühstück erzählte er Elly davon. »Kennen Sie so eine Kirche?«, fragte er sie hoffnungsvoll.

»Eine Kirche mit zwei unterschiedlichen Türmen? Ich denke, das kommt nicht oft vor. Warten Sie, ich hab schon mal so was gesehen, aber wo war das nur? Jetzt hab ich's, natürlich! In Esslingen gibt es so eine Kirche. Ich habe einen Wanderatlas, vielleicht ist da ein Foto von dieser Kirche drin.« Elly stand auf, um das Buch aus dem Regal zu holen. Sie schaute im Inhaltsverzeichnis nach und schlug dann die entsprechende Seite auf. »Hier ist es: Esslingen am Neckar. Und schauen Sie, da ist ein Foto von dieser Kirche mit den verschiedenen Türmen.« Elly kam ganz aufgeregt um den Tisch herum, um ihm das Bild zu zeigen.

Es war tatsächlich die Kirche, die er im Traum gesehen hatte.

»Sehen Sie, der linke Turm hat ein hohes, spitzes graues Dach und der andere ist ein bisschen niedriger und hat ein kleines rotes Dach, und so, wie es aussieht, eine Glocke obendrauf. Aber das kann ich nicht genau erkennen. Warten Sie, da steht auch etwas zu der Kirche. Sie heißt St. Dionys, ein seltsamer Name. Erbaut wurde sie im dreizehnten Jahrhundert und um 1600 wurden die beiden Türme durch eine Brücke verbunden, um das Ganze zu stabilisieren. Sehen Sie, hier. Kein Wunder, dass Sie sich an diese Kirche erinnern können, sie ist wirklich etwas ganz Besonderes.«

»Ist Esslingen weit von hier?«

»Aber nein, ungefähr zwanzig Kilometer. Ihr Traum könnte ein Hinweis sein. Sie müssen diese Kirche schon einmal gesehen haben, sonst könnten Sie nicht davon träumen. Vielleicht wohnen Sie in Esslingen.«

»Vielleicht habe ich die Kirche auch in einem Buch gesehen oder in einem Fernsehfilm. Oder mein Kopf hat sie ganz einfach erfunden. Es gibt viele Möglichkeiten. Und vielleicht war es auch gar nicht die Kirche in Esslingen, sondern eine andere, wer weiß.«

»Das können wir nur feststellen, wenn Sie sich die Kirche in Esslingen anschauen. Wir werden einfach hinfahren, was halten Sie davon?«, schlug Elly vor.

»Und wenn es doch nicht diese Kirche war?«

»Dann haben wir einen schönen Ausflug gemacht, und Sie haben eine hübsche Stadt kennengelernt. Esslingen hat mit Sicherheit noch mehr zu bieten als diese Kirche. Also abgemacht?«

»Abgemacht.«

Jeden Nachmittag, wenn das Wetter mitmachte, ging Alexander für ein oder zwei Stunden spazieren. Die frische Luft und die Bewegung taten ihm gut, und er hatte das Gefühl, Elly damit einen Freiraum zu schaffen. Sicher war es nicht angenehm für sie, ihr Haus ständig mit einem Fremden zu teilen.

Vorgestern hatte er bei seinem Spaziergang ein besonders hübsches leeres Schneckenhaus gefunden. Das hatte er Elly an ihren Platz gelegt. Er tat das nicht nur aus Dankbarkeit, sondern hatte einfach das Bedürfnis, ihr eine Freude zu machen. Seine Geldnot machte ihn erfinderisch. Elly hatte sich gefreut und das Schneckenhaus in ihr Bücherregal gelegt.

Als er heute am Haus der Nachbarin vorbeikam, sprach sie ihn über den Gartenzaun hinweg an. »Grüß Gott! Wohned Sie jetzt bei dr Frau Engelmann oder sind Sie bloß zu Bsuch?«, wollte sie wissen.

Er hoffte, dass sie ihn nicht auf dem Zeitungsfoto erkannt hatte. Aber das Bild war nicht besonders gut gewesen und inzwischen hatte er sich einen Bart wachsen lassen, der Elly gut gefiel – das hatte sie jedenfalls gesagt. Sein Unfall war nicht mehr Tagesgespräch in Neubach. Die Frau des Apothekers hatte letzte Woche ihren Mann verlassen und war mit einem Pharmazievertreter auf und davon gegangen. Dieses Ereignis war inzwischen wesentlich interessanter als die Amnesie eines Unbekannten.

Die Frage, ob er als Untermieter oder als Besuch bei Elly firmierte, hatte er nicht mit ihr abgesprochen. Er wollte sie nicht in Verlegenheit bringen und umging deshalb eine direkte Antwort.

»Ich weiß noch nicht, wie lange ich bleibe.«

»Na ja, allzu viel Gepäck hen Se ja net drbei«, stellte die Nachbarin fest. Ganz offensichtlich hatte sie seine Ankunft beobachtet. »Sind Sie en Verwandter von dr Frau Engelmann?«

»Nein, nicht direkt.«

»Wie, net direkt? Wie isch mr denn indirekt verwandt? Agheiratet oder was?«

Alexander wusste nicht, was er antworten sollte, und schwieg. Er war der Frau schließlich keine Rechenschaft schuldig.

»I bin übrigens d' Frau Häfele«, stellte sich die Nachbarin vor, zog ihren Gartenhandschuh aus und streckte ihre rechte Hand über den Zaun.

Alexander schüttelte sie. »Angenehm«, sagte er, was eine glatte Lüge war.

»Und Sie?«

»Bitte?«

»Wie Sie hoißed«, begehrte Frau Häfele zu wissen.

»Alexander«, antwortete Alexander, der ein heftiges Verlangen verspürte, diesen Ort so schnell wie möglich hinter sich zu lassen.

»Mit Vor- oder mit Zuname?«

»Mit, em, beidem.«

»Vorne und hinte Alexander? Alexander Alexander? Ha, des war aber scho a saublöde Idee von Ihre Eltern, finded Se net?«, stellte Frau Häfele wenig feinfühlig fest.

»Sie waren schon damals sehr fortschrittliche Leute. Heute ist es ja üblich, den Kindern ausgefallene Namen zu geben. Der kleine Urenkel von Frau Engelmann zum Beispiel soll auf den Namen Jeremy-George getauft werden. Jeremy-George Schlumpfberger.« Alexander hoffte, Frau Häfele mit diesem Einwurf ein wenig von seiner Person abzulenken.

»Also noi, des arme Kind. So en langer Name für so a kloins Kind. Und na au no ausländisch. Wie wenn's koine schöne deutsche Name gäba däd. Und na könned's d' Leut manchmal net amal richtig ausspreche. Alles isch heut ausländisch«, eiferte sich Frau Häfele, »überall, uff em Bahnhof, bei dr Post und beim Telefoniere. I moin, 's hat ja net jeder Mensch Englisch glernt und woiß, was drmit gmoint isch, wenn oine ins Telefon flötet: ›Hold se Lain plies!‹ Was ›plies‹ hoißt, han i scho gwisst, aber i han dauernd überlegt, was i für a Leine hole soll, bis mei Dochter mir erklärt hat, dass die moined, i soll in dr Leitung bleibe. Sogar in de Läde schwätzed se inzwische englisch mit oim. Des hoißt ja neuerdings nemme Ausverkauf, sondern ›Sale‹. Wo i des 's erschde

Mal glese han, han i denkt, des wär a neue Firma. I han mi bloß gwundert, was die alles verkaufed, Kleider und Wäsch und Schuh und Gschirr, alles Mögliche. Was moined Se, wie viele Schnäppchen mir da nausgange sin, weil i gar net kapiert han, dass es da ebbes billiger gibt.«

Das war natürlich ein harter Schicksalsschlag für eine sparsame Schwäbin.

»Eigentlich isch des doch blöd von dene Gschäfte. Da mached se große Schilder na, weil se welled, dass d' Leut ebbes kaufed. Aber wenn die's net verstanded, na bringt's doch nix. Isch's net so?«, verlangte Frau Häfele ungeduldig Zustimmung.

»Genau so ist es, Frau Häfele. Mich ärgert's auch. Aber jetzt muss ich wirklich weiter. Es hat mich gefreut, Sie kennen zu lernen«, log er charmant. »Auf Wiedersehen, Frau Häfele.«

»Auf Wiedersehen, Herr Alexander Alexander«, sagte Frau Häfele und lachte albern.

Ab morgen würde er Ellys Haus in die andere Richtung verlassen, in der Hoffnung, dass die Nachbarin auf der linken Seite nicht genauso neugierig war wie Frau Häfele.

Es war so weit. Franziska spuckte ihm über die Schulter und wünschte: »Toi, toi, toi! Und keine Angst, das klappt schon. Sie sind ja hier nicht im Konzertsaal. Wenn mal ein Ton nicht ganz sitzt, merken die Leute es vermutlich gar nicht, es wird ja nebenher gegessen, geklappert und geschwätzt. Außer Fräulein Häusler vielleicht. Die wird ganz genau aufpassen.«

»Ist sie Musikexpertin?«

»Nein, sie ist Hugo-Expertin.«

»Bitte?«

Franziska lachte. »Fräulein Häusler ist so nett, uns ihre Autostellplätze zur Verfügung zu stellen, sonst hätte ich gar keine Genehmigung für das Café bekommen. Hugo hat damals seinen ganzen Charme spielen lassen. Und das muss der arme Kerl jetzt büßen. Sie scheint in ihn verliebt zu sein, aber leider wird ihre Liebe nicht erwidert. Was sie aber nicht davon abhält, Hugo weiter anzuschwärmen. Falls sie Ihnen also nachher erklären sollte, dass Sie nicht halb so gut spielen wie Hugo, dann nehmen Sie's nicht persönlich.«

Bevor es losging, stellte Ernst Alexander kurz dem Publikum vor.

»Net dass Sie moined, unser Hugo wär seit letzschdem Mal eigschrumpft und hätt sich en Bart wachse lasse. Dr Hugo hat heut koi Zeit und deshalb isch dr Alexander so nett und springt für en ei. Er isch koi Berufsmusiker wie dr Hugo, sondern Amateur wie mir zwoi, und er tritt heut zum erschte Mal auf. Sind Se also net so streng mit em und ermutiged Se en mit ma große Applaus.«

Dieser Aufforderung kam das Publikum gern nach, es gab auch zwischendurch Applaus und natürlich am Schluss. Einige Gäste kamen zu ihm und lobten sein Spiel. So gut hatte Alexander sich nicht gefühlt, seit sein zweites Leben begonnen hatte. Es war wunderbar, nicht immer nur zu nehmen, sondern auch einmal geben zu können.

Eine ältere Dame in rosafarbenem Twinset mit Perlenkette steuerte auf ihn zu. »Schön hen Se gspielt«, sagte sie, »da drfür, dass Se des zum erschte Mal mached. So wie beim Herr Carstens klingt's natürlich net, aber der isch ja au Profi, der hat früher sogar im Rundfunkorchester gspielt, beim Süddeutsche Rundfunk, hen Sie des gwisst? Und trotzdem isch 'r so bescheide. En ganz reizender Mann isch des, ganz reizend. Schad, dass 'r heut koi Zeit ghabt hat, wirklich schad.« Dann merkte sie wohl, dass das für Alexander nicht sehr schmeichelhaft klingen musste. »Nix für ogut, wie gsagt, Sie hen wirklich gut gspielt, aber i schwärm halt a bissle für de Herr Carstens«, fügte sie hinzu, und ihre Wangen nahmen den gleichen Farbton an wie ihr Twinset.

Alexander nahm ihr ihre Worte nicht übel, denn dass sie so verliebt war wie ein Backfisch, das war nicht zu übersehen.

Elly

*Auch aus den Steinen,
die einem in den Weg gelegt werden,
kann man Schönes bauen.
(Johann Wolfgang von Goethe)*

Elly war froh, dass Alexanders Konzertauftritt in Theas Café ein Erfolg gewesen war. Sie hatte gesehen, wie gut es ihm getan hatte.

Heute war der Spruch, der an ihrem Platz lag, recht lang. Sie freute sich jeden Morgen darauf und war gespannt, was Alexander für sie aufgeschrieben hatte.

»*Immer die kleinen Freuden aufpicken, bis das große Glück kommt. Und wenn es nicht kommt, dann hat man wenigstens die vielen kleinen Glücke gehabt. Theodor Fontane*«, las Elly vor. »Sehr klug«, meinte sie. »Und was ist das große Glück für Sie?«

»Die Rückkehr meiner Erinnerung«, sagte Alexander. »Und heute werde ich die Freude unseres Ausflugs nach Esslingen aufpicken. Deshalb habe ich den Spruch ausgesucht.«

»Eigentlich heißt es ja: ... bis das große Glück kommt. Und wenn es nicht kommt, was wahrscheinlich ist ... Diesen Nebensatz haben Sie unterschlagen«, sagte Elly fest. »Mit Absicht oder aus Versehen?«

»Sie kennen den Spruch«, stellte Alexander überrascht fest und gestand: »Ich hab's unterschlagen. Herr Fontane möge mir verzeihen, aber das klingt mir zu pessimistisch, zumindest was meine Person angeht. Schließlich glaube ich immer noch daran, dass meine Erinnerung irgendwann wiederkommt. Und was ist für Sie das Glück?«

»Das große Glück ist meine Familie, aber darauf muss ich nicht warten, die ist ja schon da. Und ein kleines Glück sind zum Beispiel Ihre Sprüche und Schokoladenherzen auf dem Frühstückstisch. Die picke ich jeden Morgen auf.«

»Es ist nett, dass Sie das sagen.«

»Vielleicht kommen wir Ihrem großen Glück in Esslingen ja ein wenig näher«, meinte Elly.

Alexander war von der alten Fachwerkstadt begeistert. »Sehen Sie sich das an, Elly, und dann denken Sie an diese viereckigen Betonwürfel, die wir heute bauen. Kein Wunder, dass so viele Menschen auf der Couch des Psychiaters landen. Da muss die Seele doch Schaden nehmen.«

Elly musste ihm recht geben, auch ihr gefielen die alten Fachwerkhäuser besser, aber andererseits ...

»Also, ehrlich gesagt hätte ich im Mittelalter nicht hier leben wollen. Heute gehen wir über saubere Straßen und müssen keine Angst haben, dass uns aus einem Fenster ein Nachttopf über dem Kopf ausgeleert wird. Damals lebten die Menschen ohne Zentralheizung, ohne Toilette und ohne Aufzug.«

»Sie haben Recht, Elly, ich bin ein schrecklicher Romantiker. Aber in einem renovierten Fachwerkhaus zu leben, das könnte ich mir gut vorstellen, mit allen Errungenschaften der Neuzeit, aber mit diesem wunderbaren Blick auf die alte Stadt zwischen den Weinbergen.«

Die Weinberge gaben Elly ein Stichwort. Sie erzählte Alexander, dass die Esslinger Frauen früher Zwiebeln unter den Weinstöcken gepflanzt und heimlich auf dem Markt unter Umgehung der Steuern verkauft hatten. Und eine schlaue Marktfrau hatte einmal dem Teufel eine Zwiebel statt eines Apfels untergeschoben. Der herbe Zwiebelsaft trieb ihm nicht nur das Wasser in die Augen, sondern ihn endgültig aus der Stadt. Den Spitznamen »Zwiebelfresser« tragen die Esslinger seither mit Gelassenheit und Stolz.

»Tja, ihr Frauen seid eben einfach praktischer als wir Männer«, lachte Alexander. »Das sieht man doch an uns beiden. Während ich von romantischen Fassaden schwärme, denken Sie an Toiletten mit Wasserspülung.«

Sie standen bald vor dem Rathaus und bewunderten das prächtige Fachwerk.

»Man nennt diese Fachwerkkonstruktion ›Schwäbischer Mann‹«, erklärte Elly, »wissen Sie, warum?«

»Keine Ahnung, vielleicht weil es ein schwäbischer Mann gebaut hat«, vermutete Alexander.

»Nein, weil das Fachwerk wie ein Mann aussieht, wie ein Lastenträger, der die Arme und Beine spreizt, sehen Sie? Und wenn wir jetzt um das Rathaus herumgehen, dann sieht es da ganz anders aus.«

Tatsächlich, die Nordseite präsentierte sich mit einer roten, fein geschwungenen Renaissance-Fassade und einer kunstvollen astronomischen Uhr.

»Die Zeiger der Uhr markieren die Bewegungen von Sonne und Mond«, erklärte Elly, »und ein Reichsadler schlägt mit seinen Flügeln die Stunden. Aber nicht nur das. Sehen Sie den Dachreiter?« Elly deutete nach oben. »Dort hängen 29 Glocken. Punkt zwölf erklingt ein Glockenspiel, zu dem sich die Figuren bewegen. Schade, wir sind ein bisschen zu spät dran, sonst hätten wir zuschauen können.«

»Sie sind ja ganz schön beschlagen, die reinste Fremdenführerin«, staunte Alexander, und Elly verriet ihm nicht, dass sie sich das alles am Abend zuvor im Bett angelesen hatte.

»Auf zum Hafenmarkt«, sagte sie. »Die Häuserzeile zwischen Altem Rathaus und Hafenmarkt gilt als älteste zusammenhängende Häuserzeile Deutschlands. Sie stammt von etwa ...«, Elly kramte in ihrer Jackentasche und schielte auf ihren Spickzettel, »... 1330.«

Alexander lachte und hakte sich bei ihr unter. »Jetzt bin ich aber beruhigt, ich dachte schon, Sie wüssten das alles auswendig.«

»Im Dezember gibt es hier in Esslingen einen mittelalterlichen Weihnachtsmarkt. Den müssen Sie sich unbedingt einmal anschauen. Er ist wirklich sehenswert. Und jetzt, schlage ich vor, gehen wir zu St. Dionys.«

Die Kirche erkannte Alexander tatsächlich als die aus seinem Traum wieder. Sie setzten sich ein paar Minuten in eine Kirchenbank und bewunderten die wunderschönen bunten Glasfenster.

Die Burg, die malerisch über der Altstadt thronte, betrachteten sie von unten. Der Aufstieg über die steilen Stufen den überdachten Wehrgang hinauf zum Burghof erschien Elly heute zu anstrengend.

»Ein andermal«, sagte sie. »Es lohnt sich, der Blick von dort oben über die Weinberge auf die alten Dächer der Stadt ist wunderschön. Aber ich fürchte, dass meine müden Beine das heute nicht mehr schaffen. Schauen wir uns lieber noch das Viertel unten am Neckar an, ich finde es sehenswert und es gibt dort hübsche Geschäfte.«

Sie gingen gerade über die Innere Brücke, als sie hinter sich jemanden »Georg!« rufen hörten.

Zunächst reagierten sie nicht, fühlten sich nicht angesprochen, aber als die Stimme näher kam und ein zweites Mal »Georg!« rief, drehte Elly sich neugierig um. Ein Mann kam schnell herbeigelaufen und tippte Alexander von hinten auf die Schulter.

Als der sich verwundert umdrehte, sagte der Mann: »Oh, Entschuldigung, i han Sie verwechselt. Dud mr leid.«

Er wollte schon weitergehen, als Elly ihn am Ärmel festhielt. »Halt, warten Sie, vielleicht ist er's ja.«

»Wer?«

»Alexander. Ich meine, vielleicht ist Alexander ja Georg. Er hat sich inzwischen einen Bart wachsen lassen. Das verändert. Schauen Sie ihn sich noch mal genau an. Wenn Sie nicht sicher sind, könnte Alexander sich den Bart ja auch schnell abrasieren lassen. Vielleicht gibt's hier in der Nähe einen Herrenfriseur.«

Der Mann schaute sie entgeistert an.

»Warum soll sich Ihr Begleiter denn sein Bart abrasiere lasse, um Gottes wille? I han doch gsagt, dass des a Verwechslung isch und han mi entschuldigt. Und jetzt lassed Se mi bitte los.«

»Warten Sie, bitte! Wie heißt denn der Mann weiter, mit dem sie ihn verwechselt haben? Dieser Georg, meine ich. Wie heißt er mit Nachnamen und wo wohnt er?«

»Saged Se mal, spinned Sie? Was geht denn des Sie a, wie dr Georg mit Nachname hoißt und wo 'r wohnt?«

»Spielt Ihr Georg Klavier? Und versteht er Russisch?«

»I glaub wirklich, Sie ticked net richtig! Sie ghöred ja in d' Klapse!«

»Elly, bitte«, mischte sich jetzt Alexander ein.

Der Mann schüttelte ihre Hand ab und ging kopfschüttelnd weiter.

»Aber der kennt Sie vielleicht«, sagte Elly aufgeregt. »Von hinten hat er Sie erkannt, nur von vorne nicht. Aber daran ist bestimmt der Bart schuld. Wenn er uns Ihren Nachnamen und die Adresse gesagt hätte, dann hätten wir einen Anhaltspunkt gehabt. Aber jetzt ist er weg.«

»Ich bin's nicht, Elly, ich bin nicht Georg. Es hat keinen Zweck. Ich erkenne in dieser Stadt nichts wieder außer der Kirche, und ich bin nicht dieser Georg, mit dem der Mann mich verwechselt hat. Kommen Sie, lassen Sie uns nach Hause fahren. Tut mir leid, dass ich Sie umsonst hierhergeschleppt habe.«

»Sie haben mich nicht hierhergeschleppt«, sagte Elly trotzig, obwohl sie vor Enttäuschung am liebsten geweint hätte. »Wir vergessen jetzt einfach, warum wir hergekommen sind, und machen uns noch einen schönen Tag.«

Sie beschlossen, eine Kaffeepause einzulegen. Elly führte ihn zum Café Maille, wo sie am Ufer des Kanals saßen, Kaffee tranken und Kuchen aßen. Alexander bestand darauf, die Rechnung zu bezahlen. Elly war zwar der Ansicht, er solle sein Geld für etwas Wichtigeres aufsparen, aber da sie sah, wie wichtig ihm die Einladung war, stimmte sie zu.

»Der Mann muss uns für total verrückt gehalten haben«, lachte Alexander.

»Mich«, sagte Elly, »Sie haben ja gar nichts gesagt. Aber Sie haben schon recht. Wenn ich mir unsere Unterhaltung noch einmal ins Gedächtnis rufe, dann muss ihm das Ganze wirklich grotesk vorgekommen sein.« Mit etwas Abstand konnte jetzt auch Elly lachen. »Ein Glück, dass er nicht die Polizei gerufen hat. Ich glaube, wir wären in Erklärungsnot gekommen.«

»Ich werde Ihnen einfach nicht mehr erzählen, was ich träume«, beschloss Alexander und nahm noch einen Schluck Kaffee. »Ich meine, auf die Art können wir vergeblich durch die ganze Welt reisen und mein Gedächtnis doch nicht wiederfinden.«

»Sie werden doch nicht nach einem Versuch schon aufgeben«, schalt ihn Elly. »Außerdem ist Reisen nie vergeblich, Sie wissen doch: Der Weg ist das Ziel. Oder fanden Sie unseren Ausflug nach Esslingen nicht nett?«

»Natürlich fand ich ihn nett. Esslingen ist eine wirklich hübsche Stadt, und in Ihrer Begleitung ist sie noch viel hübscher.«

Seine Worte und der Blick, mit dem Alexander sie ansah, machten sie verlegen. Sie ging schnell auf ein anderes Thema über.

»Wissen Sie was? Sie könnten mal vom Campanile, dem Glockenturm auf dem Markusplatz in Venedig, träumen.«

»Vom Campanile? Warum denn das?«

»Ganz einfach, da war ich noch nie, aber ich wollte schon immer mal hin.«

»Elly, Sie sind ein verrücktes Huhn«, lachte Alexander. »Aber ich verspreche Ihnen, falls ich nicht nur mein Gedächtnis wiederfinde, sondern auch mein Bankkonto, das ich irgendwo zu haben hoffe, dann lade ich Sie ein, und wir fahren zusammen nach Venedig. Was halten Sie davon?«

»Manchmal haben Sie ganz gute Ideen«, meinte Elly. Dann wechselte sie das Thema. »Wissen Sie, Alexander, neulich, als wir getanzt haben, das fand ich richtig schön.«

Im Radio hatten sie ein Stück von Glenn Miller gespielt, die Musik ihrer Jugend, und Alexander hatte sie formvollendet zum Tanzen aufgefordert. Elly fand es wunderschön, von ihm im Arm gehalten zu werden und sich im Rhythmus der Musik zu bewegen. Keine Ahnung, wann sie das letzte Mal getanzt hatte. Als Pia dann zufällig ins Wohnzimmer kam, war es Elly ein bisschen peinlich gewesen, so als werde sie bei etwas Verbotenem ertappt, aber Pia hatte nur gegrinst und gesagt: ›Gut macht ihr das‹, und war diskret wieder verschwunden. Vermutlich war sie ganz froh darüber, dass Alexander seine Abende mit Elly verbrachte. Er sorgte dafür, dass Pia zu Felix gehen konnte, ohne schlechtes Gewissen, dass sie Elly allein ließ.

»Hätten Sie denn Lust, einmal mit mir tanzen zu gehen?«, wollte Elly wissen.

»Sie meinen zum Tanztee?«

»Ich habe keine Ahnung, ob es in Göppingen so etwas überhaupt gibt. Eine Disko gibt es, das weiß ich von Pia. Sie geht manchmal mit Felix hin. Aber ich schätze mal, dass das nicht ganz das Richtige für uns ist.«

»Vermutlich nicht«, lachte Alexander.

»Ich dachte an einen Tanzkurs«, erklärte Elly. »Ich würde so schrecklich gern Tango tanzen lernen. Das wollte ich schon immer mal, aber Heinz, mein Mann, war ein notorischer Nichttänzer. Deshalb ist es ein Traum geblieben. Aber ich habe gelesen, dass man nie zu alt ist, um etwas Neues zu lernen. Tanzen soll sogar besonders gut sein, wenn man das Senilwerden noch ein wenig hinausschieben will. Was schauen Sie mich so an? Habe ich etwas Dummes gesagt?«, fragte Elly.

»Sie wollen Tango tanzen lernen? Mit mir?«, fragte Alexander ungläubig.

»Na, mit wem denn sonst? Felix ist mir zu jung und Karl nicht hübsch genug.«

»Ich nehme das jetzt einfach mal als Kompliment, vielen Dank, Elly. Aber Sie wissen schon, wie man Tango tanzt?«

»Natürlich weiß ich das. Vermutlich besser als Sie.«

»Es ist ein recht erotischer Tanz«, erklärte Alexander.

»Stört Sie das?«

»Grundsätzlich nicht. Aber es gibt da eine Stellung, da müssen Sie auf einem Bein stehen und das andere Bein über ... meine Rückseite legen. Schaffen Sie das?«

»Keine Ahnung.« Elly musste lachen, als sie sich die Situation bildlich vorstellte. »Aber wenn Sie mich gut festhalten, warum denn nicht?« Das war jetzt die reine Angabe. Elly wusste sehr gut, dass es mit ihrer Gelenkigkeit nicht mehr allzu weit her war.

»Aber dann müssen Sie sich nach hinten überbeugen. Und wenn ich Sie nicht gut genug festhalte, dann werden Sie auf den Rücken fallen.«

»Dann halten Sie mich eben fest!«, erklärte Elly unerschrocken. »Aber ich sehe schon, Sie wollen nicht. Sie wollen mir zu verstehen geben, dass ich zu alt dazu bin.«

Alexander griff über den Tisch nach ihren Händen. »Aber ganz und gar nicht, Elly. Sie sind eine sehr gute Tänzerin, das habe ich neulich gemerkt. Aber vielleicht sollten wir erst noch ein bisschen üben, bevor wir uns an den Tango wagen. Wir könnten doch zunächst in Ihrem Wohnzimmer tanzen, wo uns keiner sieht.«

»Außer Pia.«

»Außer Pia. Und wenn ich dann mein Gedächtnis und mein Bankkonto wiedergefunden habe, dann schenke ich Ihnen einen Ehepaartanzkurs.«

»Einen Ehepaartanzkurs? Das klingt nicht besonders aufregend. Außerdem sind Sie heute sehr leichtsinnig, Alexander. Erst wollen Sie mir eine Reise nach Venedig schenken und dann einen Tanzkurs. Sie wissen ja gar nicht, ob Ihr vermeintliches Bankkonto so gut gefüllt ist.«

»Ich hab so ein Gefühl, als ob es reichen könnte«, sagte Alexander. »Wenn nicht, muss ich eben noch ein wenig Karten spielen und sparen. Also, wie ist es, abgemacht?«

»Abgemacht«, sagte Elly.

Pia

*Der Einfall war kindisch,
aber göttlich schön.
(Friedrich Schiller)*

Pia hatte beschlossen, noch ein wenig länger in Neubach zu bleiben. In Neubach und Kirchheim.

Ihre Abende verbrachte sie inzwischen meistens in Felix' Lokal. Es war einfach lustiger, als mit Oma und Alexander auf dem Sofa zu sitzen. Bei Felix traf sie immer nette Leute. Manchmal half sie in der Küche und beim Servieren, das machte ihr Spaß. Maria hatte sie unter ihre Fittiche genommen und bemutterte sie.

»Musste mehr essen, Pia, biste magrissima«, stellte sie in ihrem drolligen, italienisch gefärbten Deutsch fest und steckte ihr im Vorbeigehen einen Happen in den Mund. »Männer wolle sich nicht hole blaue Flecke bei Liebe.«

»Es gibt gerade keinen Mann in meinem Leben, der sich an mir blaue Flecken holen könnte, Maria.«

»Wird schon komme«, sagte Maria und rollte wissend mit ihren dunklen Augen. »Vielleicht iste schon da.«

Maria vermutete wohl, Pia und Felix seien ineinander verliebt. Aber da täuschte sie sich. Von Männern hatte Pia fürs Erste genug. Ihre letzte Beziehung war erst vor wenigen Wochen sehr unschön in die Brüche gegangen. Pia hatte sich vorgenommen, frühestens an ihrem dreißigsten Geburtstag wieder an Liebe zu denken, und das war noch eine Weile hin. Sie hatte eine Menge Spaß mit Felix und das sollte so bleiben. Sonntags und montags, wenn Felix sein Lokal geschlossen hatte, machten sie Ausflüge. Letzte Woche waren sie mit dem Paddelboot auf der Lauter unterwegs, es war ein Riesenspaß gewesen. Und am nächsten Sonntag wollten sie sich mit

Freunden von Felix zum Geocaching auf der Alb treffen. Am Samstag mussten sie allerdings erst noch eine Feier zu einem dreißigsten Geburtstag ausrichten. Ein Gast hatte das ganze Lokal für diesen Abend gebucht, und Pia hatte versprochen zu helfen.

Zum Glück musste sie kein schlechtes Gewissen haben, dass sie Oma so oft allein ließ, die hatte ja Alexander. Wären Oma und Alexander nicht schon so alt, würde sie annehmen, dass sich zwischen den beiden etwas anbahnte.

Alexander verwöhnte Oma mit kleinen Aufmerksamkeiten, und obwohl er kein Geld hatte, war er darin sehr erfinderisch, vielleicht auch gerade deshalb. Neulich hatte Pia ein Holzkästchen auf Omas Sideboard entdeckt, das sie noch nie dort gesehen hatte, und neugierig hineingeschaut. Es lagen lauter Zettel mit Sprüchen darin. Pia wusste, dass Oma Sprüche sammelte, aber normalerweise schrieb sie die in ein rotes, in Leder gebundenes Notizbuch. Diese Sprüche waren auch nicht in Omas Handschrift geschrieben. Pia drehte einen Zettel um. Auf der Rückseite stand: *Ich wünsche Ihnen einen schönen Tag, Elly.* Auf einem anderen hieß es: *Ich hoffe, Sie haben gut geschlafen und etwas Schönes geträumt.* Und auf dem letzten: *Ich freue mich auf unseren Ausflug.* Neulich hatte Alexander Oma einen Wiesenblumenstrauß von seinem Spaziergang mitgebracht. Oma hatte gestrahlt. Nun, mit Komplimenten und Blumensträußen war Oma von Opa nicht verwöhnt worden, wenigstens nicht in den Jahren, die Pia bewusst miterlebt hatte. Aber zu dem Zeitpunkt waren die beiden ja auch schon viele Jahre verheiratet gewesen, da hatte die Balzzeit schon einige Zeit zurückgelegen.

Für heute hatte Pia sich etwas ganz Besonderes einfallen lassen. Heute war Montag, der Termin war günstig, Felix hatte frei und Alexander würde heute Abend das Trio zum Skatspielen besuchen.

»Wir treffen uns beim Gartentor, oben beim Grundstück, aber erst um halb elf, dann ist Oma schon im Bett.

Sie geht immer nach den Spätnachrichten schlafen und ihr Schlafzimmer geht nach hinten raus. Aber sei trotzdem leise«, hatte sie gestern Abend zu Felix gesagt. »Und bring dir einen Pullover mit.«

»Was hast du denn vor? Willst du eine Nachtwanderung machen? Soll ich eine Fackel mitbringen?«

»Quatsch, für die Beleuchtung sorge ich. Eine Flasche Wein könntest du mitbringen, da kennst du dich besser aus als ich. Also abgemacht?«

Felix versuchte hartnäckig, ihr das Geheimnis zu entlocken, aber Pia blieb standhaft.

Abends wartete sie ungeduldig darauf, dass Oma endlich ins Bett ging, dann zog sie eine Jacke über und schlich sich aus dem Haus.

Felix wartete bereits am Gartentor.

»Du bist ja schon da. Komm rein«, flüsterte Pia und schloss das Tor auf.

»Und jetzt?«

»Wart einen Moment, ich muss noch was vorbereiten. Wenn du unseren Käuzchenruf hörst, kannst du kommen.« Der Käuzchenruf war in Kindertagen ihr Geheimsignal gewesen.

»Und wohin?«

»Zum Baumhaus.«

»Zum Baumhaus?«

»Pscht ..., schrei doch nicht so laut!«

Pia kletterte mit der Taschenlampe im Mund die Leiter zum Baumhaus hinauf und zündete die Kerzen an, die sie überall verteilt hatte. Dann ließ sie den Käuzchenruf ertönen.

Es dauerte eine Weile. Sie hörte einen kurzen Schmerzensschrei, dann tauchte Felix endlich schimpfend unten an der Leiter auf.

»Wo bleibst du denn so lange?«, fragte Pia ungeduldig.

»Mensch, hier ist es stockdunkel. Ich bin mit dem Fuß in ein Loch getreten. Ein Glück, dass ich mir nichts verstaucht oder gebrochen habe.«

»Nun hör schon auf zu jammern und komm hoch.«

»Trägt die Leiter mich überhaupt? Die ist doch inzwischen bestimmt morsch geworden.«

»Ist sie nicht. Nun komm schon. Früher warst du nicht so eine Memme.«

Dieser Satz schien Felix in seiner Mannesehre getroffen zu haben, denn sein Kopf erschien endlich in der Türöffnung.

»Na, was sagst du?«, fragte Pia mit Stolz in der Stimme.

»Willst du die ganze Bude abfackeln?«, entgegnete Felix mit Blick auf die vielen brennenden Kerzen.

»Sind alles Teelichter und Windlichter, da passiert schon nichts.«

Pia hatte sich etwas mehr Begeisterung von Felix erwartet.

»Und jetzt?«, fragte er.

»Setzen wir uns hin, trinken Wein und erzählen ein bisschen von früher.«

»Findest du nicht, dass das bei mir zu Hause gemütlicher wäre? Und wärmer«, fügte er hinzu und rieb sich mit den Händen seine Oberarme.

»Zu dir können wir doch immer, aber das heute ist ›Fünf-Freunde-Abend‹, verstehst du?«

»Und wo bleiben die anderen drei Freunde?«

»Mensch, Felix, du bist echt ein Spielverderber!«

»Nein, im Ernst, ich meine, unser Struppi ist ja inzwischen tot. Aber kommen Tobias und Sandra auch?«, wollte Felix wissen.

»Die kannst du vergessen. Mit Sandra kannst du dich nur noch über Stillen, Krabbelgruppe und Kindergarten unterhalten und mit Tobias über Heizungsanlagen, Sonnenkollektoren und Badezimmerarmaturen, der baut gerade ein Haus. Die zwei sind aus dem ›Fünf-Freunde-Alter‹ hinausgewachsen.«

»Aber wir nicht?«, sagte Felix mit einem leisen, resignierten Fragezeichen am Ende des Satzes.

»Nein, wir nicht! Oder bist du?«

»Nein, nein, natürlich nicht.« Felix' Versicherung klang nicht sehr überzeugend. Pia hatte den Eindruck, dass er ihr nur nicht den Spaß verderben wollte. »Gibt's auch was zu essen?«

»Klar, Knabberzeug, Schokolade und Kekse«, zählte Pia auf, »wie früher.«

»Sonst nichts?«

»Wenn dir das nicht reicht, kann ich rübergehen und bei Oma im Kühlschrank nachschauen.«

»Nein, bleib nur. Wir können nachher ja noch bei Burger King vorbeifahren, wenn unser ›Fünf-Freunde-Abend‹ zu Ende ist.«

»Zu Ende? Wir übernachten doch hier.«

»Hier?!« Pia konnte Felix' Gesichtsausdruck im Kerzenschein nicht deutlich erkennen, aber sie konnte das Entsetzen in seiner Stimme hören. »Auf dem Fußboden?«

»Keine Angst, ich hab vorgesorgt«, beruhigte Pia. »Oma hatte noch unsere alten Isomatten im Kellerschrank, und Decken hab ich auch mitgebracht. Oder brauchst du auch noch einen Schlafanzug, Zahnbürste und Rasierzeug? Falls du inzwischen unter Rheuma leidest, können wir's auch abblasen«, bemerkte sie bissig.

»He, nun sei doch nicht gleich beleidigt«, beschwichtigte Felix. »Die Sache kommt halt ein wenig überraschend für mich.«

»Und du magst keine Überraschungen«, stellte Pia fest.

»Kommt drauf an, was für welche.«

Pia begann, wütend die Kerzen auszublasen und Chips und Salzstangen in den Korb zu packen, der in der Ecke stand.

»Was machst du denn da?«, fragte Felix.

»Ich gehe ins Bett. Du bist echt blöd. Ich hab mich so auf heute Abend gefreut, hab alles vorbereitet ... Und du ...« Pia stellte verärgert fest, dass ihre Stimme zitterte.

»Tut mir leid, Pia«, sagte Felix und nahm sie in den Arm. »Komm, mach die Kerzen wieder an. Ich mache jetzt den Wein auf und wir trinken ein Glas zusammen. Und ich meckere auch bestimmt nicht mehr rum. Versprochen. Okay?«

»Okay«, schniefte Pia und rollte die Isomatten aus.

Eine Stunde später saßen sie einträchtig nebeneinander auf der Isomatte und steckten ihre Köpfe zusammen. Pia hatte unter der Holzbank an der Seite des Baumhauses ihre Schatzkiste wiedergefunden, an die sie gar nicht mehr gedacht hatte. Es war eine alte, viereckige Gebäckdose, in der sie als Kind ihre Schätze versteckt hatte: einen Ring aus dem Kaugummiautomaten mit einem roten Glasherzen, den Felix ihr einmal geschenkt hatte, ihre Strickliesel und ihre einzige Barbiepuppe. Mama verabscheute Barbiepuppen, und Pia hatte deshalb nie eine bekommen, obwohl sie sich jedes Jahr aufs Neue eine zu Weihnachten und zum Geburtstag gewünscht hatte. Diese hatte Opa ihr gekauft, als sie einmal zusammen auf dem Flohmarkt in Göppingen gewesen waren. Weil Mama nichts davon wissen durfte, hatte Pia sie in Neubach gelassen.

»He, du warst ja doch ein richtiges Mädchen, Georgina. Wer hätte das gedacht«, lästerte Felix, als er die Puppe sah, und kramte weiter in der Schachtel. »Hey, guck mal, da sind wir ja alle zusammen drauf. Ich weiß noch, wie dein Opa das Foto gemacht hat.«

Felix hielt ein Foto vor das schummrige Kerzenlicht. Das Bild zeigte sie alle vier: Tobias und Felix streckten grinsend ihre Köpfe aus der Tür des Baumhauses und Pia saß neben Sandra in der Eingangstür und ließ ihre dünnen, blassen Beine herausbaumeln. Dann holte Felix ein Foto aus der Schachtel, auf dem er allein zu sehen war.

»Das Bild kenn ich ja gar nicht. Wer hat das gemacht?«, wollte Felix wissen.

»Opa. Ich hab ihm verraten, dass ich in dich verliebt bin, unter dem Siegel der Verschwiegenheit, versteht sich. Er hat mir versprechen müssen, dass er es niemandem erzählt, vor allem nicht Sandra und Tobias. Und dann hat er mir eines Tages das Foto geschenkt. Er muss dich heimlich geknipst haben, um mir eine Freude zu machen.«

»Dein Opa war echt okay. Der hat auch immer mitgespielt, wenn wir einen Onkel Quentin brauchten oder einen bösen Erwachsenen, der uns irgendwo schreiend und mit dem Stock fuchtelnd vertrieben hat.«

»Ja, das stimmt«, lachte Pia in der Erinnerung an Opas filmreife Auftritte. »Ich glaube, es hat Opa genauso viel Spaß gemacht wie uns.«

»Und du warst wirklich in mich verliebt?«

»Als ob du das nicht wüsstest«, sagte Pia. »Na ja, vielleicht war ich auch in Julius verliebt. Er war schließlich der Coolste von den ›Fünf Freunden‹.«

Und den hatte immer Felix gespielt.

»Erzähl mir nichts. Wenn Tobias der Julius gewesen wäre, hättest du dich bestimmt nicht in ihn verliebt, gib's zu.«

»Natürlich nicht. Der ist ja auch mein Cousin. Ich meine, wer verliebt sich schon in seinen Cousin?«

»Sag mal, wie geht's eigentlich deiner Oma und Alexander? Hat der sein Gedächtnis schon wiedergefunden?«, wollte Felix wissen.

»Nein, leider nicht. Ach, ich hab dir ja noch gar nicht erzählt, was die neulich in Esslingen erlebt haben.«

Pia erzählte Felix die Geschichte der Verwechslung, als Elly dem Mann auf der Straße unbedingt einreden wollte, Alexander sei doch der Mann, mit dem er verwechselt worden war. Darüber musste Felix so lachen, dass er sich nach hinten warf und heftig mit dem Kopf gegen die Holzwand schlug.

»Sag mal, war das immer so eng hier? Früher waren wir doch sogar zu viert hier drin. Ich hab das Gefühl, unser Baumhaus ist in den letzten Jahren geschrumpft.«

»Nee, das nicht, aber du bist auseinandergegangen«, lachte Pia.

»Sehr charmant«, maulte Felix. »Das Erste, was du nach Jahren an mir bemerkst, ist mein schütterer Haarwuchs, und jetzt weist du wenig dezent auf meinen Leibesumfang hin.«

»Falls es dich beruhigt, es steht dir. Macht dich ein bisschen männlicher. Aber du solltest aufpassen, dass es nicht mehr wird.«

»Danke für den Hinweis. Falls du dir noch einen Mann angeln willst, Pia, solltest du unbedingt an deiner Charmeoffensive arbeiten«, schlug Felix vor. »So wird das nichts.«

»Dich will ich ja nicht angeln.«

»Schade.«

Felix griff nach einer von Pias Locken und wickelte sie um seinen Zeigefinger.

»Dein Haar sieht bei der Kerzenbeleuchtung richtig toll aus«, bemerkte er.

»Nur bei Kerzenlicht?«

»Nein, aber dann ganz besonders. Es sieht aus, als ob lauter goldene Funken darin tanzen.«

»Wow, Felix, du bist ja ein richtiger Poet. Das wusste ich noch gar nicht.«

»Kannst du eigentlich auch mal ernst sein?«

Pia wurde einer Antwort enthoben, weil von unterhalb der Leiter eine laute Männerstimme heraufrief.

»Hallo, ist da jemand?«

»Ach du Schande, ein Einbrecher«, flüsterte Pia erschrocken.

»Klar, die machen immer erst laut auf sich aufmerksam, bevor sie in leere Baumhäuser einbrechen«, sagte Felix trocken.

»Blödmann, ich finde das wirklich nicht komisch.«

Sie krabbelten an die offene Tür. Zunächst konnten sie nichts sehen, weil ihnen das Licht einer Taschenlampe hell ins Gesicht leuchtete.

»Polizeimeister Eberle«, stellte sich die Stimme vor. »Mir liegt a Azeig vor wege Hausfriedensbruch und Ruhestörung. Was mached ihr denn da obe?«

»Fünf ... Fünf-Freunde-Abend«, stotterte Pia.

»Was, zu fünft seid ihr in dera kloine Hütte? Und i han denkt, 's handelt sich um a Schäferstündle. Sin 'r am Kiffe und Saufe oder was?«

»Also hören Sie mal«, mischte sich jetzt Felix ein. »Wir trinken ganz gesittet ein Glas Wein zusammen und unterhalten uns.«

»Hen 'r da drfür koi bessers Plätzle gfunde? I moin, ihr könned doch net eifach auf des Grundstück von dr Frau Engelmann gange, no drzu mitte in dr Nacht.«

»Aber das Baumhaus gehört uns doch. Ich bin die Enkelin von meiner Oma, also ich meine von Frau Engelmann.«

»Ach, so isch des. Des isch nadürlich ebbes anders. Könned Sie sich ausweise?«

Ihren Ausweis hatte Pia nicht dabei.

»Warten Sie«, sagte Felix, griff hinter sich und hatte das Kinderfoto in der Hand, das er dem Polizisten herunterreichte. »Das da ist Pia, die kleine Rotblonde mit den vielen Sommersprossen, hier im Baumhaus, als Kind. Die sieht doch noch genauso aus wie damals, oder?«

»Fascht«, sagte Herr Eberle und beleuchtete das Foto mit seiner Taschenlampe. »A bissle hübscher, däd i sage. Und sie hat nimme so dünne Spächele«, meinte er mit Blick auf ihre inzwischen wohlgeformten, schlanken Beine in den Shorts. »Aber doch, mr sieht scho, dass se's isch. Na kann i Ihr Nachbarin ja beruhige. Aber sen Se a bissle leiser. Also, na en schöne Abend no und grüßed Se Ihr Großmutter von mir.«

»Lieber nicht«, sagte Pia, »wäre nett, wenn Sie uns nicht verraten würden.«

»Ach, so isch des«, lachte Herr Eberle und tippte sich an die Mütze, »also doch a Schäferstündle. Koi Angst, i verrat nix. Aber für Ihr Nachbarin kann i natürlich net garantiere.«

»Blöde Kuh«, schimpfte Pia, als Herr Eberle weg war.

»Wer?«

»Na, Frau Häfele. Muss die denn gleich die Polizei alarmieren? Und jetzt?«

»Jetzt leeren wir noch die Flasche zusammen, dann blasen wir die Kerzen aus und gehen in unsere Betten. Sei mir nicht böse, Pia, aber ich glaube, für eine Nacht auf dem Boden bin ich doch schon ein bisschen zu alt. Ich muss morgen wieder arbeiten, und die Woche fängt erst an. War aber trotzdem schön, unser ›Fünf-Freunde-Abend‹, oder?«

»Du kannst ruhig zugeben, dass du es doof gefunden hast.«

»Hab ich nicht. Gut, ich gebe zu, ich hatte meine Anlaufschwierigkeiten, aber dann war's doch richtig lustig. Komm, gib mir dein Glas, damit die Flasche leer wird.«

»Willst du wirklich noch nach Hause fahren?«

»Du hast recht, das wäre sicher nicht empfehlenswert. Womöglich treffe ich den Herrn Polizeimeister auf dem Nachhauseweg. Kann ich nicht in Alexanders Bett schlafen? Du hast doch gesagt, der ist heute Nacht nicht da.«

»Okay, aber nur, wenn du spätestens um fünf morgen früh verschwunden bist. Oma darf nichts merken.«

In Alexanders Zimmer zu gehen, den Schlafanzug aus seinem Bett zu nehmen und sein Bett für Felix frisch zu beziehen, kam ihr nun wirklich ein wenig wie Hausfriedensbruch vor. Sie durfte auf keinen Fall verschlafen, damit sie Felix nach Hause schicken und Alexanders Bett wieder in seinen Urzustand zurückversetzen konnte, bevor Oma aufwachte. Zum guten Schluss hatte der Abend doch noch etwas Abenteuerliches und Verbotenes bekommen, so wie es sich für die »Fünf Freunde« gehörte.

Alexander

Ehe du ein Haus kaufst,
erkundige dich nach den Nachbarn.
(Volksmund)

Wenn Alexander am Morgen nach seinen Skatabenden nach Hause ging, hatte er zwei Möglichkeiten: Entweder musste er am Haus von Frau Häfele vorbei oder er musste einen großen Umweg in Kauf nehmen. Alexander war mutig, und das war ein Fehler. Frau Häfele öffnete ihre Haustür, gerade als Alexander daran vorbeiging. Das konnte kein Zufall sein, obwohl Frau Häfele eine Alibi-Mülltüte in der Hand hielt. Alexander sah, dass die nicht einmal zur Hälfte gefüllt war.

»Ach, Herr Alexander, gut, dass i Sie treff«, begrüßte Frau Häfele ihn ohne Umschweife. »Also so geht's fei net.«

»Wovon sprechen Sie denn?«, erkundigte sich Alexander, dem nichts Gutes schwante, höflich.

»Von dera Party im Garte von dr Frau Engelmann, um des amal höflich auszumdrücke.«

»Eine Party? Davon weiß ich ja gar nichts.«

»Da drvo hat niemand ebbes gwisst, d' Frau Engelmann anscheinend au net. Der Polizist hat gsagt, i soll nix sage, aber i find, d' Frau Engelmann sodd scho wisse, was ihr Fräulein Enkelin da treibt.«

Jetzt war Alexander doch neugierig, was Pia zur Last gelegt wurde.

»Ja, was treibt sie denn?«, erkundigte er sich.

»Treibt's mit ihrem Freund in dem Baumhaus, des muss mr sich amal vorstelle. Schamlos isch des! Mir wohned hier in ra aständige Gegend. Jedenfalls war's bis jetzt oine. Vielleicht macht mr des ja in Köln so, aber bei uns net. Net bei uns«, betonte Frau Häfele empört.

Pia und Felix? Nun, Elly vermutete schon lange, dass die beiden ein Paar waren, aber dass sie im Baumhaus ... Felix hatte eine sturmfreie Bude.

»Hören Sie, Frau Häfele, die beiden sind erwachsene Leute und das Baumhaus steht auf einem Privatgrundstück. Aber ich kann mir wirklich nicht vorstellen, dass die beiden es nötig haben, sich in einem Baumhaus zu ... treffen.«

»Hen se aber. Der Polizist hat's ja gsehe. Des isch Erregung öffentlichen Ärgernisses. Ganz abgsehe da drvo, was i für a Angst ausgstande han, sonscht hätt i doch koi Polizei gholt. Aber Gläserklirre und lauts Gelächter und Schummerlicht und Geflüster mitte in dr Nacht. Ha, da wird's oim als alleinstehende Frau doch ganz anders.«

Wenn Frau Häfele das Geflüster gehört und das Schummerlicht gesehen hatte, dann musste sie sich trotz ihrer Angst recht dicht an das Baumhaus herangewagt haben.

»Und Sie sind sicher, dass die beiden ...«

»Ha, d' Hand han i net drzwische ghabt und 's Licht han i au net ghobe, aber wozu trifft sich a Pärle in ma Baumhaus, frag i Sie.«

»Keine Ahnung«, sagte Alexander.

»I scho! Also saged Se dr Frau Engelmann en schöne Gruß von mir und dass des aufhöre muss.«

»Werde ich machen, Frau Häfele. Aber jetzt muss ich gehen. Elly wartet bestimmt schon auf den Hefezopf«, sagte Alexander und deutete auf die Tüte, die er wie jeden Dienstagmorgen in der Hand trug. »Elly sagt immer: ›Trudis Hefezopf ist der beste.‹«

»Na hoff i mal, dass ra bei dene Nachrichte net dr Appetit vergoht«, bemerkte Frau Häfele spitz, drehte sich um und verschwand ohne Gruß im Haus.

»Ihnen auch noch einen schönen Tag«, sagte Alexander ironisch und beeilte sich, nach Hause zu kommen.

Elly war in der Küche und traf Vorbereitungen fürs Frühstück. Dienstags wartete sie immer mit dem Frühstück, bis Alexander mit dem Hefezopf kam. Von Pia war nichts zu sehen, vermutlich schlief sie noch.

»Ach, Alexander, da sind Sie ja. Hatten Sie einen netten Abend?«

»Oh ja, es ist immer lustig bei den dreien. Und ich habe schon wieder gewonnen: vier Euro siebzig.«

»Gratuliere! Wie Sie das immer machen«, wunderte sich Elly und schaltete die Kaffeemaschine ein. »Entweder sind Sie ein Glückspilz oder ein toller Kartenspieler. Aber ich muss Ihnen etwas erzählen. Ich musste heute Nacht ins Badezimmer. Und als ich an Ihrem Zimmer vorbeikam, da habe ich mir doch tatsächlich eingebildet, ich hätte aus Ihrem Zimmer Geräusche gehört. Die Macht der Gewohnheit, zu albern.«

»Nun, vielleicht haben Ihre Ohren Sie gar nicht getäuscht«, sagte Alexander.

»Wie meinen Sie das? Waren Sie denn hier?«

»Nein, ich nicht. Aber vielleicht ist es Pia und Felix heute Nacht im Baumhaus doch ein wenig zu ungemütlich geworden.«

Und dann erzählte er Elly, was er eben von Frau Häfele erfahren hatte.

»Aber bitte sagen Sie Pia nicht, dass Sie es wissen.«

»Also doch«, sagte Elly, »ich hab mir doch gedacht, dass die zwei ein Paar sind. Aber warum macht Pia ein solches Geheimnis daraus? Und warum treffen sie sich heimlich im Baumhaus wie verliebte Backfische?«

»Ich habe keine Ahnung, Elly, aber vielleicht erfahren wir es noch. Ach, da fällt mir ein, dass noch jemand auf Freiersfüßen geht.«

Elly sah ihn neugierig an.

»Karl«, erzählte Alexander, »hat im Café eine Dame kennengelernt, eine sehr gepflegte und gebildete Dame, wie

Karl betont hat. Er könne gar nicht verstehen, was die an einem Mann wie ihm finde, aber sie spreche Schwäbisch wie er und sei überhaupt nicht hochgestochen. Sie störe sich auch nicht an seinem Bauch. Sie habe gesagt, ein Mann ohne Bauch sei wie ein Himmel ohne Sterne.«

Elly lachte. »Den Spruch kenne ich. Aber eigentlich bezieht er sich auf Frauenbäuche. Er kommt aus dem Arabischen und hängt vermutlich mit dem Bauchtanz zusammen. Der soll angeblich nicht besonders erotisch aussehen, wenn eine Frau flach ist wie ein Brett. Es gibt auch eine schwäbische Version, speziell auf Männer gemünzt. Die heißt: ›Ein Mann ohne Ränzle ist wie ein Garten ohne Pflänzle.‹ Na, Hauptsache, Karl glaubt's und ist glücklich. Ich freue mich für ihn.«

»Er strahlt wie ein Honigkuchenpferd«, erzählte Alexander. »Und die Frotzeleien von Hugo und Ernst, die natürlich nicht ausbleiben, erträgt er mannhaft. ›Die sind doch bloß neidisch‹, hat er zu mir gesagt. Und nächstes Wochenende will er mit der Dame nach Bad Wörishofen fahren. Sie hat ihn einladen wollen, aber das hat Karl abgelehnt. ›Kein Kuddelmuddel, es hat alles seine Ordnung. Wir haben getrennte Kassen und wir haben natürlich zwei Einzelzimmer gebucht‹, hat Karl betont und musste sich von Ernst sagen lassen, das habe er ja nur gemacht, um noch eine Weile vor der Dame geheim zu halten, dass er schnarche wie ein Nilpferd. Ernst hat dann noch hinzugefügt: ›Hoffentlich liegen eure Zimmer nicht nebeneinander, deine Schnarcherei, die hört man noch durch die Wand. Und das erzeugt Aggressionen, wenn man's nicht abstellen kann. Das ist ungut für eine Beziehung, glaub mir's. Ruf lieber nochmal in dem Hotel an und bestell Zimmer in verschiedenen Stockwerken!‹ Natürlich hat dieses Gespräch auf Schwäbisch stattgefunden. Aber Sie wissen ja, dass ich Schwäbisch zwar verstehen, aber nicht sprechen kann. Ich will Ihnen diesen Versuch also lieber ersparen.«

»Ich kann mir gut vorstellen, wie die beiden das gesagt haben«, lachte Elly. »Na, Karl hat's aber eilig! Wie lange kennt er die Dame denn schon?«

»Ich glaube, nicht sehr lange. Aber Karl meinte, in seinem Alter solle man sich nicht mehr so viel Zeit lassen, man wisse ja nicht, wie viel davon man noch habe.«

Was Karl gestern Abend noch zu ihm gesagt hatte, verschwieg Alexander.

»I kann dr des bloß empfehle, Alexander, so a Frau isch wie en Jungbrunne. Mi zwickt's und zwackt's bloß no halb so viel. Du magsch doch d' Elly, des sieht ja en Blinder. Na mach doch endlich Nägel mit Köpf.« Alexanders Einwand, er wisse ja nicht einmal, wer er sei, womöglich habe er sogar irgendwo eine Frau, hatte Karl beiseitegewischt. »Wenn sich des rausstellt, na kannsch dr immer no überlege, wen de lieber magsch, dei Frau oder d' Elly. Und dei Frau könnt dr net amol en Vorwurf mache. I moin, wie kann mr denn a Ehe breche, von der mr gar nix woiß?«

Für Karl waren die Dinge ganz einfach. Aber an Ellys Gefühle schien er im Gegensatz zu Alexander nicht zu denken.

Beim Frühstück am nächsten Morgen reichte Elly ihm einen Zettel über den Frühstückstisch.

»Hier, lesen Sie mal. Der lag heute Morgen im Briefkasten.«

»Das ist nicht meine Handschrift«, hörte Alexander sich sagen.

»Natürlich ist es nicht Ihre Handschrift. Denken Sie, ich würde annehmen, Sie hätten mir das in den Briefkasten gesteckt?«, fragte Elly verwundert.

Aber den Zettel, den Elly ihm zeigte und auf dem in großen Druckbuchstaben nur drei Worte standen – *Soddom und Gomorra* –, hatte Alexander nicht gemeint. Er hatte vor seinem geistigen Auge einen anderen Zettel gesehen, den eine andere Hand ihm über einen Tisch gereicht hatte und auf dem Ellys Namen und Adresse standen – in einer ihm fremden Handschrift. Wie ein Blitz war die Erinnerung plötzlich da gewesen, ausgelöst vielleicht durch Ellys Handbewegung und die vergleichbare Situation. Es war die erste Erinnerung an sein verlorenes Leben, von seinem Traum einmal abgesehen. Er versuchte, sich zu konzentrieren, das Bild noch einmal heraufzubeschwören. Wie hatte die Hand ausgesehen? War es die Hand einer Frau oder eines Mannes? Wurde etwas gesprochen? War vielleicht ein Name gefallen? Wo hatte die Zettelübergabe stattgefunden? In einer Wohnung oder in einem Lokal?

»Alexander! Alexander, was ist denn? Sie sind ja ganz blass geworden. Ist Ihnen nicht gut?«

Elly legte besorgt ihre Hand auf seine. Eine liebevolle Geste, aber er hätte ihre Hand am liebsten abgeschüttelt und zu ihr gesagt: Halten Sie den Mund! Ich kann mich nicht konzentrieren, wenn Sie dauernd reden. Er hätte ihr erklären können, dass er versuchte, diese Erinnerung noch einmal einzufangen.

Er hätte Elly gern davon erzählt, aber er wollte erst einmal abwarten. Vielleicht war dieser kurze Moment, an den er sich erinnerte, erst der Anfang. Vielleicht aber würde es auch dabei bleiben. Er dachte daran, wie enttäuscht Elly gewesen war, als sich ihre Hoffnung auf ein Erinnern in Esslingen zerschlagen hatte.

»Wenn ich gewusst hätte, dass Sie das so aufregt, dann hätte ich Ihnen den Zettel gar nicht gezeigt. Er ist nicht nett, wirklich nicht, aber er ist es auch nicht wert, dass Sie sich so aufregen. Sicher ist das ein freundlicher Guten-Morgen-Gruß meiner lieben Nachbarin. Vielleicht hat sie erwartet, dass ich mich für die nächtliche Ruhestörung bei ihr entschuldige, aber da kann sie lange warten. Kommen Sie, trinken Sie einen Schluck Kaffee, das wird Ihnen guttun«, sagte Elly und schenkte ihm ein.

»Danke, Elly. Es ist vermutlich nur der Kreislauf, der Wetterwechsel.«

»Sollen wir Ihren Blutdruck messen?«, fragte Elly und wollte schon aufstehen, um das Blutdruckmessgerät zu holen.

»Nein, bitte bleiben Sie sitzen«, sagte Alexander und hielt ihre Hand fest. »Was bringt es, wenn wir feststellen, dass er niedrig ist? Es geht mir auch schon wieder besser. Jetzt noch eine Tasse Kaffee und ein Brötchen mit Ihrer ausgezeichneten Marmelade, dann ist alles wieder in Ordnung. Es tut mir leid, dass Ihnen jemand eine so unfreundliche Morgengabe geschickt hat.«

»Es ist ja zum Glück nicht die Einzige. Jetzt lese ich Ihre, die wird mir sicher bessere Laune machen«, antwortete Elly und griff nach dem Spruch, der vor ihrem Frühstücksteller lag. »Eine einzige Freude vertreibt hundert Betrübnisse«, las Elly vor. »Sie hätten den Spruch nicht besser wählen können, Alexander. Die Freude, hier mit Ihnen beim Frühstück zu sitzen und Ihren Spruch zu lesen, vertreibt den Ärger über die hässliche Attacke.«

Wenn Elly wüsste, dass es für ihn heute Morgen noch eine ganz andere Freude gab, nämlich die erste Botschaft aus seinem vergangenen Leben!

Pia

*Eher muss man darauf achten,
mit wem man isst und trinkt,
als was man isst und trinkt.*
(Seneca)

»Ich bin so verliebt, Oma«, seufzte Pia und umarmte Oma Elly, die in der Küche stand und einen Kuchenteig rührte, so stürmisch, dass die fast ins Wanken kam.

»Ich hab mich schon gefragt, wann du es mir endlich sagst«, schmunzelte Elly, die sich offensichtlich mit ihrer Enkelin freute.

»Du weißt es schon? Aber woher denn?«

»Na hör mal, ich hab doch Augen im Kopf. Die sehen zwar nicht mehr so gut wie früher, aber dafür reicht's noch. So, wie Felix dich anschaut.«

»Felix? Wieso denn Felix? Du meinst, ich sei in Felix verliebt? Aber Oma, ich hab dir doch gesagt, dass das nur eine Freundschaft ist.«

»Ja, wer denn dann? Und warum bist du mit Felix dann neulich im ...« Oma Elly unterbrach sich mitten im Satz.

»Ach Oma, ich weiß ja, dass du mich gern mit Felix verkuppeln würdest«, sagte Pia und ließ sich auf einen Küchenstuhl plumpsen. »Aber du wirst Ruben bestimmt auch mögen.«

»Ruben heißt er also«, stellte Oma fest. »Und woher kennst du ihn?«

Pia erzählte, dass sie ihn auf der Geburtstagsfeier in Felix' Lokal kennen gelernt hatte. Pia hatte beim Bedienen geholfen und dabei immer wieder seinen Blick aufgefangen. Er sah gut aus, trug sein volles blondes Haar ein wenig länger und war leger, aber sehr gepflegt gekleidet. Später am Abend hatte er sie angesprochen und sie aufgefordert, sich zu ihm zu setzen.

»Er ist Unternehmensberater und verdient bestimmt einen Haufen Kohle. Er hat es nicht gesagt, weißt du, er ist keiner von diesen Angebertypen, aber ich hab gesehen, dass er einen Maserati fährt.«

»Und das imponiert dir«, sagte Oma, und es klang wie eine Feststellung, nicht wie eine Frage.

»Quatsch, das ist es nicht. Es ist nicht sein Geld. Du weißt, dass ich mir nichts daraus mache. Er ist einfach nett, und wenn ich ihn sehe, dann kriege ich Herzklopfen. Ich wollte ja keinen Mann mehr anschauen, bis ich dreißig bin, aber das ist Schicksal, da kann man nichts machen. Verstehst du?«

»Und was sagt Felix dazu?«, wollte Oma Elly wissen.

»Ach Oma, vergiss doch mal Felix! Das hat mit Felix überhaupt nichts zu tun. Mit Felix bin ich befreundet und in Ruben bin ich verliebt. Ich hab gedacht, du freust dich mit mir«, schmollte sie.

»Tu ich doch, Schätzchen, tu ich.«

»Ich werde Ruben mal mitbringen und ihn dir vorstellen, dann wirst du schon sehen, dass er nett ist. Und Mama und Papa wird er auch gefallen, endlich mal ein Mann mit gesichertem Einkommen.«

Oma sah sie erschrocken an. »Du denkst doch nicht etwa schon ans Heiraten?«

»Ach Oma, wo denkst du denn hin? Natürlich nicht«, lachte Pia. »Ich kenne ihn ja erst ein paar Tage. Er ist einfach nur süß, und ich bin total verliebt in ihn, das ist alles.«

Das Geocaching mit Felix und seinen Freunden hatte sie abgesagt, weil Ruben sie zum Essen eingeladen hatte. Felix hatte ein wenig enttäuscht geguckt, aber nicht versucht, sie zu überreden. »Schade«, hatte er nur gesagt, »aber wenn du lieber mit diesem Typen essen gehst, klar.« Pia hatte sich an der Bezeichnung ›diesem Typen‹ gestört, aber sie hatte ein schlechtes Gewissen, weil sie Felix so kurzfristig abgesagt hatte, und ging deshalb nicht darauf ein.

Sie hatte ihre besten Sachen angezogen, nun ja, die besten, die sie dabeihatte, ihre gute Jeans und die weiße Tunika mit den Pailletten am Halsausschnitt. Zuhause in Köln hing ein schickes Kleid im Schrank, das sie zu besonderen Anlässen trug, aber selbst wenn sie es dabeigehabt hätte, hätte sie es nicht angezogen. Es wäre ihr übertrieben vorgekommen. Dabei wäre sie selbst damit noch underdressed gewesen in dem vornehmen Schuppen, in den Ruben sie führte. Ihr war schon beim Anblick der davor parkenden Nobelschlitten ganz anders geworden. Ruben schien hier öfter zu essen, denn er wurde sehr höflich mit Namen begrüßt, obwohl er so ein Aschenputtel bei sich hatte. Sie wurden an einen Zweiertisch am Fenster geführt. Der Blick aus dem Fenster auf die unter ihnen liegende Landschaft war atemberaubend, der in die Speisekarte ebenso. Sie suchte vergeblich nach einem Gericht, das weniger als zwanzig Euro kostete, aber selbst die billigste Vorspeise gab es hier nicht unter fünfzehn Euro.

»Wir haben heute auch noch einige Empfehlungen unseres Küchenchefs, die nicht auf der Karte stehen. Da wären einmal die rosa gebratenen Tranchen vom Milchferkelfilet an Sauce Béarnaise auf geschmolzenen Tomaten mit Kartoffelspeckplätzchen«, begann der Ober seine Aufzählung. »Das Fleisch kommt von einem Biohof und ist ganz besonders zart und schmackhaft. Falls Sie Fisch bevorzugen, kann ich Ihnen unseren Butterfisch an buntem, asiatischem Gemüse empfehlen. Er wird mit Zitronengras und Sojasprossen im Reisblatt serviert. Dazu reichen wir Rote Thai-Kokossoße.«

Wie der Ober das alles behalten konnte! Ob er die Empfehlungen des Küchenchefs morgens auswendig lernte, so wie Pia früher ihre Lateinvokabeln? Pias Magen knurrte ihr widerspenstig etwas von einem großen Wiener Schnitzel mit knusprigen Pommes frites zu, was den beiden Herren glücklicherweise zu entgehen schien. Sie konnte gar nicht alles behalten, was der Ober aufzählte, aber selbst wenn sie Lust auf eines der Gerichte gehabt hätte, hätte sie es nicht bestellt. Sie wagte nämlich nicht, nach dem Preis zu fragen.

»Nun, hat dich etwas davon angesprochen, Kleines?«, fragte Ruben.

Pia räusperte sich. »Ich glaube, ich nehme lieber etwas von der Karte. Vielleicht auch nur eine Vorspeise. Ich habe heute gar keinen Hunger.« Das war eine glatte Lüge, Pia war sogar sehr hungrig. Besser gesagt, sie war es gewesen, bevor sie dieses Restaurant betreten hatte. Inzwischen war ihr Magen vor Aufregung wie zugeschnürt.

»Nun, dann bestellen wir erst einmal etwas zu trinken und schauen uns in Ruhe die Karte an. Champagner bitte«, wandte Ruben sich an den Ober, der die Bestellung mit einem gnädigen Kopfnicken entgegennahm und verschwand. »Nur als Aperitif«, erklärte Ruben. »Zum Essen werden wir natürlich etwas anderes trinken. Die haben hier ganz vorzügliche Weine. Und dann werden wir in aller Ruhe essen, mit allem, was dazugehört. Du kannst hier nicht nur eine Vorspeise bestellen.« Pia hörte einen dezenten Tadel in Rubens Stimme. »Du wirst sehen, die Portionen sind nicht besonders groß.«

Das war Pia beim Blick auf die Nebentische auch schon aufgefallen. Die Teller sahen sehr übersichtlich aus. Der Ober brachte zwei Gläser Champagner und Ruben stieß mit Pia an.

»Auf uns beide«, sagte er und schaute Pia tief in die Augen. Trotzdem war seinen Augen eine wichtige Kleinigkeit nicht entgangen. »Am Stiel halten, Kleines, sonst klingt es ja nicht.« Obwohl er freundlich sprach, erinnerte sein Tonfall sie an ihren Vater, wenn er sagte: »Pia, nimm die Ellbogen vom Tisch!«

»Entschuldige, das weiß ich ja. Aber ich bin ein bisschen durcheinander. Ich wusste nicht, dass wir so vornehm essen gehen. Ich bin total falsch angezogen«, entschuldigte sich Pia und nahm sich vor, sich demnächst etwas Neues zu kaufen. Dies würde sicher nicht ihr letztes Treffen mit Ruben sein. Es sei denn, er verlor das Interesse an ihr, wenn sie sich weiterhin benahm wie eine Landpomeranze beim Ausflug in die Großstadt.

»Du siehst bezaubernd aus«, beruhigte Ruben sie und schaute sie wohlwollend an. »Wenn man so hübsch ist wie du und so eine tolle Figur hat, dann kann man alles tragen. Die anderen Frauen müssen sich ein bisschen aufbrezeln, aber das hast du doch nicht nötig.«

Der Ober brachte zwei kleine Teller mit einer appetitlichen Winzigkeit darauf. »Ein kleiner Gruß aus der Küche, Wachtelbrüstchen auf Alblinsen«, erklärte er.

»Das ist aber nett«, freute sich Pia. »Bitte grüßen Sie die Küche zurück.«

Ruben lachte. »Du bist wirklich köstlich. Lass es dir schmecken!«

Der Gruß aus der Küche wurde auf einem Löffel mit gebogenem Griff serviert. Pia sah, wie Ruben den Löffel in den Mund schob und tat es ihm nach. Das Fleisch war sehr zart und schmeckte lecker. Pia bedauerte, dass es nur die Größe einer Briefmarke hatte.

Ruben war sehr aufmerksam. Sie hatte die Bestellung ihm überlassen, es war ihr egal, was er aussuchte. Sie war nicht wählerisch, ihr schmeckte fast alles. Womöglich hätte sie eine Vorspeise bestellt, die nicht zum Hauptgericht passte. Wer weiß, was es hier für geheime Regeln gab, von denen sie keine Ahnung hatte.

Die Vorspeise wurde auf einem großen, viereckigen, weißen Teller serviert und sah sehr dekorativ aus.

»Von außen nach innen«, sagte Ruben, als er ihr Zögern beim Blick auf die Besteck-Parade bemerkte, »es ist ganz einfach. Das äußere Besteck zuerst und dann so weiter. Der große Löffel ist natürlich für die Suppe. Der kleine

Löffel und die kleine Gabel über deinem Teller sind für den Nachtisch.«

»Du musst mich für total bescheuert halten«, klagte Pia. »Aber ich esse nicht oft in so vornehmen Restaurants.«

»Nicht oft« war die Untertreibung des Jahrhunderts.

»Dafür musst du dich doch nicht schämen.« Ruben legte seine warmen Hände liebevoll auf ihre. »Es macht mir Freude, dich an die schönen Dinge des Lebens heranzuführen. Mit Leuten hierher essen zu gehen, die das jede Woche machen und die das ganz normal finden, macht nicht halb so viel Spaß. Das sind Trüffel, Kleines, das ist das Teuerste an der ganzen Pastete, das solltest du nicht herauspicken und an den Rand legen. Oder hast du eine Allergie gegen Trüffel?«

Nein, sie hatte keine Allergie gegen Trüffel, oder wenigstens wusste sie nichts davon, denn sie konnte sich nicht erinnern, jemals Trüffel gegessen zu haben. Wenn sie eine Allergie hatte, dann gegen dieses Restaurant, in dem sie ständig das Gefühl hatte, etwas falsch zu machen, und in dem sie den Blick des Obers in ihrem Nacken brennen fühlte. Kaum hatte sie einen Schluck getrunken, da schoss er schon an ihren Tisch und schenkte nach.

Pia fühlte ein hysterisches Lachen in ihrer Kehle aufsteigen. Jetzt bloß nicht lachen, dachte sie, und biss sich auf die Lippe. Es musste an ihrer Nervosität liegen. Sie stellte sich gerade vor, was Felix dazu sagen würde, dass sie gerade das Teuerste aus ihrer Pastete herausgepult und fein säuberlich an den Tellerrand gelegt hatte. »Lass das bloß liegen«, würde er sagen, »ich will das Gesicht von dem Ober sehen, wenn er deinen Teller abträgt.« Und sie würden über all die feinen Leute lästern, die hier im Restaurant saßen, und ihren Spaß dabei haben.

Ein wenig wehmütig dachte sie an Felix und seine Freunde, die jetzt irgendwo auf einem Grillplatz auf der Schwäbischen Alb saßen und ihre Würstchen ins Feuer hielten. Aber dann schaute sie zu Ruben hinüber und ihr Herz schlug bei seinem Anblick schon wieder ein wenig schneller.

»Trüffel sind furchtbar schwer zu finden, wusstest du das? Deshalb ist es auch der teuerste Speisepilz der Welt. Ein Kilo kostet zwischen 200 und 1000 Euro.«

Pia versuchte zu schätzen, wie viel die Trüffelstückchen wohl gekostet hatten, die sie achtlos an den Tellerrand gelegt hatte. Aber in Mathematik war sie nie besonders gut gewesen.

»Es gibt extra Trüffelschweine, die ganz feine Nasen haben, und die nach den Trüffeln suchen. So ein Trüffelschwein ...«

Pia hatte Mühe, sich gleichzeitig auf unfallfreies Essen und die Worte aus Rubens Mund zu konzentrieren. Sie fand seine Worte nicht besonders erregend, seinen Mund dagegen umso mehr. Ob er gut küssen konnte? Sie hatten es noch nicht ausprobiert.

»Kleines, hörst du mir überhaupt zu?«, fragte Ruben.

»Ich hänge geradezu an deinen Lippen«, sagte Pia, und das war nicht gelogen.

Bei ihrer nächsten Begegnung erzählte Felix begeistert von seinem Ausflug auf die Schwäbische Alb.

»Wir hatten vielleicht einen Spaß! Schade, dass du nicht dabei warst. Die anderen haben dich auch vermisst«, beendete er seinen Bericht. »Und wie war's bei dir?«

»Schön. Wir waren in einem ganz tollen Restaurant essen.«

»Du meinst eins von der Kategorie: Je kleiner die Karte und die Portionen auf dem Teller, desto höher die Preise?«

Pia konnte nicht widersprechen. Früher hätte sie über diese Bemerkung vermutlich gelacht. »War das Essen wenigstens gut?«

»Ja, schon. Aber bei dir schmeckt's mir ehrlich gesagt besser.«

Sie wollte etwas Nettes sagen und bekam eine unerwartete Breitseite von Felix zurück. »Na, wenigstens hast du dir deinen guten Geschmack in punkto Essen bewahrt.«

»Wie meinst du denn das jetzt?«

»Na komm, Pia, gib's doch endlich zu, so einen Schicki-Micki-Fuzzi hättest du doch früher nicht mal von hinten angeguckt.«

Pia blieb die Luft weg. »Das mit dem Schicki-Micki-Fuzzi nimmst du zurück. Bist du eifersüchtig auf seine tollen Haare, oder was?« Sie hatte etwas gesucht, womit sie ihn treffen konnte.

»Du meinst seine Hansi-Hinterseer-Gedenkfrisur? Wenn du glaubst, dass das Wichtigste bei einem Mann sein Haarwuchs ist, dann bist du bei ihm sicher genau an der richtigen Adresse. Ist der am ganzen Körper so üppig bestückt?«

»Du bist echt geschmacklos, weißt du das?«

»Und du leidest an Geschmacksverirrung. Aber komm dich bloß nicht bei mir ausheulen, wenn du es merkst«, gab Felix zurück und verschwand mit energischen Schritten in der Küche.

Pias »keine Angst« hörte er schon nicht mehr.

Elly

Die Welt ist eine Bühne,
aber das Stück ist schlecht besetzt.
(Oscar Wilde)

Statt eines Spruchs fand Elly heute ein Gedicht bei ihrem Frühstücksgedeck:

»Wünsch dir was«,
sagte die gute Fee.
»Alt und weise
möchte ich werden
und unerschrocken.

Eine eigensinnige Alte
mit silbernen Haaren
ohne Strümpfe
in lila Sandalen.

Und Lachfalten
möchte ich haben –
ganz viele.«

(Anne Steinwart)

Elly las das Gedicht zweimal, dann sah sie Alexander mit gerunzelter Stirn an. »Sehen Sie mich so? Alt, eigensinnig und geschmacklos gekleidet?«, fragte sie.

»Oh Gott, Elly, Sie haben das Gedicht ganz falsch verstanden. So ist es doch nicht gemeint, es ist eine Liebeserklärung.«

»Eine Liebeserklärung? Entschuldigen Sie, Alexander, aber ich muss Ihnen sagen, dass ich in meinem Leben schon schönere Liebeserklärungen bekommen habe.« Elly war verstimmt.

»Aber verstehen Sie denn nicht? Es ist wie für Sie gemacht!«

»Na, vielen Dank! Lassen Sie's gut sein, Alexander, Sie machen es schlimmer statt besser. Oder haben Sie mich schon einmal ohne Strümpfe in lila Sandalen gesehen?«

»Natürlich nicht, Elly, Sie sind immer sehr schick angezogen. Aber darum geht es ja auch gar nicht. Das ist doch nur ein Beispiel. Sie müssen zwischen den Zeilen lesen. Es geht darum, dass Sie jung geblieben sind, unerschrocken und neugierig, und dass sie sich von niemandem etwas vorschreiben lassen. Dass Sie noch Tango tanzen wollen, obwohl Sie über achtzig sind, und dass es Ihnen völlig egal ist, was andere darüber denken. Dass Sie auch im Alter noch gern lachen und das Leben genießen wollen. Das ist doch wunderbar!«

»Nun gut, wenn Sie es so sehen. Aber nächstes Mal sollten Sie ein Gedicht aussuchen, das Sie mir nicht erst interpretieren müssen. Eins, bei dem es nicht um verrückte Alte geht. Aber schön, ich nehme Ihren guten Willen als Tat. Und jetzt brauche ich auf den Schrecken erst mal einen Schluck Kaffee. Was halten Sie davon, wenn wir heute nach Kirchheim gehen. Das ist auch eine hübsche Stadt, und ich möchte Ihnen gern Pias Freund Felix vorstellen, der betreibt da ein nettes kleines Weinlokal.«

Nach einem Stadtbummel saßen Elly und Alexander beim Mittagessen im *Feli(c)xita*. Elly hatte gehofft, dass vielleicht diese Stadt ein Türchen zu Alexanders Gedächtnis öffnen könne, aber auch Kirchheim erwies sich als Fehlanzeige. Es konnte ja durchaus sein, dass Alexander gar nicht aus der näheren Umgebung stammte. Aber Elly stand auf dem Standpunkt, dass sie keine Gelegenheit ungenutzt lassen sollten. Im Zweifelsfall war es ein netter Ausflug gewesen, so wie heute.

»Schön, dass Sie wieder mal vorbeischauen und auch gleich Ihren Bekannten mitbringen«, sagte Felix zur Begrüßung und setzte sich kurz zu ihnen an den Tisch. »Wir haben heute Scampi in Weißweinsoße oder Lasagne.«

»Da fällt die Wahl schwer«, seufzte Elly.

»So geht's mir auch«, stimmte Alexander zu. »Sollen wir halbe-halbe machen?«

Elly stimmte begeistert zu. »Das ist eine wunderbare Idee.«

»Ich lasse es in der Küche gleich auf zwei Tellern anrichten«, schlug Felix vor. »Zuerst die Lasagne und dann die Scampi. Oder ist Ihnen umgekehrt lieber?«

Das überließen die beiden ganz Felix. Elly wagte nicht, nach Pia zu fragen. Sie wusste, dass sie nicht mehr oft hierherkam. Bei Elly hatte Pia sich über Felix' Eifersucht beschwert. Sie hatte sich nach einem Streit zwar wieder mit Felix versöhnt, aber es war nicht mehr so wie früher. Die Leichtigkeit und das Herumalbern waren verloren gegangen. Während sie sich früher wunderbar sticheln konnten, ohne dass der andere es übel nahm, waren beide empfindlich geworden und klopften jedes Wort auf Misstöne ab.

Am kommenden Sonntag wollte Pia ihr ihre neue Liebe vorstellen. Elly war gespannt.

»Seien Sie fair, Elly«, riet Alexander ihr. Felix war in der Küche und konnte ihr Gespräch nicht mithören. »Der junge Mann kann nichts dafür, dass Sie Pia gern mit Felix verbandeln würden. Aber arrangierte Ehen sind bei uns nun mal schon lange nicht mehr in Mode. Pia hat vermutlich einen ganz anderen Geschmack, was Männer angeht, als Sie. Der Traumschwiegersohn oder -schwiegerenkel ist selten das, was junge Frauen sich unter ihrem Traumprinzen vorstellen. Zugegeben, wenn man älter ist, kann man mit seiner Lebenserfahrung vielleicht besser beurteilen, was auf Dauer gut zusammenpasst, aber eine Ehe ohne Liebe ist auch nicht unbedingt erstrebenswert, oder?«

»Aber die beiden mögen sich doch!«

»Sich mögen und sich lieben ist nicht das Gleiche«, warf Alexander ein. »Und wenn dieser Ruben nicht der Richtige für sie ist, dann wird Pia das schon merken. Sie ist ja nicht dumm. Je mehr Sie dagegenreden, umso mehr wird sie an ihm festhalten. Warten Sie's einfach ab.«

»Im Abwarten bin ich nicht besonders gut«, gab Elly zu und verstummte dann, weil Felix die Vorspeise brachte, Bruschette mit Tomaten.

»Sieht das lecker aus«, schwärmte Elly beim Anblick des Tellers. »Schade, dass Ihr Lokal nicht in Neubach ist, ich würde zu Ihren Stammkunden zählen und dabei kugelrund werden.«

Felix lachte. Was für ein netter Kerl, dachte Elly, während sie sein offenes, strahlendes Lächeln betrachtete. Wie konnte Pia nur so blind sein? Nun, wahrscheinlich sah sie immer noch den Kumpel aus Kindertagen und nicht den Mann in ihm.

»Was willst du für einen Kuchen backen, wenn Ruben kommt?«, fragte Pia beim Abendessen.

»Ich dachte an einen Himbeerkuchen. Es sind gerade so schöne Himbeeren reif. Oder willst du einen backen?«

»Nee, lieber nicht«, wehrte Pia ab. »Im Backen bin ich nicht so gut. Aber Himbeeren, ich weiß nicht. Die haben doch so viele Kernchen, das mögen nicht alle Leute.«

»Wieso, hat dein Ruben ein Gebiss?«

Alexander warf Elly einen warnenden Blick zu.

»Bist du verrückt? Ruben ist fünfunddreißig.«

»Schon fünfunddreißig?«

»Das ist doch nicht alt«, wehrte sich Pia. »Das sind gerade mal acht Jahre Altersunterschied, na und?« Pias Ton gefiel Elly nicht, aber sie sagte nichts. Sie musste zugeben, dass sie Pia gereizt hatte. »Ich mag es, wenn Männer ein bisschen reifer sind und nicht so alberne Kindsköpfe.« Ob Pia damit

Felix meinte? »Aber vielleicht sollten wir lieber einen Kuchen bei Franziska bestellen. Oder noch besser eine Torte. Ihre Nusstorte ist doch so gut.«

»Ist dir mein Kuchen nicht mehr gut genug?« Elly war in ihrer Hausfrauenehre gekränkt. »Bisher hat mein Kuchen den Leuten immer sehr gut geschmeckt.«

»Der ist ja auch gut, Oma. Es ist nur so, dass Ruben ..., also, der hat einen sehr guten Geschmack. Ich meine, der isst immer in den besten Restaurants und so.«

»Du willst sagen, dass dein Ruben ein bisschen verwöhnt ist? Einen verwöhnten Mann zufriedenzustellen, ist eine schwierige Aufgabe.«

Elly war sich ziemlich sicher, dass Pia wusste, dass sie gerade nicht nur vom Himbeerkuchen sprach, sondern ein langes, gemeinsames Leben im Auge hatte. Pia setzte eine verschlossene Miene auf, und wieder traf Elly ein vielsagender Blick von Alexander.

»Sie könnten Ruben ja fragen, ob er Himbeerkuchen mag«, schlug er Pia vor. »Wenn nicht, backt Ihre Großmutter sicher auch gerne einen anderen Kuchen. Gerade wenn man viel auswärts isst, ist ein selbstgebackener Kuchen doch etwas ganz Besonderes. Das hat auch etwas mit Gastfreundschaft zu tun. Ich meine, einen Kuchen kaufen kann schließlich jeder, aber so einen guten Kuchen selber backen wie Elly sicher nicht. Es ist doch ein Kompliment, wenn man sich für jemanden Arbeit macht. Ruben wird sich freuen und hoffen, dass Sie Ellys Backtalent geerbt haben.«

»Meinen Sie?«

»Ganz bestimmt.«

»Na gut, ich werde Ruben fragen. Wegen der Himbeeren.«

Dank Alexanders besänftigender Worte kehrte wieder friedliche Ruhe am Tisch ein. Elly sollte sich am Riemen reißen, was das Thema Ruben anging, das wusste sie, aber es fiel ihr manchmal schwer. Außerdem hatte Alexander recht.

Schließlich kannte sie Ruben ja gar nicht. Vielleicht war er ganz anders, als Elly ihn sich vorstellte.

Er war genau so, wie Elly ihn sich vorgestellt hatte.

Das Erste, was sie sah, als sie die Haustür öffnete, war ein wunderschöner, großer Blumenstrauß. Das war kein schlechter Auftritt, denn Elly liebte Blumen. Sie führte ihn ins Wohnzimmer und machte ihn mit Alexander bekannt.

»Pia hat mir schon von Ihnen erzählt. Ihre Geschichte ist ja hochinteressant. Schade, dass ich kein Regisseur aus Hollywood bin, sonst würde ich diese Story sofort verfilmen«, begrüßte er Alexander.

Elly hatte Pia gebeten, Ruben die Sache mit Alexanders Gedächtnisverlust nicht zu erzählen, aber da war es schon zu spät gewesen. »Ruben erlebt so viel, wo der überall rumkommt! Da wollte ich auch mal was Tolles erzählen. Ruben fand's echt stark«, hatte Pia erzählt. Zum Glück war Alexander bei diesem Gespräch nicht anwesend gewesen.

»Nun, es würde wohl ein Kurzfilm werden«, gab Alexander auf Rubens Begrüßung zurück. »Viel gibt es bisher nicht zu berichten.«

Elly sah Alexander an, dass er den Gesprächsauftakt nicht besonders gelungen fand und das Thema am liebsten beenden würde.

»Nun, man könnte ja noch etwas dazuerfinden. Eine kleine Liebesgeschichte zwischen Elly und Alexander zum Beispiel, was meinen Sie?«, sagte Ruben und zwinkerte Elly zu. »Elly und Alexander, das wäre doch ein hübscher Filmtitel.«

Er war noch schlimmer, als Elly ihn sich vorgestellt hatte.

»Pia kommt sicher gleich«, sagte sie, »sie macht sich noch hübsch.«

Pia hatte sich ein neues blaues Sommerkleid mit schmaler Taille und weitem Rock gekauft. Das war ein erfreulicher Nebeneffekt von Pias neuer Liebe. Bisher hatte sie zu Ellys

Leidwesen wenig Interesse an schöner Kleidung gezeigt. Elly wusste, wie schnell eine hübsche Figur im Laufe des Lebens verloren gehen konnte, und war deshalb der Meinung, man solle zeigen, was man hatte – solange man es noch hatte.

»Ich stelle mal die Blumen ins Wasser.«

Es war nicht besonders nett, Alexander mit Ruben allein zu lassen, aber sie hatte das Gefühl, einmal tief Luft holen zu müssen. Alexander war wohl Manns genug, mit Ruben fertig zu werden, und Pia würde sicher auch gleich kommen.

Gerade als Elly die Wohnzimmertür schloss, kam Pia die Treppe heruntergeschwebt – so kam es Elly jedenfalls vor. Ihre Wangen waren leicht gerötet, ihre Augen leuchteten, ihr ganzes Gesicht strahlte.

»Na, wie findest du ihn?«

Elly liebte ihre Enkelin und bemühte sich deshalb um eine diplomatische Antwort. »Oh, er sieht sehr gut aus. Und er hat Geschmack, er hat mir einen wunderschönen Blumenstrauß mitgebracht, schau mal.«

Pia drückte ihr einen Kuss auf die Wange. »Ich wusste, dass er dir gefallen würde. Ich geh dann mal rein.«

Zwei Stunden Gartenarbeit waren weniger anstrengend als dieser Nachmittag, fand Elly, und das wollte etwas heißen. Ruben war ein aufgeblasener Schnösel, der Pia wie ein unwissendes, kleines Mädchen behandelte, nur dass Pia, die sonst durch ihre Schlagfertigkeit glänzte, sich nicht daran zu stören schien. Er lobte Ellys Kuchen, was sie normalerweise gefreut hätte, aber er tat das so übertrieben, dass Elly das Gefühl hatte, sie müsse sich den Honig vom Mund wischen, den Ruben dort großzügig verteilte.

»Besser als im besten Café, Frau Engelmann«, lobte Ruben. »Der beste, den ich je gegessen habe, und Sie dürfen mir glauben, ich komme viel herum und kann das beurteilen.«

»Dann sollten Sie einmal in Theas Café gehen«, schlug Elly vor, »das ist etwas ganz Besonderes.«

»Wenn Sie das sagen, Frau Engelmann.« Er sprach wie ein Siebzigjähriger und Elly wunderte sich, dass er nicht auch noch »gnädige Frau« zu ihr sagte. »In welcher Stadt finde ich denn dieses besondere Café? Der Name ist mir noch nicht begegnet, obwohl ich, wie gesagt, viel herumkomme.«

»Hier bei uns in Neubach.«

»Es ist ganz klein und hat nur dreimal in der Woche offen«, mischte sich jetzt Pia ein. »Ein Wohnzimmercafé, nichts Großartiges.«

»Ein Wohnzimmercafé? Wie reizend.«

»Vielleicht könnten Sie es in Ihrem Film verwenden, wenn Sie ein Hollywoodregisseur wären«, schlug Alexander vor. »Neubach hat doch tatsächlich einiges zu bieten.«

»Da haben Sie recht«, lachte Ruben, »nicht zu vergessen das Beste, meine Pia. Nicht wahr, Kleines?« Er streichelte Pias Wange und Pia griff nach seiner Hand und hielt sie lächelnd fest.

»Na, eigentlich bin ich ja aus Köln.«

Das führte das Gespräch in eine andere Richtung. Ruben würde in der nächsten Woche beruflich in Köln zu tun haben und Pia wollte ihn begleiten. Sie hatte dort einiges zu erledigen und würde das eine oder andere aus ihrer Wohnung mitbringen, denn sie würde ja nun länger bei Elly bleiben als ursprünglich geplant. Und sie würde Antonia besuchen und endlich ihren kleinen Neffen besichtigen. Ihre Mutter war gekränkt, dass sie das nicht schon längst getan hatte.

»Und abends machen wir das Kölner Nachtleben unsicher, nicht wahr, Kleines? Da ist doch etwas mehr los als in Kirchheim oder Neubach, ein ganz kleines bisschen«, lachte er.

Während Pia Ruben nach draußen begleitete, räumten Elly und Alexander gemeinsam den Tisch ab.

»Ich habe mir wirklich Mühe gegeben, fair zu sein«, sagte Elly. »Wie finden Sie ihn denn?«

»Hochnäsig, eingebildet und so sensibel wie eine Dampfwalze. Oder bin ich zu hart in meinem Urteil?«

»Ich hätte es nicht besser ausdrücken können«, erwiderte Elly und stapelte die Teller aufeinander. »Er ist nur acht Jahre älter als Pia, aber wenn er mit ihr spricht, könnte man meinen, es seien zwanzig Jahre. Ich schäme mich für den schlechten Geschmack meiner Enkelin. Und unterstehen Sie sich, jemals ›Kleines‹ zu mir zu sagen.«

»Das würde ich niemals wagen, auch wenn es bei Ihrer Körpergröße sicher zutreffender wäre als bei Pia. Wenn, dann würde ich eher ›Liebes‹ zu Ihnen sagen. Ginge das für Sie in Ordnung?«

»Ja, ›Liebes‹ fände ich hübsch. Aus Ihrem Mund würde das nett klingen, rein theoretisch gesprochen.«

Pia

Wie's Wetter, so dr Wind,
wie d' Eltra, so 's Kind.
(Schwäbische Spruchweisheit)

Pia war mit Ruben auf dem Weg nach Köln. Sein Maserati war große Klasse, er hatte nur einen Nachteil: Er fuhr zu schnell. Vielleicht fuhr auch nur Ruben zu schnell.

»Na, das ist was anderes als deine kleine Nuckelpinne, was, Kleines?«, fragte Ruben stolz. Seine rechte Hand verirrte sich abwechselnd in ihre Haare und auf ihren Oberschenkel. Nicht dass sie diese Plätze für seine Hand grundsätzlich unpassend fand, aber bitte nicht auf der Autobahn bei Tempo 190.

»Komm, Opa, geh endlich auf die Seite«, schimpfte Ruben und betätigte die Lichthupe.

»Bitte, fahr doch nicht so dicht auf. Wenn der plötzlich bremst ...«

»Auf meine Reaktion kannst du dich verlassen und auf meine Bremsen auch«, sagte Ruben beruhigend und tätschelte ihren Oberschenkel. »Mach doch ein bisschen die Augen zu. Ich wecke dich, wenn wir da sind.«

Vielleicht war der Vorschlag gar nicht so schlecht, nicht sehenden Auges in ihr Unglück zu rasen.

Ruben hatte ihr gerade mitgeteilt, dass sie im Hotel übernachten würden. »Da sind wir zentral in der Innenstadt und haben ein großes, breites Bett.«

Das beruhigte Pia. Nicht wegen der Größe des Betts, sondern wegen der Größe ihrer Wohnung und, wenn sie ehrlich war, auch wegen ihres Zustands. In der Küche standen noch ungespülte Gläser herum, auf dem Fußboden stapelten sich Bücher, ihr Bad hätte einmal eine Grundreinigung nötig und nach der Zeitrechnung ihrer Mutter wäre ihre Bettwäsche schon vor längerem fällig gewesen.

Tatsächlich war die Suite des Hotels, die Ruben gebucht hatte, nicht nur gepflegter, sondern auch größer als ihre Dachwohnung im fünften Stock eines Altbaus ohne Aufzug. Es gab eine separate zusätzliche Toilette, einen großen Wohnraum mit Couchecke und Esstisch, ein Schlafzimmer und ein großes Badezimmer. So etwas hatte Pia bisher nur aus Filmen gekannt.

Sie waren gerade dabei, das Bett zu testen, als Pias Handy klingelte.

»Oh nein«, stöhnte Ruben, »geh einfach nicht ran.«

Das wäre auch Pia das Liebste gewesen, denn sie wollte Rubens Liebesbekundungen nur ungern unterbrechen, aber das Klingeln wollte einfach nicht aufhören. Es konnte ja auch etwas Wichtiges sein. Sie angelte nach ihrem Handy, das auf dem Nachttisch lag, und schaute aufs Display. Omas Konterfei lachte sie an.

»Oh Mann, ich hab vergessen, Oma anzurufen.« Pia setzte sich auf. Oma machte sich immer Sorgen, wenn Pia mit dem Auto auf Strecke ging, und sie hatte versprochen, sie gleich nach ihrer Ankunft anzurufen. Das war inzwischen drei Stunden her.

»Entschuldige, Schätzchen, ich hoffe, ich störe dich nicht, aber jetzt habe ich mir doch Sorgen gemacht«, sagte Oma. »Seid ihr schon da?«

»Noch nicht lange, Oma. Es sind schrecklich viele Baustellen auf der Strecke.« Das stimmte. »Und wir haben ziemlich lange in einem Stau gestanden.« Das stimmte nicht.

»Na, Hauptsache, ihr seid gut angekommen. Dann viel Spaß in Köln, Pia. Grüß alle schön von mir.«

»Mach ich, Oma. Tschüs.«

Ruben war inzwischen abgekühlt. Er bemängelte, dass sie sich in ihrem Alter noch zu Hause melden müsse, wenn sie verreiste. »Wie ein Kleinkind«, maulte er, stand auf und verschwand im Bad.

Die Stimmung war dahin. Trotzdem war Pia nicht ärgerlich auf Oma. War doch eigentlich schön, dass Oma sich um sie sorgte. Außerdem hatte Pia die Angewohnheit, Situationen wie ein fremder Beobachter mit einer Kamera zu betrachten. Felix hatte ihr das beigebracht. Es war, als würde man sich selbst in einem Film sehen. Aus dieser Perspektive bekam manche ärgerliche Situation plötzlich eine komische Note. Sie hätte Felix gern von Omas Anruf beim Liebesspiel erzählt. Wenn es nicht sie selbst und Ruben betroffen hätte, dann hätte er sich bestimmt darüber kaputtgelacht.

Am nächsten Morgen stattete Pia ihrer Wohnung einen Besuch ab. Was sie sah, war nicht sehr erfreulich. Ihr Briefkasten quoll über, Werbeprospekte lagen auf dem Fußabstreifer und einige ihrer Pflanzen waren vor Wassermangel oder aus Traurigkeit über ihre lange Abwesenheit eingegangen. Sie würde ihrer Nachbarin einen Schlüssel geben und sie bitten, in Zukunft nach der Post und den Pflanzen zu schauen.

Pia inspizierte ihren Kleiderschrank und suchte Unterwäsche und einige Kleidungsstücke heraus, die sie nach Neubach mitnehmen wollte. Als sie in Köln weggefahren war, hatte sie nicht damit gerechnet, so lange zu bleiben. Aber sie würde sich auch einige neue Sachen kaufen müssen. Sie hoffte, dass manches schon heruntergesetzt war. Es war bald Ausverkauf.

Auf dem Weg zu ihren Eltern fuhr sie bei der Sparkasse vorbei und plünderte ihr Konto. Es litt leider an Magersucht. Zum Glück hatte Ruben ihr beim Frühstück ein Kuvert mit Geld zugesteckt.

»Kauf dir ein schickes Abendkleid, das schönste, das du in Köln finden kannst. Wir gehen morgen Abend in die Oper. Es war nicht einfach, noch Karten zu bekommen, aber wenn man die richtigen Leute kennt ...«

Pia hatte das Geld zuerst nicht annehmen wollen, aber Ruben hatte ihr erklärt, dass sie das Kleid ja nur kaufe, um für ihn schön zu sein. Ohne ihn würde sie ein solches Kleid doch gar nicht brauchen. Das entbehrte in Pias Augen nicht einer gewissen Logik.

Ihre Eltern umarmten sie stürmisch. Ihre Mutter hatte extra ihr Lieblingsessen gekocht: rheinischen Sauerbraten mit Klößen. Pia hatte noch nicht den ersten Bissen im Mund, als Mama ohne Umschweife aufs Thema zusteuerte.

»Nun erzähl doch mal, wie ist er? Er muss ja sehr gut verdienen, wenn er sich so ein Hotelzimmer leisten kann. Dass du noch mal so einen Mann kennenlernst, wer hätte das gedacht, nicht, Werner? Wir hätten ihn ja so gern zu uns eingeladen, wenn er nun schon mal in Köln ist. Aber wir verstehen natürlich, dass er keine Zeit hat. Na ja, wenn man so jung schon so weit auf der Karriereleiter nach oben geklettert ist ... Das fällt einem ja nicht einfach in den Schoß. Aber nun erzähl doch mal, wie ist er denn so?«

Später steckte die Mutter Pia in der Küche vierhundert Euro zu.

»Mama, spinnst du?«

»Nimm's nur, Kind, und kauf dir ein paar hübsche Sachen. Mit einem solchen Mann an der Seite musst du auch entsprechend auftreten. Betrachte es als unsere Investition in deine Zukunft. Die Zeiten, wo du in Jeans und flusigen Blüschen herumlaufen konntest, sind jetzt vorbei. Ich habe mit Antonia telefoniert. Wir fahren zu ihr, wenn wir die Küche aufgeräumt haben. Dann kannst du deinen kleinen Neffen bewundern. Ach, Pia, der ist so süß! Wirst sehen, der wird dir auch Lust auf so was Kleines machen. Also, ich bleibe dann bei dem Kleinen, und du fährst mit Antonia in die Stadt einkaufen. Antonia hat Geschmack, sie wird dich gut beraten. Es gibt da eine kleine, aber feine Boutique in der Nähe vom Neumarkt, da wirst du sicher was finden. Ich hab dir die Adresse schon aufgeschrieben.«

Der kleine Jeremy-George war wirklich ganz niedlich. Pia schäkerte ein wenig mit ihm herum.

»Hallo, Jerry, ich bin deine Tante, die, die dir altersmäßig am nächsten steht.«

»Würdest du bitte nicht so albern mit ihm reden«, tadelte sie Antonia. »Er heißt Jeremy-George und ich möchte, dass er auch so angesprochen wird.«

»Du glaubst doch nicht, dass alle Leute Jeremy-George zu ihm sagen werden. Spätestens im Kindergarten ist es damit vorbei. Oder denkst du, dass die Kinder zu ihm sagen: ›Jeremy-George, möchtest du mitspielen?‹ Wie seid ihr überhaupt auf den Namen gekommen?«

»Wir wollten, dass er einen ganz eigenen, ganz besonderen Namen hat«, erklärte Antonia.

»Na, das ist euch gelungen. Komm, lass uns gehen!«

Aber so einfach ging das nicht. Mama hatte Pia erklärt, dass sie sich etwas darauf einbilden könne, dass Antonia mit ihr einkaufen ging. Sie hätte den kleinen Jeremy-George noch nie länger als eine Stunde in ihrer Obhut gelassen.

»Also, die abgepumpte Milch steht im Kühlschrank, Mama. Aber bitte erst wärmen, wenn er sich meldet. Da bilden sich rasend schnell Keime drin, wenn die Milch zu lange warm steht.«

»Wieso das denn?«, fragte Pia. »In der Brust wird sie doch auch laufend warm gehalten. 37 Grad, wenn ich mich nicht täusche.«

»Das ist eben so. Und du musst die Temperatur prüfen, bevor du ihm das Fläschchen gibst, damit es nicht zu heiß ist.«

»Antonia, Mama hat vier Kinder großgezogen, und es sieht so aus, als hätte sie keine von uns dabei verbrüht.«

Pia fing zwei Blicke auf, der von Mama war dankbar, der von Antonia giftig. Vermutlich bereute sie schon, sich zu diesem Einkaufsbummel bereiterklärt zu haben.

»Und geh auf keinen Fall mit ihm nach draußen!«, ermahnte Antonia ihre Mutter.

Die schaute sie erstaunt an. »Aber es ist herrliches Wetter heute.«

»Eben«, sagte Antonia, »ich habe noch keine UV-Schutzkleidung für Jeremy-George gekauft.«

»Was für Kleidung?«

»Kleidung, die gegen UV-Strahlen schützt«, erklärte Antonia.

»Ich hatte nicht vor, mit ihm nach Australien zu fliegen.«

Pia sah, dass Antonia Luft holte. Sie packte sie am Ärmel und zog sie entschlossen zur Tür. »Nun komm endlich. Tschüss, Mama, bis später.«

Die Boutique sah sündhaft teuer aus und war es auch. Pia scheute sich, solche Geschäfte zu betreten, und hätte vermutlich einen Rückzieher gemacht, wenn Antonia sie nicht energisch durch die Tür geschoben hätte.

Als sie den Laden eine Stunde später verließen, trug Pia in jeder Hand eine große schicke Tragetasche. In der linken befand sich das neue Kleid, schulterfrei, bodenlang und in einem dunklen Grün, das nach den Worten der Verkäuferin ihre Haare und ihre helle Haut wunderbar zur Geltung brachte. Pia fühlte sich darin wie eine Prinzessin, aber wie eine verkleidete Faschingsprinzessin, die ihre Rolle nur für wenige Stunden spielte. In der rechten Tüte befanden sich eine kleine Abendtasche, ein Schal und ein Paar Pumps. Die Verkäuferin hatte ihr von den schicken Highheels abgeraten, die Antonia sich für sie ausgeguckt hatte. Pia war darin durch das Geschäft geeiert, als hätte sie statt des Bodens Wackelpudding unter ihren Füßen. »Nehmen Sie lieber die«, hatte die Verkäuferin ihr geraten. »Unter dem langen Kleid sieht man ohnehin nicht viel von den Schuhen. Es ist besser, auf flachen Schuhen elegant zu schreiten als auf hohen Absätzen daherzustaksen wie ein Storch.«

Nun, als Schreiten konnte man Pias Gang auch in den flacheren Pumps kaum bezeichnen, aber es sah wirklich besser aus.

In ihrer Handtasche steckte ein Zettel mit dem Namen und der Adresse eines Friseurs. Die Besitzerin des Geschäfts hatte ihn Pia empfohlen. Er würde ihr die Haare wundervoll hochstecken, nicht zu streng, so dass ein Teil ihrer Locken noch locker in den Nacken fiel. Die Dame hatte sofort dort angerufen. Eigentlich war so kurzfristig kein Termin mehr zu bekommen, aber für Madames Kunden machte Roberto es möglich. Pia wollte gar nicht daran denken, was Roberto, der vermutlich schlicht und ergreifend Robert Schmitz hieß, für seine Dienste in Rechnung stellen würde.

»So viel, wie ich gerade für einen Abend ausgegeben habe, verdiene ich in einem ganzen Monat nicht«, seufzte Pia.

»Das will nicht viel heißen«, bemerkte Antonia. »Und jetzt?«

»Auf zu C & A oder H & M«, schlug Pia vor. »Der Rest meiner Garderobe darf jetzt nicht mehr viel kosten.«

Antonia schlug Peek & Cloppenburg vor. Dort erstanden sie ein buntes Sommerkleid, ein Cocktailkleid, eine Leinenhose, eine leichte, knapp geschnittene Jacke, einen langen und einen kurzen Rock und mehrere Blusen und Shirts.

Pia wollte sich nach dem Einkaufsstress gerne noch mit einem Kaffee stärken, aber Antonia drängte, nach Hause zu fahren. Schließlich hatte sie Jeremy-George noch nie so lange alleine gelassen.

»Nun komm, sei kein Frosch, ich lade dich auch ein, als Dankeschön für deine Beratung. Jeremy-George ist bei Mama doch gut aufgehoben. Ich erzähl dir auch eine tolle Geschichte von einem Mann, der sein Gedächtnis verloren hat. Nicht erfunden, echt wahr. Ich kenne ihn. Aber du musst mir versprechen, dass du niemandem davon erzählst. Ich hab's Oma versprochen.«

»Was hat denn Oma damit zu tun?«

»Wirst du gleich erfahren, aber erst schwören, dass du Mama nichts sagst. Schwörst du?«

»Ich schwöre«, versprach Antonia und hob die rechte Hand. »Komm, da vorne ist ein Café.«

Als sie Antonias Wohnzimmer betraten, saß ihre Mutter lesend auf dem Sofa.
»Wo ist Jeremy-George?«
»In seinem Bettchen. Er hat gut getrunken, aber dann hat er fürchterlich gebrüllt. Ich habe ihn eine halbe Stunde herumgetragen, bis er endlich eingeschlafen ist.«
»Er ist auf deinem Arm eingeschlafen? Und was hast du dann gemacht?«
»Na, was wohl? Ich hab ihn in sein Bett gelegt.«
»Er ist auf deinem Arm eingeschlafen und du hast ihn dann schlafend in sein Bett gelegt?«
Mama verstand die ganze Aufregung nicht, Pia auch nicht.
»Ein Kind muss immer an dem Ort aufwachen, an dem es eingeschlafen ist. Wenn es auf deinem Arm eingeschlafen ist, dann muss es auch da aufwachen, sonst kriegt es einen Schaden fürs Leben«, erklärte Antonia.
»Du meinst, ich hätte ihn aufwecken sollen, bevor ich ihn in sein Bett gelegt habe? Ich war froh, dass er endlich geschlafen hat.«
»Du hättest auch mit ihm auf dem Arm hier sitzen bleiben können, bis er von selbst aufwacht.«
»Antonia, er schläft jetzt seit fast zwei Stunden. Wenn ich das bei euch vieren so gehandhabt hätte, dann hätte es zehn Jahre lang kein Mittagessen und keine frische Wäsche gegeben, weil ich nur auf dem Sofa herumgesessen und ein Kind im Arm gehalten hätte. Das kann doch wohl nicht dein Ernst sein!«
Antonia bekam hektische rote Flecken auf den Wangen. »Heute gibt es eben neue wissenschaftliche Erkenntnisse, die man früher noch nicht hatte«, verteidigte sie sich.
»Und die besagen, dass man Kinder in einem Eimer baden soll statt in einer Badewanne und dass sie einen Schock

kriegen, wenn sie in ihrem eigenen Bett aufwachen, in dem sie die meisten Stunden des Tages zubringen? Ich wundere mich, dass ihr bei meiner Behandlung alle überlebt habt und normal geworden seid.«

Nun, wenn Pia diesem Gespräch lauschte, dann war sie nicht so sicher, ob sie alle ganz normal waren. Aber das, was Antonia erzählte, war ja nicht auf ihrem eigenen Mist gewachsen. Sie wollte einfach alles richtig machen. Und »richtig«, das war alle paar Jahre etwas anderes.

»Du hättest ihn auch pucken können, wenn er so schreit. Das hilft meistens.«

»Pucken? Was ist denn das nun schon wieder?«

Antonia erklärte, dass es sich um eine Wickelmethode handle, bei der das ganze Kind fest in eine Decke eingewickelt wurde, so dass es Arme und Beine kaum noch bewegen konnte.

»Und das soll gut sein? Für mich klingt das nach Zwangsjacke«, sagte Mama.

»Jeremy-George beruhigt es jedenfalls. Er wird dann bald still.«

»Vielleicht ist er auch nur aus Angst und Verzweiflung ganz erstarrt, das arme Kind, und kann gar nicht mehr schreien. Bei Tieren gibt es das auch, ich glaube, man nennt es Totstellreflex.«

»Also, Mama, wirklich! Du hättest eben doch den Kurs für werdende Großeltern besuchen sollen, wie ich's dir empfohlen habe, da hättest du das alles gelernt. Aber du hast dich ja mit Händen und Füßen dagegen gewehrt«, beendete Antonia ihre Ausführungen.

»Nach vier Kindern war ich der Ansicht, dass ich weiß, wie man Babys großzieht. Und gepuckt haben schon unsere Vorfahren, nur hieß das damals noch nicht so. Wir haben die Strampelhose für eine großartige Errungenschaft gehalten, weil die Kleinen sich darin frei bewegen konnten. Bei unserer Methode sind gesunde, lebenstüchtige Menschen herausgekommen. Dass eure neumodischen Methoden funktionieren, das muss sich erst noch zeigen.«

Jetzt brach Antonia in Tränen aus, was nicht viel später auch bei Mama feuchte Augen zur Folge hatte.

»Worüber streitet ihr euch eigentlich?«, mischte sich jetzt Pia ein. »Vielleicht habt ihr ja beide recht. Vermutlich sind Babys viel robuster, als ihr denkt, sonst würden sie gar nicht überleben, bei dem, was die Menschen sich im Laufe der Jahrhunderte alles für sie ausgedacht haben. Wir sind groß geworden und Jeremy-George wird auch groß werden.«

Zum Glück entschloss sich nun auch Jeremy-George im Nebenzimmer, in Tränen auszubrechen. Das brachte die Tränen bei Mama und Antonia sehr schnell zum Versiegen, weil alle dafür sorgen mussten, dass Jeremy-Georges Kummer gestillt wurde.

Pias Auftritt in ihrem neuen Kleid war ein voller Erfolg.

»Mein Gott, Pia, du siehst wundervoll aus«, schwärmte Ruben. »Du warst schon immer ein Diamant, ein Rohdiamant, aber jetzt bist du geschliffen, und das bringt dich erst so richtig zum Funkeln. Und was hast du mit deiner Haut gemacht? Deine Sommersprossen sind ja verschwunden.«

»Gefällt es dir nicht?«

»Ganz im Gegenteil, es macht dich noch schöner, Kleines.«

Pia hatte sich beim Friseur gleich schminken lassen. Sie würde morgen noch einmal hingehen und sich zeigen lassen, wie sie ihre Sommersprossen mit Abdeckcreme wegzaubern konnte. Bisher hatte Pia sich nur selten geschminkt. Nur wenn sie ausging und zu besonderen Anlässen hatte sie ein wenig Wimperntusche und Lippenstift benutzt. Aber wenn Ruben sie so noch schöner fand, dann würde sie sich in Zukunft immer so zurechtmachen.

Am nächsten Tag ging es wieder nach Hause.

»Bist du's oder bist du's nicht?«, fragte Felix, als sie in ihrem neuen Kleid zur Tür hereinkam. »Oder bist du vielleicht Pias doppeltes Lottchen? Na, das lässt sich leicht feststellen. Selbst wenn du Pias Zwilling bist, am Muster ihrer Sommersprossen erkenne ich sie jederzeit wieder.«

So gut gelaunt hatte Pia Felix schon lange nicht mehr erlebt. In letzter Zeit war er ihr gegenüber recht zurückhaltend gewesen.

Jetzt fasste er sie an den Oberarmen und drehte sie ins Licht. Dann verfinsterte sich sein Gesicht. »Wo hast du sie gelassen?«

»Wen?«

»Na, deine Sommersprossen.«

»In Köln. Nein, Quatsch, ich hab sie weggeschminkt. Sieht gut aus, oder?«

»Sieht bescheuert aus«, stellte Felix fest. »Früher warst du Pia und Georgina, jemand ganz Besonderes. Und jetzt ... bist du irgendwer. Eine angemalte Puppe. Hat *er* dir das eingeredet?«

»Ruben sieht die Frau in mir. Du willst, dass ich immer noch das kleine Mädchen bin, die kleine Georgina, mit der man jeden Quatsch machen kann. Aber ich bin inzwischen erwachsen geworden«, gab Pia gekränkt zurück.

»Was du nicht sagst. Deshalb sagt dieser Ruben wohl auch ›Kleines‹ zu dir. Und deshalb hast du vor kurzem einen ›Fünf-Freunde-Abend‹ im Baumhaus veranstaltet.«

Daran wollte Pia nicht erinnert werden. Es war wirklich kindisch von ihr gewesen, und es wäre ihr peinlich, wenn Ruben es wüsste.

»Es ist echt traurig«, sagte Pia, »du hast dich so verändert in der letzten Zeit. Man kann überhaupt keinen Spaß mehr mit dir haben.«

»Verwechselst du da nicht was? Wer hat sich denn verändert? Ich sehe noch immer aus wie früher. Wer will denn hier die große Dame von Welt spielen und die Spaßbremse sein? In einem hast du allerdings recht: Es ist wirklich traurig.« Damit drehte Felix sich um und verschwand durch die Küchentür.

Omas Empfang fiel herzlicher aus. Sie schloss Pia fest in die Arme und ließ sich erzählen, wie es in Köln gewesen war. Und natürlich wollte sie Fotos von Jeremy-George sehen.

»Was für ein Name, ich kann ihn einfach nicht behalten«, stöhnte Oma. »Neulich hat mich jemand gefragt, wie mein neues Urenkelkind heißt und mir wollte der Name partout nicht einfallen. Es war mir so peinlich, dass ich schließlich einfach einen Namen erfunden und ›Florian‹ gesagt habe.«

»Ich hab mir ne Menge neuer Sachen gekauft«, berichtete Pia. »Ich gehe mal rauf und packe meinen Koffer aus. Dann mache ich Modenschau. Du wirst staunen.«

Als sie an Alexanders Zimmer vorbeikam, wollte sie schon anklopfen, um sich zurückzumelden, als sie ihn drinnen sprechen hörte. Hatte er Besuch? Nein, er schien zu telefonieren.

»Meine Handtasche. Sie muss auf dem Schränkchen im Flur stehen. Ich hab sie anscheinend dort vergessen und ihr Fehlen erst im Zug bemerkt. Den Geldbeutel und die Fahrkarte hatte ich in die Jackentasche gesteckt und Ellys Adresse auch. Das Wichtigste hatte ich also dabei, aber nichts, was auf meine Identität hingewiesen hätte. Und die Fahrkarte muss ich in Göppingen dann wohl gleich weggeworfen haben, jedenfalls hat man sie nicht bei mir gefunden.«

Es entstand eine längere Pause.

»Ja, ein dummer Zufall«, sagte Alexander.

Worauf sich dieser Satz bezog, wurde Pia nicht klar.

Pia hatte ein seltsames Gefühl in der Magengegend. Ganz offensichtlich wusste Alexander jetzt, wer er war und telefonierte mit jemandem aus seinem alten Leben.

»Und bring mir doch bitte noch etwas Unterwäsche, einen Schlafanzug und drei Oberhemden mit kurzem Arm mit.

Findest du alles in meinem Kleiderschrank. Ich weiß noch nicht, wie ich Elly erklären soll, wo ich die Sachen herhabe, aber es wird mir schon eine plausible Erklärung einfallen.«

Das hörte sich nicht so an, als ob Alexander Oma reinen Wein einschenken wollte. Aber warum nicht? Sie hatten doch beide so sehr darauf gehofft, dass er sein Gedächtnis wiederfand. Oder hatte Alexander es gar nie verloren gehabt und ihnen allen nur etwas vorgespielt?

»Schau bitte auch in meinen Briefkasten, ob etwas Wichtiges drin ist, und sag Frau Müller Bescheid. Nicht dass sie noch die Polizei alarmiert und meine Wohnungstür aufbrechen lässt, weil sie mich so lange nicht gesehen hat. Sag, ich sei verreist. Und ruf bitte auch Susanne an.« Wieder eine Pause. »Nein, mach du das lieber. Ich will nicht so oft von hier aus telefonieren. Elly ist jetzt unten und hat den Staubsauger an, und ihre Enkelin ist verreist, deshalb geht's gerade ganz gut. Aber es besteht immer die Gefahr, dass jemand etwas mitbekommt. ... Wo? Nun, am besten vor dem Göppinger Hauptbahnhof. ... Erst am Donnerstag? Na ja, auf ein paar Tage kommt es jetzt auch nicht mehr an. Um drei? Gut. Ach, noch was. Bring die Sachen bitte in einer Plastiktüte mit, ein Koffer würde auffallen. Wo sollte ich den wohl herhaben?«

Pia hatte genug gehört. Sie drehte sich um und ging rasch nach unten, bevor Alexander seine Tür öffnete und sie beim Lauschen erwischte.

Oma schaltete den Staubsauger aus, als Pia ins Zimmer kam. »Na, das ging aber schnell. Ich dachte, du wolltest Modenschau machen. Das Kleid hattest du doch schon vorhin an.«

»Ich hab gedacht, ich warte, bis Alexander auch da ist. Wo ist er überhaupt?«

»Wahrscheinlich oben. Du weißt ja, wie Männer sind. Opa hat auch immer Reißaus genommen, sobald der Staubsauger in Aktion trat.«

Pia lachte. Sie hatte beschlossen, Oma zunächst nichts von dem belauschten Telefonat zu sagen. Aber sie würde ihre Augen offen halten, schließlich wusste sie nicht, was Alexander plante.

Alexanders Telefongespräch beunruhigte Pia. Bisher hatte sie Alexander gut leiden können, aber irgendetwas stimmte nicht mit ihm. Warum hätte er Oma Elly sonst verschweigen sollen, dass er sich wieder erinnern konnte? Hatte er ihnen die ganze Zeit etwas vorgespielt? Sie musste mit jemandem reden, aber mit wem? Oma wollte sie nicht beunruhigen, bevor sie sich ihrer Sache sicher war. Aus ihrer Familie wusste nur Antonia von Alexander und inzwischen bereute sie, dass sie es ihr überhaupt erzählt hatte. Hoffentlich hielt sie ihr Schweigegelübde besser als Pia ihres. Wenn sie sich nur nicht mit Felix gestritten hätte. Er wüsste sicher, was zu tun war. Den ganzen restlichen Tag überlegte Pia hin und her, bevor sie sich endlich entschloss, über ihren Schatten zu springen und Felix einzuweihen.

»Hallo, du siehst ja wieder aus wie die alte Georgina! Bist ja heute gar nicht in den Farbtopf gefallen. Hast du auch gemerkt, dass du oben ohne besser aussiehst?«, fragte er gut gelaunt, so, als ob es ihren gestrigen Streit nicht gegeben hätte.

Pia hatte nicht vor, Felix darüber aufzuklären, dass sie sich heute nicht geschminkt hatte, weil Ruben auf Geschäftsreise war.

»Felix, ich brauche deinen Rat.«

»Nichts leichter als das: Verlass den Kerl! Er ist dich nicht wert!«

»Nun hör schon auf, du hast ihn doch bloß einmal gesehen. Wenn ich's nicht besser wüsste, würde ich annehmen, dass du eifersüchtig bist. Ich muss dir etwas Wichtiges von Alexander erzählen.« Pia berichtete Felix von dem Telefongespräch, das sie belauscht hatte. »Was hältst du davon? Meinst du, ich soll Oma davon erzählen?«

Davon riet Felix ab. Er schlug vor, am kommenden Donnerstag zum vereinbarten Treffpunkt am Bahnhof zu fahren und Alexander und seinen Freund zu beobachten.

»Und wenn Alexander mich sieht?«

»Du bleibst im Auto sitzen. Vor dem Bahnhof kannst du parken.«

»Aber Alexander kennt mein Auto. Rot ist nicht gerade eine unauffällige Farbe.« Schließlich konnte sie Felix überreden, sie in seinem Auto zum Bahnhof zu fahren. Es war ihr wesentlich lieber, ihn bei dieser Aktion an ihrer Seite zu wissen. »Ein bisschen wie in alten Zeiten. Julius und Georgina auf Verbrecherjagd. Ich hab mich früher schon sicherer gefühlt, wenn du dabei warst.«

»Na, eigentlich habe ich ja ausgedient. Warum gehst du nicht mit deinem Ruben?«, wollte Felix wissen.

»Er ist doch dauernd beruflich unterwegs und außerdem ist sein Auto zu auffällig.« Dass das nicht der wirkliche Grund war, das sagte Pia Felix nicht. Pia war sich ziemlich sicher, dass Ruben nie mit ihr zum Bahnhof fahren würde, selbst wenn er Zeit dazu hätte. »Und außerdem hast du nicht ausgedient. Du und Ruben, das hat nichts miteinander zu tun. Wir sind doch immer noch Freunde, oder?«

»Wenn du es so siehst.«

Da Alexander mit dem Bus fuhr und sie seinen Treffpunkt am Bahnhof kannten, fuhren Pia und Felix auf direktem Weg dorthin. Es war kein Parkplatz frei und so parkten sie in der zweiten Reihe. Vor dem Bahnhof ging ein älterer Mann mit einer Plastiktüte in der Hand wartend auf und ab. Das war sicher Alexanders Gesprächspartner.

»Da kommt er«, sagte Felix, der Alexander im Rückspiegel beobachtete, wie er, vom Busbahnhof kommend, die Straße überquerte.

Alexander sah sich suchend um und ging dann zielstrebig auf den wartenden Mann zu. In diesem Augenblick klopfte es laut ans Beifahrerfenster. Pia schaute erschrocken zur Seite. Vor dem Fenster stand ein Polizist. Felix betätigte den elektrischen Fensterheber.

»Da könned Se net stande bleibe. Da vorne isch grad en Parkplatz freiworde, fahred Se da nei!«, forderte er sie auf.

Dieser frei gewordene Parkplatz befand sich nur wenige Schritte von Alexander entfernt. Wenn er sich umdrehte, würde er genau in ihr Autofenster schauen.

»Das geht nicht. Wir fahren ja auch gleich wieder weg.«

Das ließ der Polizist nicht gelten. »Da könnt ja jeder komme, der 's Geld für de Parkschein spare will. Die meischde Leut parked hier net lang. Da drfür sin die Kurzzeitparkplätz ja da.«

»Der Parkplatz ist für uns aber ungeeignet«, erklärte Pia.

»Ungeeignet? Saged Se mal, welled Sie mi veräpple? Was hoißt denn da ungeeignet? Des isch ja die blödeste Ausred, die i je ghört han. Also, fahred Se jetzt da weg, sonsch muss i Ihne en Strafzettel gebe.«

»Wir sind auf Beobachtungsposten, sozusagen. Da findet gleich eine Übergabe statt«, erklärte Pia in ihrer Not und übersah geflissentlich den Blick, mit dem Felix sie bedachte.

»Also wissed Se, langsam sin Ihre Ausrede scho fascht komisch.«

In dem Moment sah Pia, wie Alexander von seinem Freund die Plastiktüte entgegennahm.

»Jetzt hat er Alexander die Tüte gegeben. Hast du gesehen?«, fragte sie Felix aufgeregt.

»Sie moined die zwoi alte Männer da drübe?«, fragte der Polizist jetzt interessiert. »Und i han wirklich denkt, Sie wellded mi uff de Arm nehme. Also, dass d' Dealer jetzt scho so alt sin, hätt i au net denkt.« Und dann ging er eiligen Schrittes auf Alexander und seinen Freund zu.

»Mensch, Pia, spinnst du! Was erzählst du denn für einen Unsinn? Bist du noch ganz normal?«

»Was sollte ich denn machen? Mir ist so schnell nichts Besseres eingefallen. Du hast mich ja total hängen lassen und kein Wort gesagt. Alles musste ich allein machen. Da, guck mal, der Polizist lässt Alexander die Tüte auspacken. Hemden, Unterwäsche, Schlafanzug, genau wie Alexander es bestellt hat. Und jetzt noch die Handtasche. Der Polizist lässt sich sogar seine Papiere zeigen. Wenn wir jetzt näher dran wären, könnten wir lesen, wie er heißt. War doch ne Superidee, den Polizisten da rüberzuschicken!«, brüstete sie sich.

Felix sah sie stirnrunzelnd an. »Wirklich, ne Superidee! Der arme Alexander wird jetzt als Drogendealer verdächtigt, und wenn er wissen will, wer ihn angeschwärzt hat, dann wird dich der Polizist gleich vorstellen.«

»Ach du Schande, du hast Recht! Mensch, gib Gas und fahr weg, bevor die Ampel vorne rot wird!«

Felix ließ den Wagen an und schaffte es gerade noch, bei Dunkelgelb durch die Ampel zu kommen.

»Hoffentlich hat der Polizist sich nicht meine Autonummer gemerkt. Mensch, Pia, du bist wirklich unmöglich. Hätte ich mich bloß nie auf diese blöde Geschichte eingelassen!«

Kaum waren sie aus der Gefahrenzone, da hatte Pia schon wieder Oberwasser. »Mann, das war richtig spannend. Wie im Kino. Wenn ich das Ruben erzähle!«

»Du wirst dich unterstehen, sonst sind wir die längste Zeit Freunde gewesen.«

Alexander

*Ach, wie gut,
dass niemand weiß,
dass ich Rumpelstilzchen heiß.
(Gebrüder Grimm)*

Seine Erinnerungen waren nach und nach zurückgekommen. Der Zettel von Frau Häfele war wohl der Auslöser gewesen. Er wusste jetzt, wer ihm die Notiz mit Ellys Namen und Adresse gegeben hatte und warum. Aber noch wollte er mit Elly nicht darüber sprechen, noch nicht. Für sie und all die anderen in Neubach würde er noch einige Zeit Alexander bleiben.

Sein richtiger Name war Paul, Paul Hofer, geboren am 3. April 1928 in Reutlingen. Nach dem Abitur hatte er ein Jahr bei seinem Onkel in Amerika verbracht. Er hätte noch länger, vielleicht sogar für immer in Amerika bleiben können, aber das Heimweh hatte ihn nach Hause getrieben. Seinem Auslandsaufenthalt schloss er ein Ingenieurstudium in Stuttgart an. Mit Mitte zwanzig hatte er geheiratet. Wegen seiner Frau war er nach Tübingen gezogen und zu seiner Arbeitsstelle in der alten Heimat Reutlingen gependelt. Auch nachdem seine Ehe gescheitert war, war er in Tübingen geblieben. Er war dort inzwischen heimisch geworden, hatte sich einen Freundeskreis geschaffen und wollte in der Nähe seiner Tochter Susanne bleiben.

Sie war sechs gewesen, als seine Frau ihn nach acht Jahren Ehe wegen eines anderen Mannes verlassen und sie mitgenommen hatte. Er hatte sehr an Susanne gehangen, aber da er beruflich viel im Ausland war, hatte er keine Möglichkeit gesehen, sie bei sich zu behalten. Seine Frau hatte es verstanden, die vereinbarten Besuchstermine immer wieder zu boykottieren und Susanne gegen ihn aufzuhetzen. Als seine Tochter dann in die Pubertät kam, hatte ihre Beziehung noch mehr gelitten, und heute sahen sie sich nur noch selten. Susanne würde ihn also in den vergangenen Tagen und Wochen kaum vermisst haben.

Eher schon seine Nachbarin, zu der er ein gutes Verhältnis hatte und die sich sicher wunderte, dass er so lange verreiste, ohne sie vorher darüber zu informieren. Deshalb hatte er Frieder, seinen besten Freund, beauftragt, ihr und sicherheitshalber auch Susanne Bescheid zu sagen. Er hatte ihn auch gebeten, ihm seine Papiere und etwas Wäsche zu bringen. Die Papiere hatte er im Schrank versteckt, er war sich sicher, dass Elly ihm nicht hinterherschnüffelte, warum sollte sie auch. Für sie war er immer noch der Mann ohne Vergangenheit und damit auch ohne Besitz.

Dass bei seinem Treffen mit Frieder plötzlich ein Polizist vor ihm stand, hatte ihn aus dem Konzept gebracht, obwohl es ja nicht verboten war, sich von einem Freund etwas bringen zu lassen. Von seiner Amnesie hatte er nichts erzählt, sondern erklärt, dass er bei seiner Abreise in den Urlaub einige Sachen zu Hause vergessen habe. Das kam der Wahrheit sogar einigermaßen nahe.

»Nix für ogut«, hatte der Polizist gesagt, nachdem er seine Sachen kontrolliert hatte. »Aber mir hen da en Tipp kriegt, offensichtlich en falsche.«

»Von wem denn?«, wollte Alexander wissen.

Der Polizist hatte sich suchend umgedreht und dann geschimpft: »Des Luder! Jetzt isch se au no abghaue. Wenn i die verwisch! Möcht bloß wisse, was des Ganze solle hat.«

»Des isch ja a heißes Pflaschter bei euch in Göppinge«, hatte Frieder kopfschüttelnd festgestellt, bevor sie in Richtung Fußgängerzone gingen, um vor Frieders Rückfahrt noch einen Kaffee zu trinken.

Es war ein herrliches Gefühl, sich mit jemandem zu unterhalten, den man seit Jahren kannte, der ein Freund war und dem er vertrauen konnte. Es war Alexander, als wäre aus brüchigem Eis unter seinen Füßen plötzlich ein fester, tragfähiger Untergrund geworden. Und es war eine wunderbare Sache, Frieder ohne Probleme einen Kaffee und die Fahrkarte bezahlen zu können. Er war nicht nur glücklicher Besitzer eines Namens und einer Identität, sondern auch einer Bankkarte. Das änderte eine ganze Menge und gab ihm neues Selbstbewusstsein.

Alexander hatte beschlossen, kein Wagnis mehr einzugehen, was seine Frühstücks-Sprüche anging. Mit seinem Feen-Gedicht war er schlecht angekommen bei Elly. Ein Glück, dass sie kein Blatt vor den Mund nahm und ihm sagte, wenn ihr etwas nicht gefiel. So hatte er ihr erklären können, wie die Sache gemeint war. Trotzdem – für heute hatte er einen in jeder Hinsicht unverfänglichen Spruch gewählt, glaubte er. Und sogar einen, den Elly noch nicht kannte. Auch das war nicht einfach. Es handelte sich um die Sufi-Weisheit: *In deinem eigenen Haus ist ein Freudenschatz. Warum von Tür zu Tür ziehen, um zu betteln.*

»Ein wunderbarer Spruch«, lachte Elly, »und so wahr. Meinen Sie etwa sich mit dem Freudenschatz? Aber ich glaube, heute sollten wir doch wieder einmal von Tür zu Tür ziehen. Was halten Sie davon, wenn wir bei Franziska Kaffee trinken gehen? Ich würde so gern einmal Karls Eroberung kennen lernen. Vielleicht haben wir Glück und sie ist heute da.«

Als Alexander und Elly Theas Café betraten, konnten sie weder Karl noch seine Freundin entdecken. In der Ecke am Fenster saßen drei Damen mittleren Alters und unterhielten sich angeregt, auf dem Sessel neben dem Bücherregal rührte ein einzelner Herr in seiner Kaffeetasse.

»Meine Güte, das ist ja Karl!«, entfuhr es Elly.
»Wo?«
»Na, der Mann, der da drüben sitzt.«

Tatsächlich, es war Karl, der jetzt seinen Arm hob und ihnen strahlend zuwinkte, Karl mit Perücke. Elly und Alexander steuerten auf ihn zu. Es war kaum zu glauben, wie die Perücke sein Aussehen veränderte.

»Karl, wie siehst du denn aus?«

»Zehn Jahr jünger«, erklärte Karl sichtlich stolz. »Komm, hocket euch na.«

Alexander und Elly folgten bereitwillig der Aufforderung.

»Wo hast du denn die Pelzkappe her?«, neckte ihn Alexander.

»Sag bloß nix von ra Pelzkapp, i schwitz scho gnug unter dem Ding.«

Elly schaute Karl kritisch an. »Warum ziehst du es denn an, wenn dir so heiß drunter ist?«

»Na, warum wohl? ›Wer schön sei will, muss leide‹, des hat scho mei Mutter gwisst.«

»Verstehe«, schaltete sich Alexander jetzt schmunzelnd ein, »und du willst für deine neue Freundin schön sein. Hat sie sich denn an deiner Glatze gestört?«

»Gsagt hat se nix«, erklärte Karl und trank einen Schluck Kaffee, »aber mr kennt doch d' Fraue: Dr schönschte Vogel gwinnt, und d' Konkurrenz schlaft net.«

»Manchmal«, sagte Alexander, »gewinnt auch der Vogel mit dem beeindruckendsten Balztanz, das habe ich neulich im Fernsehen gesehen. Vielleicht solltest du einen Tanzkurs belegen. Männer, die tanzen können, sind bei Frauen sehr beliebt, nicht nur im Tierreich. Frag mal Elly! Tango wäre doch nicht schlecht, das ist ein ausgesprochen erotischer Tanz. Elly würde sich bestimmt gern als Tanzpartnerin zur Verfügung stellen, zum Üben sozusagen. Der fehlt nämlich noch der entsprechende Partner.« Alexander grinste zu Elly hinüber. »Stimmt's?«

Elly runzelte unwillig die Stirn. »Unsinn! Du musst nicht alles glauben, was Alexander sagt, Karl. Der will dich nur auf den Arm nehmen.«

Franziska kam an ihren Tisch, begrüßte sie und fragte nach ihren Wünschen. Elly bestellte sich eine Himbeerrolle, Alexander entschied sich für Franziskas leckere Käsesahnetorte.

»Wo sind denn die anderen?«, wollte Alexander von Karl wissen.

»Dr Hugo isch en Freund bsuche und dr Ernst hat en Zahnarzttermin.«

»Und deine Freundin?«

»Du bisch au gar net neugierig, was? Also, wenn du's genau wisse willsch, die isch beim Friseur.«

Elly schmunzelte. »Lässt sich wohl eine neue Dauerwelle legen für eure Reise nach Wörishofen.«

»Des braucht die net«, berichtete Karl stolz. »Die hat Naturwelle.«

»Donnerwetter, du bist ja bestens informiert. Schade, dass sie heute nicht da ist, ich hätte sie gern kennen gelernt«, sagte Alexander.

»Mir treffed uns jetzt meischtens woanders«, berichtete Karl.

»Schmeckt's euch hier nicht mehr?«, wunderte sich Elly und bedankte sich bei Trudi, die ihr gerade Kaffee und Kuchen brachte.

»Ach, die zwoi, dr Hugo und dr Ernst, die zieged den arme Kerle doch immer auf, und des vor seiner Freundin«, berichtete Trudi. »Seit 'r sei Perück hat, saged se bloß no ›Sam Hawkins‹ zu em.«

»Sam Hawkins?«, fragte Elly.

»Du hast wohl nie Karl-May-Bücher gelesen«, stellte Alexander fest. »Das ist eine Figur aus seinen Romanen, ein Trapper aus dem Wilden Westen, der einmal skalpiert wurde und seither eine Perücke trägt. So ein richtig komischer Kauz.«

»Scho deshalb hinkt der Vergleich«, stellte Karl brummend fest.

»I glaub, die zwoi sin neidisch, dass dr Karl so a nette Frau gfunde hat. Hübsch isch die und immer freundlich und zu ma Spaß aufglegt«, erklärte Trudi.

Das Lob tat Karl sichtlich gut.

Alexander nahm Hugo und Ernst in Schutz. »Die beiden meinen es bestimmt nicht böse!«, meinte er beschwichtigend.

»Bled isch's oineweg«, stellte Karl fest.

»Dann kommst du ja gar nicht mehr so oft in den Genuss von Franziskas gutem Kuchen.«

»Dr Karl isst doch sowieso koin meh«, erklärte Trudi.

»Bist du krank?«, fragte Elly besorgt. »Stimmt, du siehst wirklich nicht gut aus. Ganz schmal im Gesicht.«

»Bloß im Gsicht?«, fragte Karl und schaute auf seinen runden Bauch. »Und des mit dem ›net gut‹ nimmsch zrück, anders halt, besser, schlanker.«

»Hast du denn abgenommen?«

Karl strahlte. »Scho vier Kilo«, berichtete er stolz.

»Junge, Junge, wie hast du denn das geschafft?«

»Abends nach sechse ess i gar nix meh. Und sonsch koine Spätzle, koine Nudle, koi Brot und koin Kuche. Koine Kohlehydrate halt. Und Alkohol isch au net bekömmlich.«

»Das hört sich aber ganz schön hart an«, stellte Alexander fest. »Vor allem, wo ihr drei doch immer gemeinsam esst.«

Karl berichtete, dass er jetzt immer für sich allein kochte und eine halbe Stunde vor den anderen aß.

»Und zwoimal in dr Woche gang i ins Fitnessstudio. I muss Muskle aufbaue, weil Muskle meh Kalorie verbrenned. Des isch ganz schö astrengend. Donnerstags gang i am liebschde. Da kommt um neune immer d' Stefanie.«

»Na, übertreibst du jetzt nicht ein bisschen, Karl?«, lachte Alexander. »Zwei Frauen auf einmal, verkraftest du das denn?«

»Mit dr Stefanie, des isch rein platonisch«, erklärte Karl und rührte in seiner Kaffeetasse. »Aber wenn i am Expander meine Übunge mach, na kann i von hinte genau uff d' Stefanie gucke, wenn se uff em Laufband trainiert. Die hat a richtig netts Ärschle in ra ganz enge Hos«, schwärmte er. »Wenn die lauft, na ganged die Arschbäckle immer auf und ab. Und a paar Fiaß hat die, die sollted 'r mal sehe, da könned 'r d' Heidi Klum glatt vergesse. I find sowieso, dass die Säbelbein hat. Aber egal, Hauptsach, die von dr Stefanie sin kerzegrad. Wissed 'r, des lenkt mi a bissle von dera Schinderei ab. Leider kommt d' Stefanie bloß oimal in dr Woch, i han scho gfrogt. Na ja, i woiß net, warum die überhaupt kommt bei dera Figur. Aber des kann mir ja egal sei, Hauptsach, sie kommt.«

»Aber du hast mir doch erzählt, dass deine Freundin deinen Bauch schön findet. Wie war das noch mit den Sternen am Himmel?«, warf Alexander ein.

»Vielleicht hat se des au bloß gsagt, damit i net traurig bin. I will da koi Risiko eigange. In dem Hotel in Bad Wörishofe, da gibt's au a Schwimmbad, und wo i neulich mei Badhos vor em Spiegel aprobiert han, da war des Gewölbe über dem kloine Hösle doch ganz schön groß.«

»Na, wenigstens kannst du mit deinem Natur-Schwimmgürtel nicht so leicht untergehen, und wenn du den toten Mann machst, kann deine Marga dich im Becken leicht orten«, lästerte Alexander. »Dein Bauch schwimmt dann wie eine Boje oben. Fehlt nur noch das Fähnchen drauf.« Er musste lachen, als er sich das bildlich vorstellte.

Karl fand das offensichtlich weniger lustig. »Woisch was«, gab er zurück, »verarsche kann i mi selber.«

Alexander wollte gerade fragen, was Karl im Schwimmbad denn mit seiner Perücke mache, aber er besann sich eines Besseren. Er hatte genug gefrotzelt, vermutlich schon viel zu viel. Und das, wo der arme Karl, der sich so viel Mühe gab, seiner Marga zu gefallen, schon eine Menge von Ernst und Hugo zu ertragen hatte. Alexander suchte deshalb nach einem unverfänglichen Thema und sprach nebenbei genüsslich Franziskas Käsesahnetorte zu. Ein Glück, dass er nicht Diät halten musste. Es würde ihm schwerfallen, Franziskas Kuchen zu widerstehen.

»Na, Karl hat es ja ganz schön erwischt«, stellte Alexander schmunzelnd fest, als sie sich auf den Heimweg machten. »Was Liebe nicht alles fertigbringt. Hoffentlich ist die Dame die Opfer auch wert.«

»Das kann man nur hoffen.«

»Sagen Sie, Elly, haben Sie morgen Abend schon etwas vor?«

»Nichts Besonderes, warum fragen Sie?«

Alexander wollte Elly ins Kino ausführen. Hugo hatte ihm vor Kurzem von einem Film vorgeschwärmt, »Ziemlich beste Freunde«, die Geschichte eines Gelähmten, der durch einen jungen Pfleger wieder Lebensfreude gewinnt.

»Umwerfend witzig und sehr anrührend«, hatte Hugo gesagt. »Ein Balanceakt, eine Gratwanderung, ein solches Schicksal mit Komik zu verbinden, aber großartig gelungen. Und das Tollste: Es ist die Verfilmung einer wahren Geschichte.«

Das hatte Alexander neugierig gemacht. Er suchte schon lange nach einer Möglichkeit, Elly zu zeigen, wie dankbar er ihr war. Er hätte sie gern ins Theater oder Konzert eingeladen. Das nötige Geld dazu hatte er inzwischen, aber das sollte Elly schließlich nicht wissen.

Elly hatte zwar Lust, mit ihm ins Kino zu gehen, wehrte sich aber dagegen, sich von ihm einladen zu lassen.

»Elly, können Sie sich vorstellen, wie das für mich ist, alles von Ihnen annehmen zu müssen und mich nie dafür erkenntlich zeigen zu können? Eine Kinokarte kostet nicht viel, das kann ich mir dank meines Spielerglücks wirklich leisten. Entweder die drei sind lausige Kartenspieler oder begnadete Betrüger. Jedenfalls habe ich etwas angespart. Sie würden mich sehr glücklich machen, wenn ich Sie einladen dürfte.«

Elly gab sich geschlagen.

Nachdem das Licht im Kino wieder angegangen war, saß Elly noch einen Moment ganz still in ihrem Sessel und wischte sich verstohlen eine Träne aus dem Augenwinkel.

»Was für ein wunderbarer Film«, seufzte sie dann. »Es ist doch etwas ganz anderes, so etwas auf der großen Leinwand zu sehen und nicht im Fernsehen. Allein die Mimik des Rollstuhlfahrers. So wunderbar zu spielen, ohne einen Finger rühren zu können, ohne Gesten, das ist einfach großartig. Für mich hat der Schauspieler einen ›Oscar‹ verdient.«

»Da gebe ich Ihnen Recht«, stimmte Alexander ihr zu, »aber der andere doch auch. Dieser Charme und sein mitreißendes Lachen. Bei der Szene in der Oper sind mir Lachtränen heruntergelaufen. Und tanzen kann er!«

»Vielen Dank, dass Sie mich eingeladen haben, Alexander, das war ein wunderbarer Abend. Ich kann mich gar nicht erinnern, wann ich das letzte Mal im Kino war.«

»Es läuft gerade noch ein Film, der sehr gut sein soll, mit George Clooney, das wär doch was für Sie. Oder sind Sie die einzige Frau, die nicht für diesen schönen Mann schwärmt?«, fragte Alexander.

Inzwischen hatten sie den Ausgang des Kinos erreicht.

»Er hat schon was«, gab Elly zu. »Aber ich fürchte, er weiß es auch. Schöne Männer wissen das immer.«

»Ist das so schlimm? Warten Sie, Elly«, sagte er dann und hielt sie am Arm zurück, als sie sich nach rechts wenden wollte, wo sie das Auto geparkt hatte. »Ist es weit von hier zur Kellereistraße?«

»Zur Kellereistraße? Nun, schon ein Stück. Aber warum fragen Sie?«

Alexander erklärte ihr, dass es an der Ecke Kellerei- und Pfarrstraße ein kleines Tapasrestaurant gebe. Franziska hatte ihm davon erzählt.

»Ist es eine große Bildungslücke, nicht zu wissen, was das ist?«

»Falls ja, leide ich an der gleichen«, gab Alexander zu. »Bis Franziska mich aufgeklärt hat, wusste ich auch nicht, was das ist. Tapas sind spanische Appetithappen, die in kleinen Schalen serviert werden. Je nach Hunger können Sie eine Schale oder gleich mehrere bestellen und ein Glas Wein dazu trinken. Franziska und Mathias hat es dort gut gefallen. Ich würde den Abend gern noch ein wenig ausklingen lassen, bevor wir nach Hause gehen.«

»Aber auf meine Rechnung«, betonte Elly.

Sie ließen die leidige Frage der Bezahlung offen und beschlossen, lieber mit dem Auto zur Kellereistraße zu fahren als zu Fuß zu gehen. Das Lokal war nicht besonders groß, aber gemütlich eingerichtet, mit einer langen Theke rechts vom Eingang, einem elektrischen Kamin an der Wand, quadratischen Tischen aus lebhaft gemustertem Naturholz und Holzstühlen mit geflochtenen Sitzflächen und Lehnen. Alexander und Elly waren mit Abstand die ältesten Gäste, aber das störte sie nicht.

Eine freundliche, junge Bedienung brachte Speisekarten und stellte eine große Schiefertafel so neben ihren Tisch, dass sie die heutigen Tagesgerichte lesen konnten. Alexander bestellte ein Glas Hauswein, der ihm wenig später tiefrot in einem langstieligen Glas serviert wurde, Elly trank Wasser, weil sie noch fahren musste. Wenig später kam ihre Vorspeise, lockeres Weißbrot mit einer Thunfischcreme.

»Das schmeckt ja köstlich, dabei könnte ich bleiben«, stöhnte Elly genießerisch. »Das war eine gute Idee von Ihnen, hierherzukommen. Es ist ein schöner Abschluss für diesen Abend.«

Noch einmal kamen sie auf den Film zu sprechen.

»Bei der ersten Szene, dieser wilden Autofahrt, dachte ich, ich sei im falschen Film«, gestand Elly. »War das nicht so ein Auto, wie es dieser Ruben hat?«

»Gut beobachtet«, lobte Alexander, »ein Maserati.«

»Arme Pia, mir ist schon vom Zuschauen fast schlecht geworden.«

Alexander lachte. »Nun, ich hoffe doch, dass Ruben etwas gesitteter fährt.«

»Da bin ich mir nicht so sicher. Aber sonst war der Film wirklich wunderschön. Wenn man bedenkt, wie anders und traurig das Leben der beiden verlaufen wäre, wenn sie sich nicht begegnet wären«, überlegte Elly.

»So wie meins, wenn ich Sie nicht getroffen hätte«, stellte Alexander fest.

»Aber das können Sie doch gar nicht vergleichen«, wehrte Elly ab.

»Können Sie sich vorstellen, wo ich heute Abend ohne Sie sitzen würde?«

»Und wo würde ich sitzen?«, fragte Elly und beantwortete sich die Frage gleich selbst. »Allein zu Hause auf meinem Sofa. Sie sehen die Sache zu einseitig, Alexander. Es ist nicht so, dass nur Sie von unserer Bekanntschaft profitieren. Ich denke, ich kann es Ihnen jetzt gestehen: Kurz bevor Sie bei mir eingezogen sind, habe ich richtiggehend Angst gehabt. Ich habe mir das Alleinsein nicht gewünscht, weiß Gott nicht, aber ich habe mich inzwischen daran gewöhnt. Es hat auch seine guten Seiten. Ich hatte Angst, meine Freiheit zu verlieren. Aber jetzt habe ich vor etwas ganz anderem Angst.«

Alexander sah sie fragend an und wartete darauf, dass sie weitersprach.

»Ich sollte es Ihnen vielleicht nicht sagen, schließlich wünschen Sie sich nichts so sehr, wie Ihr Gedächtnis wiederzufinden, und das kann ich gut verstehen. Ich wünsche es Ihnen ja auch, aber ich habe auch Angst davor.«

»Warum?«, fragte Alexander und fasste über den Tisch nach ihren Händen.

»Es wird sich alles verändern. Sie werden weggehen und niemand wird mir mehr Wiesensträuße pflücken und Sprüche auf meinen Frühstückstisch legen und Tapas mit mir essen«, sagte Elly leise. »Es wird auch niemanden mehr geben, der mir zuhört, wenn ich auf Pias neuen Freund schimpfe, und der mich zur Ordnung ruft, wenn ich sie mit Felix verkuppeln will.«

»Aber nicht doch«, beruhigte Alexander und streichelte ihre Hand. »Wir werden Freunde bleiben, so oder so. Es sei denn, Sie können mich nicht mehr leiden, wenn ich wieder der Mann aus meinem früheren Leben geworden bin. Sind Sie denn gar nicht neugierig darauf zu erfahren, wie ich wirklich heiße? Oder haben Sie Angst davor, mein Name würde Ihnen nicht so gut gefallen wie der, den Sie mir ausgesucht haben?«

»Sie nehmen die Sache auf die leichte Schulter, Alexander. Was ist, wenn Sie eine Frau haben?«

»Wenn es Sie beruhigt, Elly, ich würde sie Ihretwegen verlassen. Sie kann nicht viel taugen, wenn sie bis jetzt nicht nach mir gesucht hat.«

»Sie nehmen mich nicht ernst.«

»Doch, Elly, das tue ich, sehr sogar. Ich fürchte nämlich, dass ich mich ein wenig in Sie verliebt habe«, sagte er, zog ihre linke Hand zu sich herüber und hauchte einen Kuss auf ihren Handrücken.

»Nur ein wenig?«, fragte Elly kokett, und er bildete sich ein, dass ihre Wangen sich rosa färbten.

»Liebe Elly«, sagte Alexander und hob sein Glas, »wenn ich richtig informiert bin, dann ist es das Recht des Älteren, zuerst das Du anzubieten. Da ich leider meine Geburtsurkunde verschlampt habe, weiß ich nicht, ob ich das bin. Aber da Sie um Jahre jünger aussehen als ich, nehme ich einmal an, dass es seine Richtigkeit hat, wenn ich jetzt sage: Ich heiße Alexander.«

»Aber das stimmt nicht. So heißen Sie doch gar nicht.«

»Elly, nun seien Sie nicht zickig und sagen Sie Ihren Text«, tadelte Alexander. »Sie müssen sagen: ›Und ich heiße Elly‹, und dann müssen Sie mich küssen.«

»Auf den Mund?«

»Na, wohin denn sonst?«

»Aber dann müssen Sie aufstehen und um den Tisch herumkommen, so weit kann ich mich nicht herüberbeugen«, verlangte Elly.

»Treiben Sie es nicht auf die Spitze, Elly«, sagte Alexander. »Kaum sagt man euch Frauen, dass man in euch verliebt ist, da stellt ihr schon Ansprüche. Fräulein!« Er winkte der Bedienung. »Würden Sie uns bitte zwei Gläser Sekt bringen? Und sagen Sie jetzt bloß nicht, dass Sie die bezahlen wollen, sonst werde ich sauer«, wandte er sich zu Elly.

Er sah, dass die Leute am Nebentisch neugierig herüberschauten, als er aufstand und mit seinem Sektglas zu Elly hinüberging. Als auch Elly aufstand, mit ihm anstieß, sie mit ineinander verschränkten Armen einen Schluck tranken und sich anschließend küssten, klatschten sie Beifall.

»Vielen Dank«, sagte Alexander und verbeugte sich ein wenig. »Wissen Sie, wir feiern heute unseren siebten Hochzeitstag, und da wir nun das verflixte siebte Jahr gut hinter uns gebracht haben, dachten wir, sei es an der Zeit, endlich das förmliche Sie abzulegen.«

»Alexander, Sie sind unmöglich«, stöhnte Elly.

»*Du* bist unmöglich.«

»Ich? Warum denn ich?«

»Nein, du musst sagen: ›*Du* bist unmöglich.‹ Wir sind doch jetzt per du. Schon vergessen?«

Elly schüttelte nur den Kopf und lachte. »Ich glaube, Sie, ich meine, du verträgst den spanischen Wein nicht.«

Um die Bezahlung des Sekts gab es keine Diskussion. Er ging aufs Haus.

Elly

*Einmal in der Woche
mit den Verwandten zu speisen
genügt vollauf.
(Oscar Wilde)*

Am nächsten Morgen fand Elly statt eines Spruchs wieder ein Gedicht bei ihrem Frühstücksgedeck. Sie warf einen Blick zu Alexander hinüber und sah, dass er nervös mit seinem Kaffeelöffel spielte.

»Ist was?«

»Na ja«, sagte er und sah sie ein wenig unsicher an, »es ist nur, weil ich mit meinem letzten Gedicht nicht besonders gut bei dir angekommen bin. Soll ich es ... ich meine ... soll ich es dir interpretieren?«

»Nun werde nicht frech«, gab Elly zurück, »ich hatte auch Deutsch in der Schule, Gedichtinterpretationen und so.«

»Aber du scheinst nicht besonders gut aufgepasst zu haben«, stichelte Alexander.

Als Elly ihm mit hochgezogenen Augenbrauen einen kritischen Blick von unten herauf zuwarf, hob er entschuldigend die Hände und grinste. »Ich meine ja nur, wegen dem letzten Gedicht, das ich dir aufgeschrieben habe.«

»Wegen *des* letzten Gedichts«, verbesserte Elly, der es guttat, ihn bei diesem sprachlichen Lapsus erwischt zu haben. »Nach ›wegen‹ folgt der Genitiv. Wer hat denn nun im Deutschunterricht nicht aufgepasst? Aber wenn du jetzt mal einen Augenblick still sein könntest, dann könnte ich mich auf das Gedicht konzentrieren.«

Sie stärkte sich mit einem großen Schluck aus ihrer Kaffeetasse, bevor sie sich neugierig an die Lektüre machte.

Dich

Dich nicht näher denken
und dich nicht weiter denken
dich denken wo du bist
weil du dort wirklich bist

Dich nicht älter denken
und dich nicht jünger denken
nicht größer und nicht kleiner
nicht hitziger und nicht kälter

Dich denken und mich nach dir sehnen
dich sehen wollen
und dich liebhaben
so wie du wirklich bist

(Erich Fried)

Elly fühlte Alexanders Augen erwartungsvoll auf ihr ruhen. Sie hielt einen Moment inne, bevor sie die Augen hob und ihn anschaute.

»Ein Liebesgedicht«, sagte sie leise.

»So ist es«, bestätigte Alexander und schaute sie dabei an, dass ihr ganz warm wurde. »Gefällt es dir?«

»Ja«, sagte Elly, »schon.«

»Aber?«

»Na ja, ich glaube, dass du mich manchmal ganz gerne jünger denken würdest und auch weniger hitzig«, warf Elly ein.

Alexander lachte. »Ach, Elly, was sollte ich denn mit einer Jüngeren anfangen oder mit einer, die zu allem ja und Amen sagt! Das wäre doch schrecklich langweilig. So, wie du bist, genau so hab ich dich lieb und kein bisschen anders.«

Elly wurde verlegen. »Es tut mir leid, Alexander. Es ist ein sehr hübsches Gedicht, wirklich. Du gibst dir solche Mühe, und ich bin so eine dumme Kuh.«

»Aber nicht doch. Vermutlich bist du einfach nicht daran gewöhnt, Liebesgedichte geschenkt zu bekommen.«

»Da könntest du Recht haben.«

»Na, siehst du. Wir sind beide ein bisschen aus der Übung, was das Turteln angeht. Aber das lässt sich ändern. Wir werden das üben. Einverstanden?«

»Mit dem größten Vergnügen«, seufzte Elly.

Einige Tage später brachte Alexander schlechte Nachrichten vom Trio mit nach Hause, besser gesagt von Karl. Der hatte ein nettes Wochenende mit seiner Freundin in Bad Wörishofen verbracht. Allerdings hatte sie ihm am letzten gemeinsamen Abend von Sorgen berichtet. Ihre einzige Tochter hatte sich durch den Kauf einer Eigentumswohnung und ihre anschließende Arbeitslosigkeit total verschuldet. Die nächste Rate bei der Bank war fällig und wenn sie die nicht bezahlen konnte, würde es zur Zwangsversteigerung der Wohnung kommen. Ihre Mutter wollte ihr gern aus der Klemme helfen, aber sie hatte ihr Geld fest angelegt. Ob Karl ihr vielleicht das Geld leihen könne, nur vorübergehend, bis sie wieder flüssig wäre. Das Ende vom Lied war, dass Karl zwanzigtausend Euro von seinem Konto abhob und anschließend weder sein Geld noch die Dame wiedersah. Beide waren wie vom Erdboden verschwunden.

»Was für eine Gemeinheit!«, schimpfte Elly. »Der arme Karl. Nach allem, was er für sie auf sich genommen hat! Und dabei war er so glücklich.«

»Ja, es ist wirklich nicht mit anzusehen. Er leidet wie ein Hund«, bestätigte Alexander, »aber Hugo und Ernst kümmern sich sehr lieb um ihn. So sehr sie ihn vorher mit seiner Freundin aufgezogen haben, so sehr unterstützen sie ihn jetzt. Sie wollten sogar einen Privatdetektiv einschalten, um der Dame auf die Spur zu kommen und Karls Geld zurückzuholen, aber Karl will nichts davon wissen. Er will kein Aufsehen. Er schämt sich, so hereingefallen zu sein.«

»Wer so blöd isch, dem ghört's net besser«, hatte er zu Alexander gesagt.

Pia hatte die Tatsache, dass Elly und Alexander sich duzten, mit einem schrägen Blick zur Kenntnis genommen. Überhaupt verhielt sie sich in letzter Zeit sehr reserviert Alexander gegenüber, ganz anders als zu Anfang.

»Sag mal, Pia, hat Alexander dir etwas getan? Du bist so komisch in letzter Zeit«, stellte Elly sie eines Tages zur Rede, als sie gemeinsam die Küche aufräumten.

»Ich finde nur, du solltest nicht so vertrauensselig sein, nicht dass es dir am Ende so geht wie Karl.«

»Das ist eine unverschämte Unterstellung!«, ereiferte sich Elly. »Du weißt genau, wie unangenehm es Alexander ist, wenn er etwas von mir annehmen muss. Selbst seine Hemden und seine Wäsche bezahlt er selbst von dem bisschen Geld, das er hat.«

»Gut, dass du darauf zu sprechen kommst«, gab Pia zurück und stellte die Lebensmittel in den Kühlschrank. »Hast du dich nicht gewundert, woher Alexander die Sachen hat?«

»Hat er doch gesagt. Es waren Sonderangebote von AWG.«

»Klar, Walbusch-Hemden und getragene noch dazu. Bei zweien war der Kragen schon leicht abgestoßen, das hab ich genau gesehen, als ich sie in die Waschmaschine gesteckt habe. Glaubst du, dass AWG getragene Hemden verkauft?«

»Jetzt pass mal auf, junge Dame«, sagte Elly ärgerlich und stellte einen Teller so energisch auf der Spüle ab, dass er fast zu Bruch gegangen wäre, »vielleicht hat er die Sachen auch von Karl oder Ernst oder Hugo geerbt oder er hat sie im Diakonie-Laden erstanden und schämt sich, uns das zu erzählen. Ich würde mal sagen, dass uns das überhaupt nichts angeht, dich schon gar nicht. Ich hätte ihm gern neue gekauft, aber das anzunehmen, dazu ist er zu stolz. Das spricht ja wohl für ihn.«

Pia bekam einen roten Kopf. »Ich mein's ja nur gut mit dir. Irgendeinen Grund muss es schließlich haben, dass er deine Adresse bei sich hatte, und es muss nicht unbedingt ein erfreulicher sein. Und falls er sein Gedächtnis wirklich verloren hatte, hat er's vielleicht inzwischen wiedergefunden und du weißt es nur nicht. Könnte doch sein.«

»Es könnte auch sein, dass du ein bisschen übers Ziel hinausschießt. Ich möchte von diesem Thema jetzt nichts mehr hören. Ich maße mir auch kein Urteil über deinen Ruben an, obwohl es dazu einiges zu sagen gäbe. Und jetzt Schluss damit!«

Die restliche Küchenarbeit verrichteten sie schweigend. Die Auseinandersetzung mit Pia tat Elly weh. Sie hatten sich immer so gut verstanden.

Zwei Tage später klingelte es an der Tür.

»Ute, na das ist eine Überraschung! Und Max und Moritz! Kommt rein!« Elly umarmte ihre Tochter Ute und drückte ihre beiden Urenkel. »Warum habt ihr denn nicht vorher angerufen, ich hätte doch einen Kuchen gebacken!«

»Was für einen?«, wollte der sechsjährige Max wissen.

»Na, deinen Lieblingskuchen natürlich«, sagte Elly.

»Oh Mann, Oma, warum hast du denn nicht angerufen?«, beschwerte sich Max und warf Ute einen ärgerlichen Blick zu.

»War ein ganz spontaner Entschluss«, erklärte Ute.

»Na, ich freue mich jedenfalls, euch zu sehen.«

»Uri«, sagte jetzt Moritz, der Vierjährige, »sollen wir Kuchen kaufen gehen?«

Elly hatte sich immer noch nicht damit angefreundet, dass Max und Moritz sie Uri nannten. Sie wollte weder wie ein Schweizer Kanton noch wie ein Löffelverbieger heißen.

Es war die Idee ihres Schwiegerenkels gewesen. Auch Ahne hatte zur Debatte gestanden, aber das fand Elly noch schlimmer. Ihren Vorschlag, sie doch einfach Elly oder Oma Elly zu nennen, hatte die Familie abgelehnt.

Daran, dass ihre Urenkel wie die Figuren von Wilhelm Busch hießen, hatte sie sich inzwischen gewöhnt. Sandra hatte ihr erklärt, sie hätten bei der Namensgebung nicht an Wilhelm Busch gedacht. Es seien einfach die beiden Namen, die ihr und ihrem Mann für ihre Söhne am besten gefallen hatten. Wie bei ihren literarischen Namensvettern hatte Max ein rundes Pausbackengesicht und Moritz war der Schlankere von beiden, allerdings trug er keine Haartolle auf dem Kopf. Die war inzwischen aus der Mode gekommen. Die Namen hatten sich glücklicherweise nicht als schlechtes Omen erwiesen. Zwar waren die beiden richtige Lausbuben, aber im Vergleich zu Wilhelm Buschs Max und Moritz die reinsten Waisenknaben. Sie hatten noch keine Brücke angesägt und auch keine Pfeife mit Pulver gefüllt, und das lag sicher nicht daran, dass es weder Holzbrücken noch Pfeifenraucher in ihrer Umgebung gab. Ihre Streiche waren vergleichsweise harmlos.

»Den Kuchen kann ich doch holen«, schaltete sich jetzt Alexander ein, der gerade die Treppe herunterkam.

Elly stellte die vier einander vor und es entging ihr nicht, wie scharf Ute Alexander anschaute.

»Au ja«, rief Max begeistert und hüpfte wie ein Gummiball auf und ab, »ich will Schokoladenkuchen.«

»Bist du der Außerirdische?«, wollte Moritz von Alexander wissen und musterte ihn neugierig von oben bis unten.

»Blödmann«, wies sein großer Bruder ihn zurecht, »doch nicht außerirdisch. Der kann sich bloß nicht mehr erinnern, wer er ist.«

Elly spürte, wie sich ihr Rücken versteifte. Sie wagte nicht, Alexander anzusehen. Woher wussten die Kinder das? Die undichte Stelle konnte nur Pia sein.

»Ist das schwer, ihn auszuhalten, Uri?«, wollte Max jetzt von ihr wissen. »Die Oma hat zum Opa gesagt, dass du den Mann aushältst, und dass sie das nicht gut findet. Aber dass ich den Moritz immer aushalten muss, das findet Oma in Ordnung. Das ist ungerecht. Der Moritz macht mir nämlich immer alles kaputt.«

»Gar nicht wahr«, protestierte Moritz und puffte seinen Bruder in den Rücken, worauf eine wilde Jagd durch Ellys Flur begann.

Mit hochrotem Kopf rief Ute ihre Enkel zur Ordnung. Elly stand wie versteinert und überlegte, ob sie Ute sofort wieder nach Hause schicken sollte.

»Soll ich dann Kuchen holen gehen?«, fragte Alexander und tat so, als hätte er nichts gehört.

Hin und zurück zu Theas Café würde es zu Fuß gut zwanzig Minuten dauern, rechnete man die Zeit für den Einkauf dazu, dann hätte Elly etwa eine halbe Stunde, die sie allein mit Ute reden könnte.

»Wenn es dir nichts ausmacht? Das wäre wirklich nett.«

»Au ja!«, rief Moritz begeistert. »Können wir mitkommen?«

Elly sah Ute an, dass sie nicht recht wusste, ob sie ihre Enkel Alexander anvertrauen konnte, aber Elly zögerte nicht lange.

»Wenn Alexander euch mitnimmt, warum denn nicht? Dann könnt ihr euch euren Kuchen selbst aussuchen.«

Sie wusste, dass sie mit diesem Satz gewonnen hatte. Ute würde die beiden mit keinem Argument mehr davon abbringen können, Alexander zu begleiten. Alexander war nicht zu beneiden, die beiden würden ihm Löcher in den Bauch fragen, aber sie wollte gern ungestört mit Ute reden.

»Nach Max' Kindermund zu schließen, der ja bekanntlich die Wahrheit spricht, muss ich dich wohl nicht mehr fragen, weshalb du hergekommen bist«, stellte Elly fest, sobald die drei das Haus verlassen hatten und sie mit Ute in der Couchecke saß.

»Nun, wir haben uns Sorgen um dich gemacht.« Ute knetete verlegen ihre Hände.

»Und wer ist wir?«

»Na, Gudrun und ich. Sie wollte selbst herkommen, aber sie ist gerade mit Antonias Baby ziemlich eingespannt. Und Köln ist ja auch nicht um die Ecke, da hab ich's näher.«

»Und woher wisst ihr von Alexander?«, fragte Elly, obwohl sie sich die Antwort schon denken konnte.

»Na ja, Pia hat es Antonia unter dem Siegel der Verschwiegenheit erzählt.«

»Und die hat es unter dem Siegel der Verschwiegenheit Gudrun erzählt, und die wieder dir. Na wunderbar, bei uns machen Geheimnisse unter dem Siegel der Verschwiegenheit lustig die Runde, aber sie bleiben doch immerhin in der Familie – hoffe ich.«

Ute rutschte unruhig auf ihrem Sessel hin und her. »Ach, Mama, wir meinen's doch nur gut. Wir machen uns Sorgen.«

»Das sagtest du bereits und dazu besteht absolut kein Grund.«

»Also entschuldige mal, Mama, du lebst mit einem wildfremden Mann unter einem Dach, von dem du nichts weißt, keinen Namen, keinen Wohnort, keinen Beruf.«

»Stimmt, das weiß ich nicht. Aber ich weiß, dass er freundlich ist und hilfsbereit, warmherzig und humorvoll. Weißt du noch, wie du dich als Kind aufgeregt hast, wenn ich dich nach der Herkunft und dem Elternhaus deiner Freunde gefragt habe? Du hast mir die Qualitäten deiner Freunde aufgezählt, das war für dich wichtig, nicht, was ihr Vater von Beruf war.«

»Mama, damals war ich ein Kind!«, warf Ute ein.

»Ja, und vielleicht klüger als heute. Man kann von Kindern eine Menge lernen. Apropos Kinder: Warum hast du die beiden eigentlich mitgebracht? Findest du es gut, dieses

Thema vor ihnen zu erörtern? Wie mir scheint, haben die beiden schon viel zu viel mitgekriegt.«

Ute erklärte, dass Sandra ihr die Kinder ganz überraschend vorbeigebracht hatte, weil sie mit der Jüngsten zum Arzt musste. Und Ute wollte den Besuch bei Elly nicht länger aufschieben.

»Pia hat erzählt, dass sie euch eng umschlungen beim Tanzen gesehen hat«, sagte Ute.

»Na ja, eng umschlungen ... Es kam Glenn Miller im Radio, die Musik unserer Jugend. Da haben wir eine Runde getanzt. Ich kann nichts Schlimmes daran finden. Du?«

»Und er bringt dir Blumensträuße mit und schreibt dir Briefe. Meinst du, Papa hätte das gut gefunden?«

»Ja, das glaube ich. Papa war immer ein hilfsbereiter Mann. Und Alexander hat Hilfe nötig. Für diese Hilfe möchte er sich erkenntlich zeigen und mir eine Freude machen. Wenn man kein Geld hat, ist das nicht so einfach, da ist Phantasie gefragt.«

»Für solche Fälle wie diesen Alexander gibt es Behörden, die sich kümmern. Das ist doch nicht deine Aufgabe«, warf Ute ein.

»Soll ich dir etwas sagen, Ute? Ich habe Alexander aufgenommen, weil er mir leidgetan hat, aber inzwischen stelle ich fest, dass er mir guttut.«

Für einen Moment war Ute sprachlos. »Er tut dir gut? Soll das heißen, dass du in ihn verliebt bist?« Diese Vorstellung schien sie zu erschrecken.

»Weißt du was? Ich finde, dass ich dir darüber keine Rechenschaft schuldig bin. Ich glaube, mit 83 bin ich alt genug, selbst zu entscheiden, was gut für mich ist.« Das schien Ute zu bezweifeln. »Oder glaubst du, dass ich langsam senil werde?«

»Nein, natürlich nicht, Mama. Weißt du, wenn wir wüssten, wer dieser Alexander ist, dann wäre das ja etwas ganz anderes. Aber du musst zugeben, dass es schon seltsam ist, dass er deine Adresse bei sich hatte, obwohl du ihn gar nicht kennst«, verteidigte sich Ute.

Das musste Elly zugeben. »Trotzdem, ich vertraue auf meine Menschenkenntnis. Auf die konnte ich mich immer ganz gut verlassen. Und jetzt gehe ich Kaffee kochen. Oder willst du gleich wieder gehen? Nicht? Dann kannst du mal den Tisch decken, für sechs.« Ute sah sie fragend an. »Ich denke, dass Pia zum Kaffee herunterkommen wird. Sie arbeitet oben an ihrer Übersetzung. Du kannst ja mal raufgehen und sie über den Stand der Dinge unterrichten. Und ich hoffe, dass Alexander bereit ist, sich zu uns zu setzen, damit du ihn ein bisschen kennen lernst. Vielleicht änderst du dann deine Meinung. Aber nach dem, was er vorhin gehört hat, bin ich nicht sicher, ob er mit uns Kaffee trinken will. Ach, noch was: Ich möchte nicht, dass heute noch ein einziges Wort über diese Angelegenheit gesprochen wird.«

»Ach, Mama«, sagte Ute und nahm Elly in den Arm, »es tut mir leid. Aber wir machen uns wirklich Sorgen und meinen's nur gut mit dir.«

Das glaubte Elly ihr sogar. Vermutlich war es für ihre Töchter wirklich nicht ganz leicht, diese Situation zu akzeptieren.

Zuerst wollte Alexander sich zurückziehen und Elly mit ihrer Familie allein lassen. Elly konnte es ihm nicht verdenken. Aber dann konnte sie ihn doch dazu überreden, sich mit ihnen an den Kaffeetisch zu setzen. Zunächst war die Atmosphäre etwas angespannt, aber dank Max und Moritz gab es bald etwas zu lachen. So gesehen war es doch gut gewesen, dass Ute die beiden mitgebracht hatte.

Als sie zum Spielen in den Garten gegangen waren, sagte Ute: »Max ist verliebt.«

»Tatsächlich? In wen denn?«

»In ein Mädchen namens Luise. Sie ist, wenn man Max glauben darf, das hübscheste Mädchen in seiner Klasse.

Nachdem er sie ein paar Tage still angeschwärmt hat, hat er allen Mut zusammengenommen und sie gefragt, ob sie ihn heiraten will.«

»Und? Hat sie ja gesagt?«, wollte Elly wissen.

»›Vielleicht‹«, sagte Ute, »sie hat ›vielleicht‹ gesagt. Sie war nämlich bislang fest entschlossen, ihren Papa zu heiraten. Aber jetzt will sie es sich noch einmal überlegen. Ich musste Max versprechen, dass sein Geheimnis in der Familie bleibt.«

»Da hat er wohl schlechte Karten. Ich stelle heute schon zum zweiten Mal fest, dass diese Familie das Schweigegelübde recht großzügig auslegt. Für einen Eintritt in den Schweigeorden wäre sie wohl eher ungeeignet«, bemerkte Elly. »Oder darf ich das so verstehen, dass du Alexander schon zur Familie zählst, Ute? Das ist nett!«

Ute verschluckte sich am Kaffee, begann zu husten und lief rot an. Elly konnte nicht sagen, ob ihre Verlegenheit daran schuld war oder ihr Hustenanfall. Der jedenfalls enthob sie einer Antwort.

Wieder einmal waren Elly die Worte viel zu schnell aus dem Mund entschlüpft. Schließlich brachte sie damit nicht nur Ute in Verlegenheit, sondern auch Alexander. Sie war deshalb erleichtert, als Moritz ins Zimmer stürmte, um ihr aufgeregt den Regenwurm zu zeigen, den er im Garten gefunden hatte.

Abends klingelte das Telefon, es war Gudrun. »Hallo Mama, wie geht's dir?«

»Danke der Nachfrage, bis heute Nachmittag ging es mir sehr gut.«

Diese Antwort löste zunächst betretenes Schweigen und dann einen Redeschwall bei Gudrun aus. Auch sie versicherte Elly, dass alle es nur gut mit ihr meinten. Elly erinnerte sich daran, dass ihr Vater in so einem Fall vom »verdammt gut Gemeinten« gesprochen hatte.

»Weißt du, Mama, ich denke, es ist auch wichtig, dass dieser Alexander weiß, dass deine Familie ein Auge auf dich hat.«

»Du kannst beruhigt sein, Gudrun, das hat schon Pia, und nicht nur eins, sondern alle beide.«

»Apropos Pia«, griff Gudrun das Stichwort auf, »Ute hat deine Nachbarin vor dem Haus getroffen und die hat ihr eine seltsame Geschichte erzählt. Dass Pia eine Nacht mit einem Mann im Baumhaus verbracht hat und sie sogar die Polizei gerufen hat. Weißt du was davon? Ich meine, Ruben hat doch eine Wohnung und er kann sich im Zweifelsfall auch ein Hotelzimmer leisten. Warum gehen die beiden denn ins Baumhaus, verstehst du das?«

»Es war nicht Ruben, mit dem Pia im Baumhaus war.«

»Nicht Ruben?« Gudruns Stimme überschlug sich. »Mein Gott, wie kann man denn so dumm sein! Das ist typisch Pia! Da hat sie endlich einen Mann gefunden, der ihr alles bieten kann, was wir ja gar nicht mehr zu hoffen gewagt haben, und dann verbringt sie die Nacht mit irgendeinem Typen im Baumhaus!«

Elly war versucht, Gudrun noch eine Zeitlang im Ungewissen zu lassen. Aber ihr Anstand, vielleicht auch ihre Mutterliebe, siegte.

»Reg dich ab, Gudrun, das war vor Rubens Zeit, und es war auch ganz harmlos. Sie war mit Felix im Baumhaus«, erklärte Elly.

»Felix? Wer ist denn Felix? Du meinst doch nicht etwa diesen Loser, der da in Kirchheim ein Lokal aufgemacht hat? Von dem hat Pia mir erzählt. Ich bin froh, dass sie da nicht mehr so oft hingeht. Ich meine, wir haben sie nicht jahrelang studieren lassen, damit sie als Bedienung aushilft. Wie heißt's so schön? ›Wer nichts wird, wird Wirt.‹«

Gudrun lachte, und noch nie hatte Elly sich so sehr gewünscht, dass Felix doch noch eines Tages Gudruns Schwiegersohn werden würde. Sie erklärte Gudrun, dass die beiden im Baumhaus wohl ganz harmlos Erinnerungen an Kindertage aufgefrischt hätten. Sie war sich da zwar nicht so sicher, aber das musste sie Gudrun ja nicht auf die Nase binden.

Die war sichtlich erleichtert. »Na, Gott sei Dank. Pia sollte wirklich aufpassen, dass ihr dieser Goldfisch nicht wieder von der Angel geht. Er muss sehr nett sein. Du hast ihn doch schon kennen gelernt. Wie ist er denn so?«

Mit dieser Frage brachte sie Elly in Verlegenheit. »Ach, weißt du, er sieht gut aus und er ist wohl auch ganz erfolgreich in seinem Beruf«, sagte sie ausweichend.

»Ja, und er hat einen guten Einfluss auf Pia. Endlich macht sie sich mal ein bisschen hübsch«, freute sich Gudrun.

Sie plauderten noch ein wenig und sprachen über den kleinen Jeremy-George und seine Fortschritte.

Als Elly den Hörer auflegte, hoffte sie, dass sie nun für einige Zeit von den Sorgen ihrer Familie um sie verschont bleiben würde.

Pia

*Bleibt stets einander zugekehrt
und trennt euch erst,
wenn einer stört.
(Schlesischer Hochzeitsspruch)*

Pia packte wieder einmal ihren Koffer. Ruben hatte zwei Tage in München zu tun und sie würde ihn begleiten. Eigentlich, dachte Pia, ist mein Beruf doch gar nicht so schlecht. Ich verdiene zwar nicht besonders viel, aber ich habe viel Freiheit. Als Lehrerin oder Ärztin könnte ich jetzt nicht so ohne weiteres mit Ruben verreisen.

Sie hatte sich noch immer nicht an Rubens Fahrstil gewöhnt und war froh, als sie heil am Ziel angekommen waren. Am nächsten Tag hatte Ruben beruflich zu tun. Er hatte Pia ein paar Geldscheine zugesteckt mit der Aufforderung, sich etwas Hübsches davon zu kaufen. In München gäbe es schöne Geschäfte.

Aber schon nach zwei Stunden hatte Pia genug von der Einkaufstour. Das Wetter war herrlich, und sie hatte keine Lust mehr, sich in Geschäften ohne Tageslicht aufzuhalten und sich ständig an- und auszuziehen. Ruben würde heute Abend enttäuscht sein, dass sie nicht mehr zu bieten hatte als ein neues Paar Sandaletten und ein T-Shirt. Aber sie hatte viel mehr Lust, durch den Englischen Garten zu schlendern und die frische Sommerluft zu genießen.

Es war ein Fehler gewesen, die neuen Schuhe gleich anzubehalten – verflixte Eitelkeit! Die Riemen scheuerten unangenehm an den Fersen, so, wie es sich anfühlte, hatten sich schon Blasen gebildet. Pia steuerte die nächste freie Bank an, streifte mit einem wohligen Seufzer die Sandalen von ihren Füßen und streckte die Beine von sich.

Wie schön es wäre, jetzt nicht allein hier zu sein, sondern zu zweit auf der Bank zu sitzen und über die vorbeigehenden Leute zu lästern: den jungen Mann, der stolz die Tätowierungen auf seinem nackten Oberkörper zur Schau stellte; den Mann mit dem dicken Bierbauch über der kurzen Hose und den Stachelbeerbeinen in Socken und Sandalen; die alte Dame mit dem üppig dekorierten Sommerhut, mit dem sie auch in Ascot Ehre einlegen könnte; den jungen Vater, der vergeblich um die Führungsrolle in seinem Rudel aus drei Kleinkindern und zwei unerzogenen Hunden kämpfte. Ach, wie lustig es wäre, jetzt mit Felix hier zu sein! Mit niemandem konnte sie so gut lästern wie mit Felix. Sie könnten eine Menge Spaß miteinander haben.

Am Abend standen ein Abendessen mit Rubens Geschäftspartnern auf dem Programm und anschließend ein Opernbesuch. Pia mochte Opernmusik nicht besonders. Aber es gefiel ihr, sich schick zu machen und durch die eleganten Räumlichkeiten zu flanieren, auch wenn sie sich ein wenig fehl am Platz fühlte. Rubens Gegenwart vermittelte ihr Sicherheit, aber sie fühlte auch den Druck, ihn auf keinen Fall blamieren zu dürfen. Legte man nun die Serviette neben den Teller oder auf den Stuhl, wenn man zur Toilette ging? Nicht vergessen, alle anzuschauen, nachdem man sich zugeprostet hatte. Abwarten, bis der andere ihr die Hand zum Gruß reichte und sich seinen Namen merken. Wie sollte sie das alles nur behalten? Und nach einem solchen Abend kam umgehend Rubens Manöverkritik. Sie liebte ihn und wollte so gern alles richtig machen, aber so sehr sie sich auch bemühte, irgendwie gelang es ihr nicht.

»Sei nicht traurig, Kleines, du wirst es schon noch lernen«, sagte Ruben dann tröstend und küsste sie auf die Nasenspitze. »Deshalb sage ich dir ja, was du falsch gemacht hast.«

Er sagte ihr auch, dass sie hübsch war und dass er sie liebte, und das machte sie glücklich. Aber manchmal wünschte sie sich, einfach nur die alte Pia sein zu dürfen und ein wenig mehr Spaß zu haben.

Sie waren auf der Heimfahrt und Ruben erzählte ihr gerade ausschweifend von seinen geschäftlichen Erfolgen. Vor ihnen fuhr ein älterer Herr in einem alten Kadett mit einer auswärtigen Nummer, der vom Münchner Großstadtverkehr sichtlich überfordert war. Ruben reagierte gereizt. Er drängelte, fuhr dicht auf und rechnete damit, dass der Mann noch bei Gelb über die Kreuzung fahren und es ihm selbst auch noch reichen würde. Aber der Wagen vor ihm bremste, und da war es passiert. Ruben war ihm hinten aufgefahren. Sein Wutausbruch war heftig. Er stieg aus und ging nach vorne, wo der alte Mann noch ganz verdattert hinter dem Lenkrad saß.

»Sonst geht es Ihnen aber gut, ja?«, beschimpfte Ruben ihn. »Sie können doch nicht einfach bremsen!«

Pia war inzwischen auch ausgestiegen.

»Aber die Ampel hat doch auf Gelb umgeschaltet«, verteidigte sich der Mann.

Für Ruben bedeutete Gelb nicht anhalten, sondern schneller fahren.

»Gelb? Grün war die, grüner geht's gar nicht«, behauptete Ruben. »Das hast du doch auch gesehen, Pia, oder?«

»Ich ... nein, ich denke ...« Die Ampel war eindeutig gelb gewesen.

Ruben überging ihre Antwort und forderte den Mann auf, ihm Namen, Adresse und Versicherung zu nennen. Der Unfallgegner wollte, dass die Polizei gerufen wurde.

»Die Polizei? Wegen so ein bisschen Blechschaden? Sie glauben doch nicht im Ernst, dass in München die Polizei wegen so einer Bagatelle kommt. Wir schreiben alles Nötige auf und unsere Versicherungen werden das untereinander klären.«

Der alte Herr machte noch ein paar vergebliche Versuche, die Sache anders zu regeln, gab sich aber Rubens bestimmender Art schließlich geschlagen und fuhr weiter.

Pia tat der Mann leid. Er hatte so hilflos und erschrocken gewirkt. »Vielleicht hat er einen Schock oder ein Schleudertrauma«, sagte sie zu Ruben, als sie weiterfuhren.

»So etwas musst du dem gerade noch einreden. Gut, dass du das nicht zu ihm gesagt hast. Solche Leute sollten ihren Führerschein abgeben.«

»Nun sei doch nicht so, der kannte sich in München halt nicht aus. Das hat man doch gesehen«, nahm Pia ihn in Schutz.

»Dann soll er nicht reinfahren. Auf wessen Seite stehst du eigentlich? Du hättest ja fast noch gesagt, die Ampel sei gelb gewesen.«

»War sie ja auch.«

»Das weiß aber niemand außer ihm und uns. Zeugen haben sich nicht gemeldet. Es steht also Aussage gegen Aussage, und wir sind zum Glück zu zweit. Gut, dass ich dich mitgenommen habe«, lachte Ruben und tätschelte ihr Knie.

»Das ist jetzt nicht dein Ernst, oder?«, fragte Pia und fühlte, wie ihr trotz der Wärme im Auto kalt wurde. »Du bist eindeutig schuld. Du bist zu dicht aufgefahren. Und die Ampel ist auf Gelb gesprungen.«

»Aber das wirst du nicht aussagen.«

»Hör mal, das zahlt doch deine Versicherung.«

»Klar, und stuft mich im Freiheitsrabatt herunter.«

»Meine Güte, Ruben, du verdienst doch genug. Der Mann hat nicht ausgesehen, als wenn er sehr vermögend wäre. Hast du gesehen, was der für ein altes Auto fährt? Da lohnt sich vermutlich nicht mal mehr die Reparatur. Das kannst du doch nicht machen.«

»Und ob ich das kann. Was meinst du, wie weit ich im Beruf gekommen wäre, wenn ich so ein Hascherl wäre wie du. Nun mach doch nicht so ein Theater. Du unterschreibst deine Aussage und fertig. Was geht uns der alte Mann an? Wenn er nicht fahren kann, dann soll er zu Hause bleiben.«

»Halt an!«, sagte Pia.

»Was?«

»Du sollst anhalten, ich will aussteigen.«

Die Ampel vor ihnen war rot und drei Autos standen schon in der Schlange. Ruben musste also ohnehin halten. Pia nahm ihre Handtasche, öffnete die Wagentür und stieg aus.

Ruben beugte sich zu ihr herüber. »Pia, was soll denn das? Wir können doch in Ruhe über alles sprechen. Jetzt spiel doch hier nicht das trotzige Kind! Meinst du, ich lasse mich von dir erpressen?«

Den Rest hörte sie nicht mehr, denn sie knallte ihm die Autotür vor der Nase zu. Hinter ihnen hupte es, die Ampel war inzwischen grün und die Autos vor ihnen schon weitergefahren. Ruben ließ seinen Auspuff röhren und fuhr viel zu schnell in die Kreuzung.

Und jetzt? Pia stand an einer Kreuzung in München und hatte keine Ahnung, wo sie war. Wegen eines Staus war Ruben vorhin von der Hauptstraße abgebogen. Und alles, was sie bei sich hatte, war ihre Handtasche. Wenigstens das! Ob sie einfach stehen bleiben und warten sollte, ob Ruben zurückkam? Nein, den Triumph würde sie ihm nicht gönnen, dass sie hier an der Kreuzung auf ihn wartete wie ein dummes, kleines Schulmädchen.

Sie sah sich um. Auf der gegenüberliegenden Straßenseite entdeckte sie eine kleine Bäckerei mit Stehcafé. Sie beschloss, erst einmal die Lage zu sondieren.

Nachdem sie sich einen Cappuccino bestellt hatte, kramte sie in ihrer Handtasche nach dem kleinen Stadtplan, den sie gestern an der Hotelrezeption mitgenommen hatte, bevor sie sich ins Großstadtleben stürzte.

»Entschuldigung«, wandte sie sich an die ältere Dame, die am Stehtisch neben ihr ein Croissant aß und einen Kaffee dazu trank. Zu ihren Füßen lag ein offensichtlich ebenfalls nicht mehr ganz junger Rauhaardackel. »Könnten Sie mir vielleicht helfen? Ich muss mich verlaufen haben. Wo sind wir denn hier?«

»In der Gotthardstraße, warten S', ich komm amal rüber.« Der Dackel hob müde den Kopf und schaute sie an. »Bleib schön liegn, Zamperl, ich zeig bloß der Frau, wo mir san.« Der Hund ließ seinen Kopf wieder auf die Pfoten sinken, offensichtlich zufrieden, dass er nicht aufstehen musste. Die Frau studierte eine Zeitlang den kleinen Plan und tippte dann mit ihrem Zeigefinger auf eine Stelle am linken Rand der Karte. »Da samma«, sagte sie, »Ecke Gotthardstraßn – Fürstenrieder Straßn.«

»Vielen Dank«, sagte Pia. »Wie komme ich denn von hier aus am besten zum Bahnhof?«

»Jo mei, da nehmen S' am besten die U-Bahn. Sie können auch mit am Taxi fahrn, aber jetzt im Feierabndverkehr san S' mit da U-Bahn vermutlich schneller. Die Haltestell is a gar net weit von hier, grod a Stückerl die Straß nunter auf der andern Seitn.«

Pia bedankte sich, die Dame ging wieder an den Nebentisch und beide wandten sich ihrem Kaffee zu. Beim Gedanken an Ruben stiegen Pia Tränen in die Augen, die sie ärgerlich wegwischte. Die Dame äugte neugierig herüber.

»Ham S' an Kummer?«, fragte sie teilnehmend.

Pia nickte.

»A Mannsbuid, stimmt's?«

Wieder nickte Pia. Sie hatte nicht vor, der Frau ihre ganze Geschichte zu erzählen, auch wenn die sehr freundlich und hilfsbereit war.

»I hob a oiwei Pech ghabt mit meine Männer«, erzählte die Frau, »'s is scho mit dem ersten losganga. Mei, der Ferdi, was war ich in den verliebt. A scheens Mannsbuid war des. A schwarze Locke in da Stirn hod a ghabt, so wie da Elvis. Und Augen, mei, wenn der mi ogschaud hod mit seine schwarze Augen! Aber dann, wie dr Rudi sich angmeldet hat, da hat 'r mi sitzeglassn. Auf und drvon is 'r. Aber da Rudi, der hod mr's dankt, dass i eam damals net hab wegmachn lassn. Dro denkt hob i scho, ich war ja grad siebzehn und noch in da Lehr. Aber heid bin i froh, dass i mein Rudi hob. Des is a guada Bua, da Rudi, der lässt nix auf sei Mama kommn. Und tüchtig is 'a, hat a eigne Abschleppfirma. Aber an Abschleppwagen brauchn S' ja koan, oder?«

Nein, einen Abschleppwagen brauchte Pia nicht. Aber Ruben vielleicht, wenn er so weiterfuhr. Beim Gedanken an Ruben bekam sie schon wieder feuchte Augen.

Die Frau vom Nebentisch kam herüber und streichelte mitfühlend ihren Arm. »Weinen S' dem Kerl kei Träne nach, des is 'a bestimmt ned wert. Wissens, was hilft? Wut, a richtige Stinkwut, des hilft! Und gebens d' Hoffnung ned auf. 's gibt a nette Männer. Mei Rudi zum Beispiel, des is a Pfundskerl. Mei Schwiegerdochter kann sich ›von‹ schreibn, aber die ... na ja.« Die Dame machte eine wegwerfende Handbewegung.

Bevor die Mutter von Rudi sie noch in weitere Familiengeheimnisse einweihen konnte, trank Pia ihren Kaffee aus, bedankte sich herzlich bei der Dame, bezahlte und machte sich auf den Weg zum Bahnhof.

Auf dem Bahnhof herrschte hektischer Betrieb. Pia war keine geübte Zugfahrerin, aber sie schaffte es, sich eine Fahrkarte für den Zug nach Stuttgart zu kaufen und eine halbe Stunde später den letzten Platz am Vierertisch eines Großraumwagens zu ergattern. Ihr gegenüber saß eine junge Mutter mit ihrem kleinen Sohn, der hingebungsvoll in der Nase popelte, neben ihr ein älterer Herr, der in ein Buch vertieft war.

Pia kramte ihr Handy aus ihrer Handtasche. Ein Glück, dass sie die dabeihatte. Ihr Geldbeutel war gut gefüllt, dank der Tatsache, dass sie von Rubens Geld gestern nur einen Teil ausgegeben hatte. Nicht auszudenken, wenn dort Ebbe geherrscht hätte.

»Felix!« Sie war froh, seine Stimme zu hören. »Hör mal, kannst du mich heute Abend vielleicht in Göppingen am Bahnhof abholen?«

»Pia? Wieso denn am Bahnhof? Ich denke, ihr seid mit dem Auto unterwegs. Hattet ihr einen Unfall? Ist euer Auto kaputt?«, wunderte sich Felix.

»Na ja, ein bisschen. Aber das ist nicht der Grund, warum ich mit dem Zug fahre. Ruben, dieser Mistkerl, hat mich mitten auf einer Kreuzung in München rausgeschmissen.« Felix reagierte nicht auf diese sensationelle Neuigkeit. »Felix? Felix? Bist du noch dran? Scheiße!« Die Verbindung war abgebrochen.

»Die Frau hat ›Scheiße‹ gesagt«, bemerkte der kleine Junge ihr gegenüber und schob sich einen Popel in den Mund. »Und ›Mistkerl‹ hat sie auch gesagt.«

»Ja, Liebling, ich hab's gehört.«

»Aber das darf man nicht«, stellte der Junge fest.

»Nein, da hast du Recht. Das darf man nicht.«

Und Popel essen darf man auch nicht, hätte Pia am liebsten gesagt, murmelte aber stattdessen »Entschuldigung« und versuchte, wieder eine Verbindung zu Felix zu bekommen. Felix ging gleich beim ersten Klingeln dran.

»Die Verbindung war plötzlich weg. Was hast du denn noch mitgekriegt?«

Pia begann ihre Geschichte noch einmal von vorn und bemühte sich, sie diesmal so zu erzählen, dass Felix die Zusammenhänge mitbekam.

»Bist du jetzt ausgestiegen oder hat er dich rausgeschmissen?«, wollte Felix wissen.

»Ach, das ist doch egal. Auf alle Fälle hat er sich benommen wie der letzte A...«, ein warnender Blick der jungen Mutter traf sie und veranlasste sie, den Rest des Wortes zu verschlucken und stattdessen »Armleuchter« zu sagen. Der kleine Junge hing mit großen Augen fasziniert an ihren Lippen.

»Na ja, ich hab dann überlegt, was ich machen soll. Was hättest du denn gemacht an meiner Stelle? Ich meine ... Felix? ... Felix? ... Mist!« Die Leitung war schon wieder tot.

Der ältere Herr neben ihr ließ sein Buch sinken. »Hören Sie, junge Frau, wenn ich eins hasse beim Zugfahren, dann sind es Leute wie Sie. Ich lese gerade ein wunderschönes Buch, ›Leon und Louise‹, eine ganz bezaubernde Liebesgeschichte, in einer wunderbaren Sprache geschrieben. Aber wenn Sie mir dauernd mit ihrer wenig bezaubernden Geschichte und Ihren Kraftausdrücken in den Ohren liegen, dann kann ich meine Lektüre vergessen. Meinen Sie denn, der ganze Zug wäre an Ihrer wenig erbaulichen Affäre interessiert? Für solche Fälle wie Ihren gibt es einen extra Handywagen. Da bricht Ihnen auch nicht dauernd die Verbindung zusammen. Vielleicht sollten Sie den mal aufsuchen.«

Aber Pia hatte keine Lust, den Platz zu verlassen, den sie sich so mühsam ergattert hatte.

»Tut mir leid«, sagte sie, »ich rufe nur noch einmal kurz an, um meinem Freund meine Ankunftszeit durchzugeben. Ist das in Ordnung?«

»In Gottes Namen«, seufzte der Mann, »wenn's das letzte Mal ist. Ich weiß nicht, wie die Menschheit früher ohne diese Dinger gelebt hat. Ungestörter in jedem Fall.« Und damit wandte er sich wieder seiner Lektüre zu.

Pia stellte noch einmal eine Verbindung zu Felix her und teilte ihm ihre Ankunftszeit mit. Dann lehnte sie sich zurück und bedauerte, dass sie ihre Jacke in Rubens Auto gelassen hatte. Die Klimaanlage war viel zu kalt eingestellt. Sie würde sich eine Erkältung holen und alles nur wegen Ruben.

Pia war auf dem Stuttgarter Hauptbahnhof auf dem Weg zu ihrem Anschlusszug Richtung Göppingen, als sie jemanden ihren Namen rufen hörte. Sie schaute sich verwundert um und sah Felix mit großen Schritten auf sich zukommen.

Pia rannte ihm entgegen und fiel ihm um den Hals. »Felix, was machst du denn hier?«

»Na, was wohl? Dich abholen natürlich!«

»Ich dachte, in Göppingen.«

»Wollte ich eigentlich auch«, meinte Felix, »aber dann hab ich gedacht, dass du dich vielleicht freust, wenn ich dich in Stuttgart abhole.«

Pia konnte nicht verhindern, dass ihr schon wieder Tränen über die Wangen liefen.

Felix wischte sie sanft mit dem Daumen ab. »He, übertreibst du jetzt nicht ein bisschen? Ich meine, ich habe keine Freudentränen erwartet, nur weil ich dich in Stuttgart abhole.«

»Blödmann«, lachte Pia und knuffte ihn in die Seite.

»Zu tragen gibt's ja wohl nichts«, stellte Felix fest. »Oder soll ich dein Handtäschchen nehmen?«

»Meine Güte, war ich froh, dass ich wenigstens das dabeihatte. Ohne Handy und Geldbeutel wäre ich total aufgeschmissen gewesen. Nur an meine Jacke hätte ich noch denken sollen«, sagte Pia und rieb fröstelnd ihre Arme.

Felix hätte ihr gern mit seiner Jacke ausgeholfen, aber er trug selbst nur ein Hemd.

»Komm schnell ins Auto, da ist es wärmer.«

»So«, sagte Felix, als sie im Auto saßen, »jetzt erzähl mir die Geschichte mit Ruben noch mal in aller Ruhe von vorn.«

»Weißt du was«, meinte er, als Pia zu Ende erzählt hatte, »ich bin richtig froh, dass du den Idioten endlich los bist.«

»Er ist ja nicht immer so«, nahm Pia Ruben in Schutz, »er kann auch sehr charmant sein, sehr liebevoll und zärtlich.« Ihr liefen schon wieder Tränen herunter.

»Erspar mir die Einzelheiten, bitte«, wehrte Felix ab, »so genau will ich es gar nicht wissen. Einigen wir uns darauf, dass er ein zärtliches Charakterschwein ist. Einverstanden?«

Pia nickte. »Papa und Mama werden sehr enttäuscht sein, dass wir uns getrennt haben. Er war ihr Traumschwiegersohn.«

»Aber doch nicht, wenn du ihnen die Geschichte mit dem Unfall erzählst.«

»Na ja, Mama wird annehmen, dass ich da was missverstanden habe.«

»Möchte wissen, was es da misszuverstehen gibt. Kommst du noch mit ins *Feli(c)xita*? Maria ist ganz allein da mit einer Aushilfe. Ich hab alles stehen- und liegenlassen, um dich abzuholen.«

»Ach, Felix, was würde ich nur ohne dich machen?«, seufzte Pia und kuschelte sich an seine rechte Seite.

»Das frage ich mich auch. Man kann dich wirklich nicht allein lassen.«

Pia half Maria in der Küche, das lenkte sie ab. »Männer sind große Schufte«, stellte Maria fest.

»Das habe ich gehört, Maria«, sagte Felix, der gerade mit leeren Tellern beladen schwungvoll die Küchentür öffnete.

»Du biste große Ausnahme, Felix«, sagte Maria. »Stimmt's, Pia?«

»Stimmt.«

»Muss ich mir jetzt Sorgen um dich machen?« Felix stellte die Teller ab. »So etwas hast du noch nie zu mir gesagt.«

»Aus gutem Grund. Ich will ja nicht, dass du eingebildet wirst.«

Nachdem die Gäste gegangen waren und die Küche aufgeräumt war, saß sie noch mit Felix bei einem Glas Wein zusammen. Felix fasste mit einer liebevollen Geste in ihre Locken.

»Weißt du, worüber ich mich am meisten freue?«

Pia sah ihn fragend an.

»Dass ich demnächst nicht mehr in Haarspray fasse, wenn ich dir durch die Haare fahre, und kein Make-up schmecke, wenn ich dich küsse.«

»Wenn du mich küsst? Wann küsst du mich denn?«

»Na, hin und wieder zur Begrüßung auf die Wange. Und jetzt ... auf den Mund.«

Felix beugte sich zu ihr herüber und küsste sie zärtlich. Im ersten Augenblick wollte Pia sich wehren, aber nicht lange. Seine Lippen fühlten sich gut an, tröstlich, zärtlich, leidenschaftlich – und richtig. Pia erwiderte seinen Kuss.

In diesem Augenblick klingelte ihr Handy.

»Das darf ja wohl nicht wahr sein«, stöhnte Felix und rückte ein Stück von ihr ab. »Wenn das dieser Ruben ist!«

Es war nicht Ruben, es war Oma. »Schätzchen, entschuldige, dass ich dich anrufe. Aber ich mache mir solche Sorgen. Du wolltest doch heute gegen Abend zurückkommen. Seid ihr später weggefahren? Oder habt ihr noch einen Tag verlängert? Wo bist du denn?«

»Bei Felix.«

»Bei Felix? Aber warum denn bei Felix?«

»Das ist eine lange Geschichte, Oma, die erzähle ich dir morgen. Felix bringt mich nachher nach Hause. Aber geh ruhig schon mal ins Bett. Ich habe ja einen Schlüssel. Also dann, schlaf gut.«

Felix sah sie an und dann fingen beide gleichzeitig an zu lachen.

»Es ist wirklich komisch«, sagte Pia immer noch lachend. »Da versucht Oma die ganze Zeit, mich mit dir zu verkuppeln, und dann, wenn du das erste Mal zum Zug kommst, klingelt sie mit dem Handy dazwischen. Wenn sie das wüsste, würde sie heute Nacht kein Auge zutun.« Pia musste an den Abend in Köln denken, als Oma sie im Hotel angerufen hatte, und fühlte ein melancholisches Ziehen in der Herzgegend. »Ich glaube, heute ist einfach nicht mein Tag. Bringst du mich nach Hause?«

»Ungern«, sagte Felix und küsste sie, diesmal ganz freundschaftlich auf die Wange.

Elly

*Drum prüfe,
wer sich ewig bindet,
ob sich das Herz
zum Herzen findet.
(Friedrich Schiller)*

Pia hatte Liebeskummer. Das tat Elly leid. Aber bei allem Mitgefühl – wenn sie ehrlich war, dann war sie einfach froh, dass die Geschichte mit Ruben zu Ende war. Das sagte sie Pia natürlich nicht. Sie verlor kein schlechtes Wort über Ruben. Das war jetzt auch nicht mehr nötig. Pia hatte schließlich inzwischen selbst gemerkt, was von ihm zu halten war. Elly hörte ihr zu, hielt sie im Arm, trocknete ihre Tränen und kochte ihre Lieblingsgerichte.

Ruben hatte Pia noch einmal zu einem Treffen überredet, sie zum Essen eingeladen und sich von seiner charmantesten Seite gezeigt. Er hatte nur den Fehler begangen, Pia am Ende des Abends ein Protokoll des getürkten Unfallhergangs über den Tisch zu schieben mit der Bitte um ihre Unterschrift.

»Das musst du dir mal vorstellen, Oma«, hatte Pia gesagt. »Der fährt einen teuren Schlitten, übernachtet in den vornehmsten Hotels, wirft mit dem Geld nur so um sich, und dann ist ihm die Versöhnung mit mir nicht mal das Geld zur ehrlichen Schadensbekämpfung wert.«

Das war die andere positive Entwicklung in Zusammenhang mit Pias Liebeskummer. Sie zog Elly wieder ins Vertrauen und war auch zu Alexander nicht mehr so abweisend. Offensichtlich honorierte sie, dass er sich ihr gegenüber als rücksichtsvoller, mitfühlender Gentleman zeigte.

Elly hatte, als Felix Pia neulich nach Hause brachte, beobachtet, wie sie sich zum Abschied küssten, und es war kein freundschaftlicher Kuss gewesen, so viel hatte Elly gesehen.

»Freu dich nicht zu früh, Elly«, warnte Alexander, »das muss nichts heißen. Pia ist im Augenblick für jede Art von Trost empfänglich. Sie vermisst Rubens Zärtlichkeiten.«

»Na, du kennst dich ja aus. Ich bin wirklich gespannt, was ich alles über dich erfahren werde, wenn du dein Gedächtnis wiederfindest.«

»Lass dich überraschen«, sagte Alexander. »Weißt du, es kann auch sein, dass Pia Ruben damit eins auswischen will.«

»Na hör mal, so eine ist Pia bestimmt nicht«, nahm Elly ihre Enkelin in Schutz.

»Vielleicht ist sie sich darüber gar nicht im Klaren. Manchmal macht man solche Dinge unbewusst.«

»Jetzt weiß ich, was du in deinem früheren Leben von Beruf warst.«

»Na, da bin ich aber mal gespannt.«

»Psychologe«, behauptete Elly, »woher solltest du das sonst alles wissen?«

»Na hör mal, ich schätze, dass ich in meinem ersten Leben auch schon verliebt war. Was dabei herauskommt, nennt man dann Lebenserfahrung.«

»Weißt du«, sagte Elly, »ich bin froh, dass Verliebtsein in fortgeschrittenem Alter nicht mehr so aufregend ist.«

Alexander runzelte die Stirn. »Du findest das mit uns beiden also nicht aufregend? Du enttäuschst mich, Elly. Also, wenn ich dich anschaue, dann klopft mein Herz sicher nicht langsamer als damals, als ich ein jungverliebter Gockel war.«

»Du kannst dich eben nicht daran erinnern, wie das damals war«, gab Elly zurück und schaute ihn verschmitzt an. Dann nahm sie sein Gesicht in ihre Hände und drückte ihm einen Kuss auf den Mund. »Natürlich klopft mein Herz wie früher, ich wollte dich nur ein wenig ärgern. Aber ich glaube, wir haben mehr Geduld miteinander als die jungen Leute.«

»Das ist wahr, ich habe viel Geduld mit dir.«

Elly lachte. »Und wir greifen bei der Wahl unserer Partner nicht mehr so leicht daneben«, behauptete sie.

»Also, das würde ich so nicht unterschreiben. Karl ist ja auch nicht mehr der Jüngste und der hat bei seiner Wahl ganz gehörig danebengegriffen. Liebe macht eben blind.«

»Was wohl Gudrun sagen wird, wenn sie von Pia und Ruben erfährt?«

»Sie ist wirklich nicht zu beneiden«, stellte Alexander fest. »Erst verliebt sich ihre betagte Mutter in einen Mann ohne Gedächtnis ...«

»Das ›betagt‹ nimmst du zurück.«

»Gut, ich nehme das ›betagt‹ zurück. Ist dir ›alt‹ lieber?«, fragte Alexander scheinheilig.

»Du bist heute wirklich ausgesprochen charmant, Alexander.«

»Also, ich versuch's nochmal. Erst verliebt sich ihre dreiundachtzigjährige Mutter ... Bist du jetzt einverstanden?«

»Dagegen ist nichts einzuwenden.«

»... und dann geht ihr der potente Schwiegersohn in spe durch die Lappen und wird durch einen relativ mittellosen Lebenskünstler ersetzt. Und am Ende wird sie merken, dass beide eine gute Wahl getroffen haben.«

»Du bist ja zum Glück überhaupt nicht eingebildet«, stellte Elly fest. »Dann glaubst du also auch daran, dass Pia und Felix zusammenbleiben?«

»Kommen, Elly, zusammenkommen, von bleiben kann noch keine Rede sein.«

»Du bist ein richtiger Dipfelesscheißer, Alexander, weißt du das?«

Alexander lachte. »Du nimmst Ausdrücke in den Mund, die kenne ich nicht einmal!«

»Du kennst vieles noch nicht, aber das ist auch gut so. Ich will ja nicht, dass dir langweilig wird mit mir.«

»Das, meine liebe Elly, steht nicht zu befürchten.«

Von seinem nächsten Skatabend brachte Alexander die Nachricht mit nach Hause, dass er und Elly von Karl eingeladen waren. Sie sollten am Nachmittag in Theas Café kommen, es gäbe etwas zu feiern. Elly wunderte sich, denn am Dienstag hatte Franziska ihr Café normalerweise nicht geöffnet.

»Geschlossene Gesellschaft«, erklärte Alexander. »Karl wollte mir allerdings nicht verraten, was er feiert. Aber er ist wieder bester Laune.«

»Na, das ging ja schnell. Aber ich freue mich für ihn. Was sollen wir ihm denn mitbringen? Ob er wieder Pralinen isst? Cognacbohnen hat er doch immer so gern gehabt«, erinnerte sich Elly.

»Ich würde sagen, wir riskieren's einfach. Also, dem Wurstsalat gestern Abend hat er jedenfalls kräftig zugesprochen. Und eigentlich gibt es für ihn jetzt auch keinen Grund mehr zu hungern, nachdem seine Freundin ihn verlassen hat.«

Also machten sie sich mit einer Flasche Wein und einer Packung Cognacbohnen mit Kruste auf den Weg in Theas Café. Franziska hatte den ovalen Tisch im Esszimmer mit dem hübschen Veilchengeschirr gedeckt, das sie einmal von Hugo bekommen hatte und das sie nur für besondere Gelegenheiten aus dem Schrank holte. Außer Franziska, Trudi, Fräulein Häusler, dem Trio, Elly, Alexander und Pia wurden noch zwei Freunde von Karl erwartet. Das ergab nach Ellys Rechnung elf Personen, aber der Tisch war für zwölf gedeckt. Hatte Franziska sich verzählt?

Als am Tisch alle Plätze bis auf einen besetzt waren, erklärte Franziska, dass sie noch ein wenig mit dem Kaffeetrinken warten müssten. Es fehle noch ein Gast, und Karl wolle auch noch eine kurze Ansprache halten.

»Also«, sagte Karl und sah etwas verlegen in die Runde, »ihr wundred euch wahrscheinlich, warum i euch heut eiglade han. Geburtstag han i nämlich koin, der isch erscht im September. Gott sei Dank, sonsch wär i ja scho wieder a Jahr älter. Und sicher denked ihr, dass es grad koin Grund für mi zum Feira gibt. Aber des isch en Irrtum. Oi Platz am Disch isch no frei, nebe mir. Wie d' Franziska scho gsagt hat, kommt no jemand, a Dame.«

Erstauntes Raunen in der Runde.

»Karl hat ja gerade einen ziemlichen Frauenverschleiß«, flüsterte Alexander Elly ins Ohr.

»Ja, ihr hen richtig ghört«, sagte Karl und lächelte stolz. »Wahrscheinlich denked ihr jetzt: ›Ja, hat denn der Kerle nix aus seim Oglück glernt?‹«

Es war, als hätte Karl Ellys Gedanken gelesen.

»Also, die Frau, auf die mir no warted, des isch mei Marga«, erklärte Karl.

»Du moinsch doch hoffentlich net die, die dich um dei Geld bschisse hat?«, fragte Ernst ungläubig.

»Genau die und au wieder net. Die hat mi nämlich gar net bschisse, des han i bloß gmoint. I erklär euch des glei. Und deshalb kommt d' Marga später. Dera isch des alles a bissle peinlich. Deshalb verzähl i euch des, bevor se kommt. I han se euch halt amol vorstelle welle. I moin, einige von euch kenned se ja scho, aber halt net alle. Also ...«

Und dann erzählte Karl, dass Marga, nachdem sie das Geld von Karl bekommen hatte, gleich zu ihrer Tochter gefahren war, um es ihr zu bringen. Die lag mit einer schweren Lungenentzündung im Bett. Und aus lauter Sorge und während der Pflege ihrer Tochter hätte Marga völlig vergessen, sich bei Karl zu melden.

»Na ja, d' Marga isch halt scho lang Witwe, a selbstständige Frau und net dra gwöhnt, dass se ihre Sorge mit jemand deile kann. Aber des wird sich jetzt ändre.«

Elly war sich nicht ganz klar, ob sie Karl, oder besser gesagt Marga, diese Geschichte glauben sollte. Ob diese Marga versuchte, den gutgläubigen Karl um weiteres Geld zu erleichtern?

Karl zerstreute ihre Bedenken, als er erzählte, das verliehene Geld sei schon wieder auf seinem Konto, da Marga ihr fest angelegtes Geld inzwischen flüssig machen konnte.

»I kann euch gar net sage, wie froh i bin, und deshalb will i mit euch feira.«

»Das ist ja wunderbar, Karl!«, sagte Franziska und holte Sektgläser aus dem Gläserschrank. »Darauf müssen wir anstoßen.«

Trudi brachte die Sektflasche aus der Küche, und dann tranken sie alle auf Karls Wohl.

Wenig später klingelte es an der Tür. Karl stellte so hastig sein Sektglas ab, dass er etwas Sekt verschüttete, und ging eilig nach draußen.

Mit Besitzerstolz im Blick führte er kurz darauf seine Marga ins Zimmer. »Des isch se«, sagte er und blickte in die Runde.

Dann stellte er der Reihe nach die Kaffeerunde vor. Arme Marga, so viele Augenpaare, die sie neugierig musterten.

Franziska füllte das zwölfte Sektglas und reichte es Marga. »Wir haben gerade auf Sie beide angestoßen. Und jetzt heißen wir Sie in unserem Kreis herzlich willkommen!«

Marga entpuppte sich als unkomplizierte, charmante Gesprächspartnerin ohne Berührungsängste. Während sie alle Franziskas leckerem Kuchen zusprachen, wurde viel geredet und gelacht.

»Dann wird ja in unserer WG bald ein Zimmer frei«, stellte Hugo fest. »Alexander, willst du bei uns einziehen?«

»Nichts da«, rutschte es Elly heraus und alle lachten.

»Nachtigall, ik hör dir trapsen«, sagte Hugo.

Elly spürte, wie ihr die Hitze in die Wangen stieg. Sie fing Pias prüfenden Blick auf und fühlte, wie Alexander unter dem Tisch nach ihrer Hand griff.

»Des steht sowieso net zur Debatte«, erklärte Karl. »Erscht mal wird alles bleibe, wie's isch. So getrennte Wohnunge, des hat au sein Reiz, da bleibt d' Liebe frisch.«

»Wieder nix«, stellte Ernst fest, »jetzt hen mr denkt, mir däded den Kerle auf a elegante Art und Weise loswerde.«

Elly war überzeugt davon, dass Hugo und Ernst sehr erleichtert waren, dass Karl ihnen erhalten blieb. Es würde ihnen etwas fehlen, wenn sie ihn nicht mehr in ihrer Mitte hätten.

»Mir lassed's langsam agehe«, erklärte Marga, »so lang kenned mr uns ja au no net.«

»I bleib lieber alloi«, erklärte Trudi, »da kann i mache, was i will. Also, so en fremde Ma in meiner Wohnung, dem i na alles hinterherräume muss, des könnt i net brauche.«

»Hör net auf d' Trudi, Marga. Die hat koi Ahnung. I bin ordentlich, mir braucht mr nix hinterherräume«, erklärte Karl.

»Da wärsch du dr erschde Mann«, gab Marga zurück.

Elly war versucht zu sagen, dass Alexander so ein Mann war. Er war wirklich sehr ordentlich. Aber sie wollte die Aufmerksamkeit nicht auf sich ziehen. Was zwischen ihnen beiden war, das ging niemanden etwas an. Und ihre Situation war auch eine ganz andere. Als Mann ohne Gedächtnis fühlte Alexander sich trotz ihrer Freundschaft vermutlich immer noch als Gast in ihrem Haus.

Alexander

Die Freude flieht auf allen Wegen.
Der Ärger kommt uns gern entgegen.
(Wilhelm Busch)

Jeden Morgen, wenn Alexander aufwachte, fasste er den Entschluss, Elly zu sagen, dass er sein Gedächtnis wiedergefunden hatte. Und jeden Tag wurde es Abend, ohne dass er etwas zu ihr gesagt hatte. Es war kein Zustand, noch länger als Schmarotzer bei Elly zu leben. Natürlich würde Alexander Elly alle Unkosten ersetzen, sobald er mit ihr gesprochen hatte, nur: Wann würde das sein? Er verstand sich selbst nicht. Es gab keinen vernünftigen Grund für sein Schweigen.

Es klopfte an Alexanders Zimmertür.

Nach seiner Aufforderung, hereinzukommen, streckte Elly ihren Kopf herein. »Alexander, da ist jemand für dich von der Versicherung.«

»Von der Versicherung? Für mich?«

Wie konnte das sein? Er hatte niemanden bestellt. Und die Versicherungen aus seinem alten Leben konnten doch gar nicht wissen, wo er jetzt wohnte. Und was sollten die auch von ihm wollen?

»Es ist wegen des Unfalls. Die Versicherung des Mannes, der dich angefahren hat. Ich habe den Versicherungsvertreter hereingebeten. Er wartet im Wohnzimmer auf dich.«

»Danke, Elly. Ich komme gleich.«

Als er das Wohnzimmer betrat, erhob sich ein Mann Ende dreißig, gepflegt gekleidet in Anzug und Krawatte, und reichte ihm die Hand.

»Hecker«, stellte er sich vor, »Timo Hecker von der M-und-N-Versicherung.«

»Alexander«, erwiderte Alexander und schüttelte ihm die Hand. »Bitte nehmen Sie doch wieder Platz.« Er setzte sich ihm gegenüber aufs Sofa. »Das heißt, Alexander ist nur mein vorübergehender Name. Meinen richtigen Namen ...«

»Ich habe davon gehört«, fiel ihm Herr Hecker ins Wort. »Schreckliche Geschichte. Ganz unvorstellbar, nicht mehr zu wissen, wer man ist. Also das ist natürlich auch für unsere Versicherung ein ganz ungewöhnlicher Fall. Ich kann mich nicht erinnern, dass wir je so etwas hatten. Deshalb hat es auch etwas länger gedauert, bis wir uns mit Ihnen in Verbindung gesetzt haben. Wir hatten gehofft, dass Sie vielleicht in der Zwischenzeit Ihr Gedächtnis wiedererlangen würden. Aber jetzt ist das Krankenhaus auf uns zugekommen, wegen der Kosten, Sie verstehen. Irgendjemand muss ja Ihren Krankenhausaufenthalt bezahlen. Normalerweise gibt es eine gegnerische Versicherung, mit der wir uns auseinandersetzen können, aber in Ihrem Fall ... Wir wissen ja gar nicht, was da auf uns zukommt, auch an Folgekosten. Die Schuldfrage ist noch nicht eindeutig geklärt. Die Zeugenaussagen widersprechen sich, es wird vielleicht zu einer Gerichtsverhandlung kommen.«

»Eine Gerichtsverhandlung? Hören Sie, das möchte ich nicht«, warf Alexander ein. »Ich möchte auch nichts von dem Autofahrer, kein Schmerzensgeld oder so.«

Aber vielleicht war es ja auch umgekehrt und der Autofahrer würde von ihm eine Entschädigung verlangen, wenn sich herausstellte, dass die Schuld an dem Unfall bei ihm lag.

»Ist denn das Auto bei dem Unfall beschädigt worden?«

»Eine Beule am Kotflügel«, sagte Herr Hecker.

»Das heißt, wenn ich eine Haftpflichtversicherung und eine Krankenversicherung hätte, die die Kosten übernehmen, dann wäre die Sache erledigt?«, wollte Alexander wissen.

»Das kann ich Ihnen so nicht sagen. Es wäre eine Verhandlungssache zwischen den Versicherungen. Aber jedenfalls würde es die Sache sehr erleichtern. Also eigentlich wäre es geradezu eine Voraussetzung, um sie vom Tisch zu schaffen. Aber da Sie Ihre Versicherungen ja leider nicht kennen ...«

Alexander beschloss, die Karten auf den Tisch zu legen und Herrn Hecker zu sagen, dass er sein Gedächtnis inzwischen wiedergefunden hatte.

»Du meine Güte, warum haben Sie das denn nicht gleich gesagt?«, fragte Herr Hecker, gleichzeitig erleichtert und ärgerlich.

In diesem Augenblick wurde die Wohnzimmertür geöffnet und Elly kam herein. »Entschuldigung, dass ich störe. Ich wollte nur fragen, ob ich Ihnen eine Tasse Kaffee anbieten darf.«

»Gern«, sagte Herr Hecker. »Mit viel Zucker und wenig Milch bitte. Aber wissen Sie, der Herr Alexander, das ist mir ja vielleicht einer. Sagen Sie, wie heißen Sie denn jetzt eigentlich wirklich?«, wandte er sich an Alexander.

Dem wurde ganz heiß und kalt.

»Also hören Sie mal!« Elly bekam vor Ärger ganz rote Bäckchen. »Finden Sie das witzig? Ich meine, es ist ja wohl ziemlich geschmacklos, sich auf Kosten eines Mannes lustig zu machen, der sein Gedächtnis verloren hat. Sie sollten sich lieber Gedanken darüber machen, wie Sie Alexander entschädigen können. Er hat schließlich ein Anrecht auf Schadensersatz und Schmerzensgeld. Hat ja lange genug gedauert, bis sich Ihre Versicherung bei ihm gemeldet hat.«

»Elly, bitte ...«

»Na, ist doch wahr, du bist viel zu anständig, Alexander.«

Die Miene von Herrn Hecker verfinsterte sich zusehends. »Da hat mir Herr Alexander, oder wie er heißt, aber etwas ganz anderes gesagt. Er möchte unserem Mandanten sogar den Schaden an seinem Fahrzeug ersetzen.«

»Alexander, bist du verrückt?«

»Elly, bitte halte dich da raus«, sagte Alexander beschwörend.

»Im Übrigen könnte man ja geradezu von argwöhnischer Täuschung sprechen«, fuhr Herr Hecker fort, »nachdem Herr Alexander uns so lange ...«

Alexander fiel nichts Besseres ein, als Herrn Hecker mit einem schrecklichen Hustenanfall ins Wort zu fallen. Zwischen halben Erstickungsanfällen brachte er mühsam die Worte »Glas« und »Wasser« hervor.

Kaum war Elly in die Küche verschwunden, wandte Alexander sich an Herrn Hecker. »Bitte kein Wort zu Frau Engelmann. Sie weiß noch nicht, dass ich mein Gedächtnis wiedergefunden habe.«

»Ah, verstehe«, grinste Herr Hecker, »freie Kost und Logis, was?«

Es war wohl in Alexanders ureigenstem Interesse, diese anzügliche Bemerkung zu übergehen. »Kann ich mich auf Sie verlassen?«

»Kann ich mich auf Sie verlassen, was eine gütliche Einigung angeht? Und dass Sie sich daran erinnern, dass Sie viel zu schnell hinter dem Bus auf die Straße gelaufen sind?«, stellte Herr Hecker die Gegenfrage.

»Aber ich ...«

»Eine Hand wäscht die andere«, grinste Herr Hecker.

»Ja, da haben Sie wohl Recht«, sagte Alexander, der Elly mit einem Glas Wasser zur Tür hereinkommen sah.

»Geht es dir wieder besser?«, fragte sie besorgt.

»Ich habe mich wohl nur verschluckt«, sagte Alexander. »Vielen Dank, Elly.« Er nahm das Glas entgegen und trank einen Schluck.

»Kein Wunder, wenn man dich so aufregt. Manche Leute haben einfach kein Feingefühl«, bemerkte sie mit einem unfreundlichen Blick zu Herrn Hecker.

»Wolltest du uns nicht einen Kaffee bringen? Das wäre nett«, erinnerte sie Alexander.

»Kann ich schon verstehen, dass Sie sich hier wohlfühlen«, bemerkte Herr Hecker, als Elly das Zimmer verlassen hatte. »Sie scheint sehr um Sie besorgt zu sein. Trotzdem sollten Sie ihr bald reinen Wein einschenken. Sie müssen sich auch bei den Behörden melden, sonst kann das womöglich Folgen haben. So, und jetzt zum Papierkram. Haben Sie Ihren Ausweis und Ihre Versicherungsunterlagen da?«

Mit seinem Ausweis und seiner Krankenkarte konnte Alexander dienen. Alles andere würde er nachreichen. Nachdem Elly mit finsterer Miene den Kaffee serviert hatte, ging er nach oben, um die Ausweise, in einem Buch versteckt, nach unten zu bringen.

»Du kannst doch nicht so ohne Weiteres auf alle Ansprüche verzichten«, schimpfte Elly, als Herr Hecker wieder gegangen war. »Die müssen dir eine Rente zahlen, wenn du dein Gedächtnis nicht wiederfindest. Wovon willst du denn leben?«

»Ich verstehe, du hast Angst, dass du mich auf Lebenszeit durchfüttern musst«, versuchte Alexander sie aufzuziehen, aber im Augenblick verstand Elly keinen Spaß.

»Du weißt ganz genau, dass das nicht stimmt.«

Er wusste vor allem eins: dass es an der Zeit war, das Versteckspiel zu beenden und Elly möglichst bald die Wahrheit zu sagen.

Elly

*Über das Kommen mancher Menschen
tröstet uns nichts als die Hoffnung auf ihr Gehen.
(Marie von Ebner-Eschenbach)*

Es war der Tag der Überraschungen. Am Morgen hatte Elly einen weißen Briefumschlag im Briefkasten gefunden. In Druckbuchstaben stand nur ihr Name darauf: Elly Engelmann. Sie hatte zunächst an eine neue Nettigkeit ihrer Nachbarin gedacht, aber der Umschlag enthielt fünf Hundert-Euro-Scheine, sonst nichts. Die kamen mit Sicherheit nicht von Frau Häfele, aber von wem dann?

»Kannst du dir das erklären, Alexander? Das kann doch nur ein Versehen sein.«

»Aber es steht dein Name drauf.«

»Schon, aber warum sollte mir jemand fünfhundert Euro schenken? Mir schuldet niemand etwas.«

»Ja, seltsam ist die Sache schon«, gab Alexander zu.

»Was soll ich denn jetzt machen? Soll ich das Geld als Fundsache im Rathaus abgeben?«

Alexander brach in Lachen aus. »Also, diese Fundsache würde mit Sicherheit sehr schnell einen Besitzer finden und nicht nur einen. Überleg doch mal!«

Alexander hatte Recht, eine dumme Idee von ihr. »Und was mache ich jetzt mit dem Geld?«

»Dich drüber freuen und dir was Schönes davon kaufen.«

Das hätte Elly das Gefühl gegeben, sich an etwas zu bereichern, das ihr nicht gehörte. Sie würde es zunächst einmal in ihre Nachttischschublade legen. Vielleicht meldete sich derjenige, der ihr den Umschlag in den Briefkasten gesteckt hatte. Wenn er wenigstens etwas dazugeschrieben hätte, das die Sache aufklärte.

»Vielleicht tust du jemandem leid, weil du mich schon so lange durchfütterst«, vermutete Alexander.

Das konnten höchstens Franziska oder die Rentner-WG sein. Elly beschloss, sie zu fragen, aber vorstellen konnte sie es sich nicht. Wenn, dann hätten sie mit ihr darüber gesprochen und nicht einfach anonym ein Kuvert in ihren Briefkasten gesteckt. Die Sache wollte ihr den ganzen Tag nicht aus dem Kopf gehen.

Aber dann kam die nächste Überraschung, und sie hatte keine Zeit mehr, über das Geldkuvert nachzudenken.

»Gudrun? Was macht ihr denn hier?«

»Na, was wohl? Dich besuchen.«

Gudrun umarmte Elly, und Werner schüttelte ihr die Hand. Warum war offensichtlich niemand in ihrer Familie dazu in der Lage, seinen Besuch vorher bei ihr anzumelden?

»Wir haben Kuchen mitgebracht«, sagte Gudrun. »Alles kein Problem.«

Und wo sollten sie schlafen? Beide ehemaligen Mädchenzimmer waren belegt. Elly könnte fragen, ob Alexander beim Trio übernachten könnte, dann wäre Utes Zimmer frei. Aber Gudrun und Werner in einem Bett? Man konnte Werner nicht unbedingt als Leichtgewicht bezeichnen. Nun, vielleicht könnte sie auch noch Pia ausquartieren. Aber wohin? Zu Felix?

Gudrun zerstreute ihre Bedenken. »Mach dir wegen der Übernachtung keine Gedanken, Mama. Ich weiß ja, dass du gerade alle Betten belegt hast. Wir könnten bei Ute übernachten, aber die hat gerade alle drei Enkel zu Besuch und das wäre dann doch etwas zu stressig – für alle Beteiligten. Weißt du, eigentlich sind wir nur auf der Durchreise hier.«

»Macht ihr Urlaub?«

»Na ja, Kurzurlaub, sozusagen. Werner wollte schon immer mal ins Limesmuseum nach Aalen. Wir haben uns da ein Hotelzimmer bestellt. Und da es ja fast an der Strecke liegt, haben wir uns gedacht, dass wir auf der Hinreise dich besuchen und auf der Rückfahrt Ute. So oft sehen wir uns ja nicht.«

Gudrun und Werner begleiteten Elly in die Küche.

»Für mich bitte koffeinfreien Kaffee«, bat Werner. »Ich vertrage keinen Kaffee mit Koffein, da kann ich nachts nicht schlafen.«

»Tut mir leid, aber den habe ich nicht im Haus. Wenn ich schon Kaffee trinke, dann einen richtigen, der mich ein bisschen in Schwung bringt.«

»Kein Problem, ich habe welchen mitgebracht«, meinte Gudrun, die offensichtlich für alles vorgesorgt hatte, und holte eine Kaffeedose aus ihrer Tasche.

»Ich vertrage auch abends kein üppiges Essen mehr. Davon bekomme ich fürchterliches Sodbrennen«, berichtete Werner weiter.

Elly plagte auch manches Zipperlein, seit sie die Sechzig überschritten hatte, aber die Unverträglichkeit von Kaffee und Sodbrennen gehörten glücklicherweise nicht dazu. Den Gedanken, dass nun schon ihre Kinder und Schwiegersöhne von Altersbeschwerden geplagt wurden, fand sie deprimierend. War sie wirklich schon so alt?

Werner sah sich in der Küche um, während Elly Gudruns Kaffeepulver in den Filter füllte. »Hast du keinen Rauchmelder?«, fragte er.

»Nein, wozu?«

»Nun, in deinem Alter sollte man das unbedingt haben. Da vergisst man schon mal etwas auf dem Herd. Und an deinem Wassertopf solltest du immer den Stecker ziehen, wenn er nicht in Gebrauch ist. Die meisten Brände im Haushalt werden durch Wasserkocher verursacht, wusstest du das?«

Elly, die dabei zusah, wie Werner den Stecker ihres Wasserkochers aus der Steckdose zog, hatte es bislang nicht gewusst.

»Wo hast du eigentlich dieses praktische Gerät zum Schneiden von Pommes frites, das wir dir letztes Mal mitgebracht haben?«

»Im Schrank.«

Und dort stand es, seit Werner es ihr mitgebracht hatte. Einmal hatte sie es benutzt, Werner zuliebe. Der Kartoffelsaft war in der ganzen Küche herumgespritzt und Elly hatte sich an einem der scharfen Messer in den Finger geschnitten. Werner hatte behauptet, sie hätte etwas falsch gemacht, bei dem Mann in der Fernsehwerbung hätte es wunderbar geklappt. Werner war ein begeisterter Zuschauer des Werbekanals und bestellte immer wieder ein neues Wundergerät, vorwiegend für die Küche. Gudruns Küche war nicht klein, aber wie es ihr gelang, all das unterzubringen, was Werner bestellte, war Elly ein Rätsel.

Werner ließ seinen Blick prüfend über ihre Kacheln schweifen, und die Begutachtung derselben schien nicht zu seiner Zufriedenheit auszufallen. »Wenn wir das nächste Mal kommen, bringe ich unseren Dampfreiniger mit.«

Das möge Gott verhüten, dachte Elly bei sich.

»Das ist eine phantastische Sache. Damit kannst du alles reinigen, Kacheln, Teppiche, Fenster, Vorhänge, das Badezimmer, sogar Kleidung, einfach alles. Und ganz schnell und mühelos.«

Elly sah Werner schon mit seinem Dampfgerät durch ihr ganzes Haus düsen, eine Horrorvorstellung! Manchen Männern bekam das Rentnerdasein einfach nicht. Elly fragte sich nur, wie Gudrun das aushielt. Vielleicht sollte sich Werner um einen Job bei einem dieser Werbesender bewerben. Er machte das mindestens so gut wie dieser Österreicher, der dort immer alle möglichen Wundergeräte anpries. Zu Gudruns und Ellys Freude könnte er seine Leidenschaft außerhalb der eigenen vier Wände ausleben, nervenschonend für die ganze Familie, und er könnte nebenbei sogar noch ein wenig Geld verdienen. Ob er jetzt auch Antonia und den kleinen Jeremy-George beglückte? Sicher gab es auch für Babys wunderbare neue Erfindungen. Flaschenwärmer zum Beispiel, die sich vollautomatisch einschalteten, sobald das Baby vor

Hunger schrie. Oder Wiegen, die anfingen zu schaukeln und ein Lied zu spielen, wenn das Baby weinte. Oder Windeln, die einen Piepton von sich gaben, wenn die Windel nass war.

»Letzte Woche habe ich diesen Staubsauger bestellt, mit dem man ein Vakuum erzeugen kann. Kennst du das? Da kannst du deine Kleidung in Plastiktüten packen, die Luft heraussaugen und alles über den Winter ganz platzsparend wegräumen. Das wäre doch ein schönes Geschenk für Mamas nächsten Geburtstag, was meinst du, Gudrun?«

Gudrun überging seine Frage, vermutlich ihre Überlebensstrategie, und wandte sich stattdessen an Elly: »Wo sind denn Pia und dieser Alexander?«

»Oben. Ich sage ihnen gleich Bescheid.«

»Vielleicht könnten wir auch diesen Ruben kennenlernen. Heute ist ja Samstag, da ist er vielleicht da«, sagte Gudrun mit Hoffnung in der Stimme.

Die Küchentür ging auf und Pia kam herein. »Ich hab doch gedacht, diese Stimmen kenne ich«, sagte Pia und umarmte ihre Eltern.

»Wir haben gerade von Ruben gesprochen«, meinte Gudrun, »ob wir ihn heute vielleicht kennen lernen können.«

»Oh, das wird nicht gehen. Er ist auf Geschäftsreise«, sagte Pia schnell und warf Elly einen verschwörerischen Blick zu.

Pia hatte offensichtlich nicht vor, ihren Eltern zu sagen, dass sie sich von Ruben getrennt hatte.

»Sogar am Wochenende«, stellte Gudrun enttäuscht fest, »na ja, da kann man nichts machen. Schade! Aber wenigstens diesen Alexander werden wir doch kennenlernen.«

»Ich sage ihm Bescheid«, sagte Elly, »ihr könnt ja schon mal den Tisch decken.«

Sie war froh, Werners Ausführungen und Vorschlägen zu entkommen, auch wenn es nur für wenige Minuten war. Er war noch keine halbe Stunde im Haus und sie hatte den Eindruck, das nicht mehr lange aushalten zu können.

Alexander lag auf seinem Bett und las ein Buch, »Das Labyrinth der Wörter«, Elly hatte es ihm empfohlen.

»Das ist wirklich ein wunderschönes Buch«, sagte er, als Elly hereinkam.

»Leider muss ich deine Lektüre unterbrechen. Ich hatte gehofft, ich könnte es dir ersparen, aber Gudrun und Werner sind da und wollen dich gern kennenlernen. Mein einziger Trost für dich ist, dass sie meine letzte Tochter ist. Ich habe nur zwei.«

Alexander schlug sich wacker. Schon nach einer Minute hatte er bei Gudrun einen Stein im Brett, weil er ihr zu ihrem Enkelkind gratulierte – und es bewunderte. Geduldig betrachtete er alle Fotos, die Gudrun auf dem Tisch ausbreitete: Jeremy-George im Krankenhaus kurz nach der Geburt, Jeremy-George in Großaufnahme, Jeremy-George an der Mutterbrust (das war Elly ein wenig peinlich), Jeremy-George im Badeeimer, Jeremy-George auf Omas Arm, Jeremy-George in seiner Wiege, Jeremy-George auf Opas Arm.

Alexander schien erleichtert, als Werner sich entschloss, das Gespräch an sich zu reißen und sich seinem anderen Lieblingsthema zuzuwenden, den alten Römern im Allgemeinen, und heute dem Limes im Besonderen. Alexander konnte ja nicht wissen, was da auf ihn zukam. Vorausschauend versorgte Elly alle noch einmal mit Kaffee und Kuchen, sie wusste, dass sich so schnell keine Gesprächspause mehr ergeben würde.

»Dieser Limes war ein Wunderwerk, müsst ihr wissen. Ein System, um die Grenzen des Römischen Reiches zu sichern. Wobei er weniger der Verteidigung diente als vielmehr der Kontrolle des Waren- und Personenverkehrs. Aalen war das größte römische Lager am Rätischen Limes und das größte Reiterkastell nördlich der Alpen …«

Irgendwann war es nur noch Alexander, der Werner lauschte, aber das schien den nicht zu stören. Vermutlich war er aus seinen langen Berufsjahren daran gewöhnt, dass die Aufmerksamkeit seiner Zuhörer zu wünschen übrig ließ. Elly, Gudrun und Pia hatten inzwischen verschiedene Themen erörtert: das Wetter, die lästigen Laster auf der Autobahn, die vielen Baustellen, die neuen Erziehungsmethoden, den Schlussverkauf, die Urlaubspläne – Werner verweilte derweil noch immer beim Limes, hatte inzwischen allerdings die Region gewechselt und war beim Hadrianswall in England angekommen.

Elly überlegte, ob Werner vielleicht Schulklassen durch das Limesmuseum führen könnte. Das würde Werner sicher Freude bereiten und Gudruns Nervenkostüm entlasten, aber dann fiel ihr ein, dass Aalen ja viel zu weit weg war von Köln.

»Bleibt ihr noch zum Abendessen?«, fragte Elly, als Werner eine kurze Pause einlegte, um die Toilette aufzusuchen.

Wie schön, dass Menschen das von Zeit zu Zeit erledigen mussten.

Gudrun war nicht abgeneigt und Elly beschloss, ihre Kühltruhe einer Prüfung zu unterziehen, als Pia eine viel bessere Idee hatte.

»Warum gehen wir nicht einfach zu Felix nach Kirchheim, dann hast du keine Arbeit«, schlug sie vor. »Ich rufe gleich an und reserviere einen Tisch.«

»Glück gehabt!«, verkündete sie wenig später gut gelaunt. »Es war gerade noch ein Tisch frei. Felix hat heute Fischsuppe auf der Karte und die ist heiß begehrt. Die müsst ihr unbedingt probieren, ist eine Spezialität von Maria.«

Gudrun schien von der Lokalität angenehm überrascht zu sein und auch das Essen schien ihr zu schmecken. Selbst dem angeblichen »Loser« schenkte sie ein freundliches Lächeln. Ihrer Meinung nach ging ja keine Gefahr mehr von ihm aus, seit Pia mit Ruben zusammen war.

Sie waren beim Hauptgang angelangt, als die Tür aufging und Ruben hereinkam, im Arm einen großen Strauß dunkelroter Rosen.

»Schrecklich, dass man nicht einmal hier seine Ruhe vor diesen lästigen Rosenverkäufern hat«, klagte Gudrun und machte eine Handbewegung in Rubens Richtung, als wolle sie eine lästige Fliege verscheuchen.

Pia erstarrte zur Salzsäule, als Ruben zielstrebig auf sie zuging, ihr einen Kuss auf die Wange hauchte und sagte: »Dacht ich mir's doch, dass ich dich hier finde, Kleines, nachdem zuhause keiner war. Eine kleine Entschuldigung für mein dummes Benehmen neulich.« Damit legte er Pia den Rosenstrauß in den Schoß. »Frau Engelmann, Herr Alexander«, er reichte beiden die Hand, »und das ist, lass mich raten«, er runzelte die Stirn und grinste Pia an, »deine Schwester und der Herr Papa?«

Gudrun lächelte ihn strahlend an, obwohl das Kompliment nicht plumper hätte sein können. Gudrun hatte sich nicht schlecht gehalten für ihr Alter, aber wie dreißig sah sie nun wirklich nicht mehr aus. Elly wusste nicht, was ihr peinlicher war: Rubens dummes Kompliment oder die Freude, mit der ihre Tochter es entgegennahm.

»Und Sie sind Ruben, nehme ich an«, sagte sie. »Entschuldigen Sie, aber ich kenne Sie nur unter diesem Namen, Herr ...«

»Ruben ist ganz in Ordnung.«

»Meine Güte, und ich habe Sie für einen Rosenverkäufer gehalten! Wie dumm von mir. Es freut mich sehr, dass wir uns endlich kennen lernen. Dann sind Sie von Ihrer Geschäftsreise früher zurückgekommen?«

»Was für eine Geschäftsreise?«, fragte Ruben und sah Pia fragend an.

Die hatte sich, seit Ruben das Lokal betreten hatte, noch keinen Zentimeter bewegt. Sie saß da wie das eingefrorene Bild aus einem Film.

»Ist ja auch egal, Hauptsache, Sie sind da. Bitte setzen Sie sich doch zu uns«, forderte Gudrun Ruben auf, »es ist ja noch ein Stuhl am Tisch frei, so als hätte er nur auf

Sie gewartet. Soll ich rutschen, damit Sie neben Pia sitzen können?«

Ruben winkte ab. »Aber ich bitte Sie! Ich freue mich doch, neben Ihnen zu sitzen, neben einer so charmanten Frau.«

Fast wünschte Elly sich Werners Vortrag über den Limes zurück, aber Werner war genauso verstummt wie die übrige Tischrunde, von Gudrun abgesehen. Die lief, den vielversprechenden Schwiegersohn in spe im Blick, gerade zu Hochform auf.

»Pia, wo bleibt denn dieser Felix, damit Ruben etwas bestellen kann?«

Als hätte er es gehört, kam Felix mit zwei vollbeladenen Tellern aus der Küche. Beim Anblick von Ruben an ihrem Tisch erstarrte er wie Pia, aber nur für einen Moment. Dann servierte er gekonnt die Teller am Nebentisch, wünschte einen guten Appetit und kam zu ihnen herüber.

»Wir haben noch einen Nachzügler«, erklärte Gudrun. »Würden Sie bitte die Bestellung aufnehmen?«

»Nein«, sagte Felix.

»Wie bitte?«

»Würden Sie bitte umgehend mein Lokal verlassen«, forderte Felix Ruben höflich, aber bestimmt auf.

»Ich denke nicht daran«, gab Ruben zurück. »Warum sollte ich? Pias Eltern haben mich eingeladen, mit ihnen zu essen.«

»Sie sind hier nicht willkommen«, erklärte Felix. »Ich bediene keine Männer, die ihre Freundin in einer fremden Stadt aus dem Auto werfen.«

»Wovon spricht der?«, fragte Gudrun, deren gerötete Wangen blass geworden waren.

»Herausgeworfen? So hast du die Geschichte also erzählt?«, wandte Ruben sich an Pia. »Sie ist freiwillig ausgestiegen, von Rauswerfen kann keine Rede sein.«

»Ob ausgestiegen oder rausgeworfen, ist mir so was von egal. Vielleicht ist das ja sogar das geringere Problem, wenn man daran denkt, dass Sie sie zu einer Falschaussage drängen wollten.«

Die Aufmerksamkeit des gesamten Restaurants war ihnen inzwischen sicher. An den anderen Tischen waren die Gespräche verstummt.

»Eine Falschaussage? Was für eine Falschaussage?«, fragte Gudrun. »Pia, nun sag doch auch mal was! Du kannst doch nicht zulassen, dass dieser Felix so mit Ruben spricht.«

Aber noch immer kam kein Leben in Pia.

»Hören Sie schlecht? Ich möchte, dass Sie gehen!«, forderte Felix Ruben noch einmal auf.

»Mein Gott, er hat sich doch bei Pia entschuldigt«, nahm Gudrun Ruben in Schutz. »Ganz egal, was da nun im Einzelnen vorgefallen ist. Ich hätte mich gefreut, wenn Werner mir auch nur ein einziges Mal einen solchen Rosenstrauß geschenkt hätte, wenn er etwas ausgefressen hatte. Jeder macht doch mal einen Fehler.«

Nachdem Ruben noch immer keine Anstalten machte zu gehen, packte Felix ihn an der Hemdbrust und zog ihn unsanft von seinem Stuhl hoch.

»Nehmen Sie Ihre schmutzigen Finger von meinem Hemd«, sagte Ruben und wischte Felix' Hände mit einer heftigen Bewegung zur Seite. »In einem Restaurant, in dem man Gäste so behandelt, möchte ich ohnehin nicht essen. Und Sie können sich darauf verlassen, dass ich nicht der einzige Gast sein werde, der dieses Lokal in Zukunft meiden wird. Ich mache Sie fertig. Sie kriegen in Kirchheim keinen Fuß mehr auf die Erde. Tut mir leid«, sagte er zu Gudrun gewandt, »aber wenn Pia sich lieber mit so einem Schlägertypen zusammentut, dann muss sie halt sehen, wo sie bleibt. Sie wird es noch bedauern. Tschüs, Pia«, sagte er und verließ eilig das Lokal.

»Es tut mir sehr leid«, entschuldigte sich Felix, »aber das war ich Pia schuldig. Das Essen geht natürlich aufs Haus, als kleine Entschuldigung für die Ungelegenheit.«

»Das kommt gar nicht in Frage!« Elly erwachte aus ihrer Erstarrung. »Man hat es mir vielleicht nicht angesehen, aber es hat mir eine solche Freude gemacht, wie du den Kerl fertiggemacht hast. Die heutige Rechnung bezahle ich mit besonderem Vergnügen.«

»Aber Mama ...«

»Wenn du wüsstest, wie viele schlaflose Nächte ich verbracht habe, weil ich dachte, Pia könnte an diesem eingebildeten Schnösel hängen bleiben.«

Jetzt regte sich auch Pia wieder. »Aber du hast nie etwas gesagt, Oma!«

»Hättest du auf mich gehört? Bestimmt nicht! Vermutlich hätte es dich sogar darin bestärkt, mir zu beweisen, dass Ruben der Richtige für dich ist. Als Großmutter bin ich ein wenig schlauer, als ich es als Mutter war. Da hat mir manchmal die nötige Gelassenheit gefehlt. Inzwischen weiß ich, dass Verliebtheit wie Fieber ist, man muss warten, bis es vorbei ist. Entweder war's das dann, oder es wird Liebe draus.«

»Wer hätte das gedacht«, sagte Alexander so leise an Ellys Ohr, dass nur sie es hören konnte. »Ist mir gar nicht aufgefallen, dass du so gelassen geworden bist, Oma Elly«, und dabei schmunzelte er von einem Ohr zum andern.

»Danke für deine Hilfe«, wandte sich Pia an Felix. »Die Rosen kannst du in den Mülleimer werfen, die will ich nicht.«

»Die schönen Rosen«, sagte Elly bedauernd.

Sie konnten schließlich nichts dafür, dass Ruben sie gekauft hatte.

»Willst du sie?«

»Nein, ganz bestimmt nicht. Aber Felix könnte sie doch seinen Gästen schenken und auch Maria, als kleine Aufmerksamkeit«, schlug Elly vor.

»Gute Idee«, sagte Pia, und Felix begann, die Rosen an seine Gäste zu verteilen.

Die Stimmung hatte gelitten. Gudrun war untröstlich, dass sie sich wohl von dem Gedanken verabschieden musste, Ruben könne ihr Schwiegersohn werden.

Sollte aus der Freundschaft zwischen Pia und Felix tatsächlich Liebe werden, würde Felix nach diesem Auftritt einen schweren Stand bei Gudrun haben. Aber daran war nichts zu ändern. Und mit der Zeit würde sie schon merken, was für ein netter Kerl er war.

Alexander

Wir suchen die Wahrheit,
finden wollen wir sie aber nur dort,
wo es uns beliebt.
(Marie von Ebner-Eschenbach)

Heute war der große Tag – heute würde Alexander Elly die Wahrheit sagen.

Obwohl er alles bestens vorbereitet hatte, war er aufgeregt. An Ellys Platz am Frühstückstisch lag ein hübscher Karton und statt des üblichen Nougatherzens eine Packung mit italienischem Gebäck.

Elly blieb verwundert stehen, als sie mit der Kaffeekanne in der Hand das Zimmer betrat. »Was ist denn heute los? Ich habe doch gar nicht Geburtstag. Ist das für mich?«

»Nun, wenn es an deinem Platz liegt, dann wird es wohl für dich sein.«

Elly betrachtete die Schachtel verwundert. Die untere Hälfte war blau-weiß gestreift, der Deckel glänzte dunkelblau und obendrauf hatte Alexander eine kleine venezianische Gondel befestigt. Die Schachtel zu kaufen war nicht schwierig gewesen, aber Alexander hatte schon fast die Hoffnung aufgegeben, in Göppingen eine Gondel aufzutreiben, als er sie im Schaufenster eines Trödelladens entdeckte. Aus Reiseprospekten hatte er Fotos von Venedig ausgeschnitten und in ein kleines Album geklebt, das er zusammen mit einem Venedigkrimi von Donna Leon, einem kleinen Wörterbuch für Italientouristen und einem handlichen Reiseführer in den Karton packte. Ganz unten am Boden der Schachtel lag ein Kuvert mit einer Karte. »Gutschein für ein Wochenende in Venedig« stand darauf.

»Alexander, was soll das?«, fragte Elly erstaunt.

»Nun, ich habe vom Campanile geträumt.«

»Was?«

»Erinnerst du dich nicht? In Esslingen hast du mir erzählt, dass du noch nie in Venedig warst. Und ich habe dir versprochen, dass wir zusammen hinfahren, sobald ich meine Vergangenheit und mein Bankkonto wiedergefunden habe.«

Elly schlug ihre Hände vor den Mund und sah ihn mit großen Augen an. »Soll das heißen, du weißt wieder, wer du bist?«

»Genauso ist es.«

Es machte Alexander Spaß, Elly noch ein wenig auf die Folter zu spannen.

»Nun rede doch endlich und lass dir nicht jedes Wort aus der Nase ziehen.« Elly zappelte aufgeregt mit den Händen.

»Eigentlich muss ich gar nicht viel erzählen«, sagte Alexander. »Du kennst mich nämlich schon ziemlich lange. Zuerst hatte ich daran gedacht, dich nach Reutlingen zu entführen und es dir da zu erzählen.«

»Nach Reutlingen?«

»Ja, denn da kommen wir beide her. Wir haben zusammen die Schulbank gedrückt, und nicht nur das. Wir waren einmal sehr verliebt ineinander, erinnerst du dich, Lieschen?«

Lieschen, das war sein Kosename für sie gewesen. Ihr Taufname war Elisabeth, aber sie hatte sich als junges Mädchen den Namen Elly zugelegt, weil sie das schick fand und wie viele Mädchen ihres Alters für Elly Beinhorn schwärmte. Lieschen, dieser Name hatte ihm ganz allein gehört. Mein Gott, war er verliebt gewesen. Sie war die Hübscheste in ihrer Klasse gewesen, mit ihren dicken, schwarzen Haaren und den großen braunen Augen, und die Vorlauteste, und ihm war es gelungen, sie zu erobern.

»Paul? Mein Gott, dass ich dich nicht erkannt habe!«

Sie hatten sich mehr als sechzig Jahre nicht gesehen. War es da ein Wunder?

»Aber warum warst du auf dem Weg zu mir?«, wollte Elly ganz verdattert wissen.

Der Auslöser war ein Klassentreffen gewesen. Er hatte nur zwei- oder dreimal an den Treffen teilgenommen, weil er beruflich viel unterwegs war. Elly war nur einmal zu einem Klassentreffen gegangen, wie sie ihm jetzt erzählte. Es war eins von denen gewesen, bei denen er nicht anwesend war.

»Weißt du, ich konnte irgendwie nichts mehr anfangen mit den Leuten«, erklärte Elly. »Jeder wollte nur renommieren, mit gut verdienendem Ehemann, mit der Karriere oder den tollen Kindern angeben. Das, was uns einmal verbunden hatte, war vorbei. Ich fand, dass wir uns nicht mehr viel zu sagen hatten.«

»Das war nur, weil wir beide uns verpasst haben. Wir hätten uns doch etwas zu sagen gehabt, oder?«

»Ich hoffe es«, sagte Elly. »Andererseits ... Ich war sehr böse auf dich. Du hast mir das Herz gebrochen. Warum hast du dich nie mehr bei mir gemeldet, nachdem du nach Amerika gegangen warst? Ich habe dir so oft geschrieben. Am Anfang kamen noch ein paar Briefe zurück, dann nichts mehr.«

In Romanen und Filmen waren es in einem solchen Fall meistens Briefe, die verloren gegangen oder von jemandem unterschlagen worden waren, einer »wohlmeinenden« Mutter oder einem eifersüchtigen Nebenbuhler. Das ins Feld zu führen, würde Alexander heute besser dastehen lassen, aber er wollte ehrlich sein.

»Ach, wie soll ich dir das erklären, Lieschen. Ich glaube, ich war einfach zu jung und zu unreif. Amerika, das war eine ganz andere Welt, so viele neue Eindrücke ...«

»Da passte das dumme Lieschen aus Reutlingen nicht hinein.«

»Nein, das war es nicht. Aber ich hatte das Gefühl, dass du unsere Zukunft schon fest verplant hattest, mit Heirat und Kindern und einem Häuschen im Grünen. Ich war noch nicht so weit. Ich wollte mir eine berufliche Zukunft aufbauen, ungebunden sein und etwas erleben.«

»Ich wäre auch zu dir nach Amerika gekommen, wenn du mich gefragt hättest.«

Alexander griff über den Tisch nach ihren Händen. »Nun sei doch nicht böse, Lieschen. Es hat halt nicht sollen sein. Schau, das Leben hat mich genug gestraft mit Renate. Mit dir wäre mir das nicht passiert. Dann hätte ich heute eine Familie, so wie du, eine, die zusammenhält.«

»Und manchmal ganz gehörig nervt«, stellte Elly fest.

»Aus Liebe«, sagte Alexander, »weil sie es gut mit dir meinen.«

»Zu gut. Aber du hast mir immer noch nicht erzählt, wie du auf die Idee gekommen bist, mich nach so vielen Jahre zu besuchen.«

Alexander erzählte von der Einladung zum Klassentreffen und seinem spontanen Entschluss, daran teilzunehmen. Sie waren nicht vollzählig, einige waren inzwischen gestorben, einer lebte in Kanada, andere waren der Einladung nicht gefolgt, so wie Elly. Das Klassentreffen, die Stadt, in der er seine Kindheit und Jugend verbracht hatte, die Schulkameraden, das alles hatte viele Erinnerungen in Alexander wachgerufen. Sie hatten sich alte Fotos von damals angeschaut und da waren auch seine Erinnerungen an Lieschen wieder wach geworden. Er hatte Franz, der das Klassentreffen veranstaltete, um Ellys Adresse gebeten. Der hatte sie ihm aufgeschrieben und ihm den Zettel über den Tisch geschoben.

»Und als du mir den Zettel von Frau Häfele über den Frühstückstisch gereicht hast, da war meine Erinnerung plötzlich wieder da.«

Ellys Blick veränderte sich. Sie sah ihn ungläubig an. »Soll das heißen, dass du schon seit damals weißt, wer du bist?«

»Ja, Elly.«

»Und du hast kein Wort zu mir gesagt? Als du mich ins Kino eingeladen und so getan hast, als müsstest du deine letzten Groschen dafür zusammenkratzen? Als wir Brüderschaft getrunken haben und du mir deine Liebe gestanden hast? Als ich Angst hatte, mich darauf einzulassen, weil du vielleicht verheiratet sein könntest?«

»Aber Elly ...«

»Und als du plötzlich Hemden und Wäsche hattest? Getragene Hemden! Pia ist es gleich verdächtig vorgekommen, die war nicht so naiv wie ich. Du wolltest dir keine neuen kaufen, damit ich keinen Verdacht schöpfe. Warum, Alexander? Warum dieses Versteckspiel? Hat es dir Spaß gemacht, mich dummes Huhn an der Nase herumzuführen? Oder wolltest du sehen, ob ich eine reiche Witwe bin und ob es sich lohnt, mir den Hof zu machen?«

Ihre Worte verletzten Alexander. »Wie kannst du so etwas von mir denken? Meinst du, es sei mir leicht gefallen, alles von dir anzunehmen? Ich wollte es dir zurückzahlen, deshalb habe ich das Kuvert mit den fünfhundert Euro in den Briefkasten gesteckt. Ich weiß, dass es nicht genug ist, es ist nur eine Anzahlung.«

»Raus!«, sagte Elly und funkelte ihn wütend an, »verschwinde aus meinem Leben, so, wie du schon einmal verschwunden bist. Und dein Geld kannst du gleich mitnehmen. Ich will es nicht. Ich führe keine Pension, und ich lasse mich nicht dafür bezahlen, dass ich dich hier aufgenommen habe. Ich hab's gern getan – für Alexander, nicht für Paul. Es war schön mit ihm. Ich wünschte, du hättest dein Gedächtnis nie wiedergefunden! Und jetzt pack deine Sachen und geh!«

Er sah, wie Elly Tränen über die Wangen liefen.

»Elly!« Er ging um den Tisch herum zu ihrem Platz, beugte sich zu ihr herunter und wollte sie umarmen, aber sie stieß ihn unwillig zurück.

»Fass mich nicht an!«

Er konnte nicht begreifen, warum sie so reagierte. Er hatte sich so viel Mühe gegeben, sie mit der Venedigreise zu überraschen, und er war sicher gewesen, dass sie sich darüber freuen würde.

»Warum, Elly? Warum bist du so wütend auf mich?«

»Kannst du dir das nicht denken? Du hast mich angelogen und mir Theater vorgespielt. So wie schon einmal, als du mir ewige Liebe geschworen hast und dann nach Amerika verschwunden bist. Und jetzt, nach sechzig Jahren, kommst du zurück und suchst ein warmes Nest, weil dein Leben schiefgelaufen ist.«

Wenn sie so dachte, nachtragend alte Geschichten aufwärmte, alte Wunden aufriss und ihm Lügen vorwarf, weil er ein paar Tage zu lang damit gewartet hatte, ihr die Wahrheit zu sagen, dann hatte es keinen Zweck zu bleiben.

»Es tut mir leid, Elly, dass du so denkst. Wenn ich könnte, dann würde ich die Uhr zurückdrehen zu dem Moment, als meine Erinnerungen zurückkamen, und dir gleich die Wahrheit sagen. Ich wollte es richtig machen und habe es kaputt gemacht ... Ich danke dir für alles, was du für mich getan hast. Ich weiß, dass ich es mit Geld nicht bezahlen kann. Obwohl es schrecklich war, nicht mehr zu wissen, wer ich bin, waren es wunderbare Wochen mit dir. Kann ich meine Sachen noch eine Stunde hier lassen? Ich möchte mich gern von den dreien verabschieden und von Franziska.«

Elly nickte nur. Sie saß unbeweglich am Tisch und die Tränen liefen ihr ununterbrochen übers Gesicht. So saß sie noch, als Alexander leise die Tür hinter sich schloss.

Pia kam ihm auf der Treppe entgegen. »Was ist denn hier los?«, fragte sie. »Habt ihr Streit?«

Alexander erklärte ihr, was vorgefallen war.

»Du bist Omas Jugendliebe? Wie geil ist *das* denn!«, rief sie begeistert.

»Ich möchte dir auf Wiedersehen sagen, Pia. Es hat mich sehr gefreut, dich kennen zu lernen. Schade, dass ich nicht so eine Enkelin habe wie dich. Mach's besser mit deinem Felix als ich mit Elly. Und solltest du mal nach Tübingen kommen, dann würde ich mich über deinen Besuch sehr freuen. Ich schreibe dir meine Adresse auf, jetzt habe ich ja wieder eine.«

Pia druckste ein bisschen herum, dann erzählte sie ihm, dass sie ihn belauscht und am Bahnhof beobachtet hatte.

»So, du warst das also, die mir die Göppinger Drogenfahndung auf den Hals gehetzt hat!«, sagte Alexander und schmunzelte.

»Tut mir leid, dass ich so eklig zu Ihnen war, aber ich konnte ja nicht wissen, dass Sie's gut mit Oma meinen.«

»Das tue ich, Pia, nur sieht Elly das leider anders. Also, leb wohl und pass gut auf deine Großmutter auf.« Er umarmte Pia und ging dann schnell die Treppe hinauf, bevor sie sah, dass ihm Tränen in die Augen stiegen.

Hugo, Ernst und Karl waren zu Hause und auch Franziska und Trudi gesellten sich zu ihnen, heute war kein Café-Tag. Sie waren gespannt, Alexanders Geschichte zu hören, und betroffen zu erfahren, wie es letztendlich für Alexander und Elly ausgegangen war.

Hugo hatte Kaffee gekocht, den sie im Wohnzimmer der drei tranken, dort, wo Alexander vor wenigen Wochen als Mann ohne Vergangenheit eingezogen war.

»Des darf doch net wahr sei«, jammerte Karl, »da findet ihr euch nach so viele Jahr wieder und send wieder frisch verliebt und na so ebbes! I glaub, des war koi gute Idee, dass de dr Elly net glei d' Wahrheit gsagt hasch.«

»Was du nicht sagst«, meinte Alexander.

»Trotzdem«, warf Hugo ein, »es ist ja auch kein Verbrechen, noch ein paar Tage damit zu warten. Ich finde, da hat Elly überreagiert.«

»Was Lügen angeht, sind wir Frauen empfindlich. Elly ist eine herzensgute Seele. Sieh mal, wer hätte dich so ohne weiteres aufgenommen, ohne zu wissen, wer du bist«, sagte Franziska.

»Koi Heiratsschwindler jedenfalls«, bemerkte Ernst und zwinkerte Trudi zu.

»Des han i ja au bloß am Afang denkt, bevor i de Alexander kenneglernt han, gell, Alexander. Nachher nemme.«

»Was ich sagen wollte«, fuhr Franziska fort, »ist, dass Elly auch ganz schön wütend werden kann, und dann schießt sie schon mal übers Ziel hinaus. Ich glaube, ihre Wut hat viel mit dieser alten Geschichte zu tun. Da sind die Gefühle von damals wohl wieder hochgekommen.«

»Franziska, ich bitte dich, das ist über sechzig Jahre her«, warf Hugo ein.

»Es gibt Sachen, die vergisst man nicht. Die erste Liebe, das ist etwas ganz Besonderes im Leben einer Frau.«

»Hört, hört«, sagte Karl.

Die Stunde, von der Alexander bei Elly gesprochen hatte, war längst vorbei. Es tat ihm gut, mit seinen neuen Freunden zu sprechen, aber sie konnten die Sache drehen und wenden, wie sie wollten, sie kamen zu keiner Lösung.

»I bin sicher, du wärsch dr Elly ihr Glück, so wie die aufblüht isch in de letschde Woche«, fasste Ernst zusammen. »Aber mir könned se net zu ihrem Glück zwinge.«

»Ich werde mal mit ihr reden, wenn ihr Zorn ein bisschen verraucht ist«, versprach Franziska.

»Und ich mache mich auf den Weg zum Bahnhof«, sagte Alexander und stand auf.

»Willst du hier übernachten?«, bot Hugo an.

Alexander lehnte das Angebot dankend ab. Er hatte ja jetzt wieder eine eigene Wohnung.

»Du fährsch jetzt net mit em Zug hoim, i fahr di«, sagte Karl und ließ sich nicht umstimmen.

»I han a bessere Idee, mir fahred alle drei mit«, schlug Ernst vor. »An so ma Dag lässt mr en Freund net alloi. Und in Tübinge hat's nette Kneipe.«

»Prima Idee«, sagte Hugo, »dann können wir auch gleich sehen, wo Alexander wohnt. Also, ich bin dabei.«

Damit war es beschlossene Sache.

Pia

Eine Frau liebt in einem fort,
ein Mann hat zwischendurch zu tun.
(Jean Paul)

Alexander war noch einmal vorbeigekommen, um seine Sachen mitzunehmen, viel war es ja nicht. Pia hatte gesehen, dass das Trio vor dem Haus im Auto auf ihn wartete. Oma hatte sich nicht blicken lassen. Sie hatte Alexanders Bett abgezogen und die Wäsche energisch in die Waschmaschine gestopft.

Pia war sich nicht sicher, ob Oma wütend oder traurig war. Vermutlich beides, so wie Pia damals, als sie in München aus Rubens Auto ausgestiegen war. Aber war es normal, dass man auch mit über achtzig noch so fühlte?

Pia wusste, wie es sich anfühlte, wenn der Mensch, den man liebte und der einem das Gefühl gab, besonders und einzigartig zu sein, plötzlich aus dem Leben verschwand. Da war nur noch Platz für Kummer und Traurigkeit. Das war seltsamerweise auch so, wenn man selbst die Sache beendet hatte. Auch Pia vermisste Ruben, obwohl er ein Mistkerl war. Felix war sehr lieb zu ihr, aber er war ein Freund, und das war etwas ganz anderes.

Pia würde auch Alexander vermissen. Sie mochte ihn. Zugegeben, eine Weile war sie nicht besonders nett zu ihm gewesen, aber doch nur, weil sie ihm nach dem belauschten Telefongespräch misstraute. Ach, was für eine verfahrene Geschichte!

Sie hatte Kaffee gekocht und Kuchen aus der Kühltruhe aufgetaut. Omas Einwand, sie habe keinen Hunger, hatte sie nicht gelten lassen. Nun saßen sie sich am Tisch gegenüber und rührten trübsinnig in ihren Tassen.

»Was hat Alexander denn so Schlimmes getan, dass du ihn weggeschickt hast?«, wollte Pia wissen.

Da fing Oma wieder mit dieser alten Geschichte an.

»Oma, ihr wart damals zwanzig. Alexander war noch so jung, und dann Amerika, überleg doch mal. Und da kommst du und fängst von Heiraten und Kindern an! Das macht Männern Angst.«

»Na, du musst es ja wissen mit deinem reichen Schatz an Lebenserfahrung«, sagte Oma und warf ihr einen ärgerlichen Blick zu. Ihr Kampfgeist war also noch nicht erloschen. »Außerdem war es gar nicht so. Alexander übertreibt. Wahrscheinlich redet er sich ein, dass es so war, um sein Gewissen zu beruhigen, weil er mich damals im Stich gelassen hat. Und jetzt kommt er und tut so, als hätte es die vergangenen sechzig Jahre nicht gegeben. Wir könnten schon diamantene Hochzeit miteinander feiern!«

»Sag mal, Oma, deine Ehe mit Opa, war die denn so schlecht? Hast du Opa nicht geliebt?«

»Natürlich hab ich ihn geliebt. Er war ein guter Ehemann und ein guter Vater und Großvater, das weißt du doch.«

»Ich schon, aber du anscheinend nicht. Überleg mal, wenn du Opa nicht geheiratet hättest, dann gäbe es uns alle nicht, Mama und Ute und deine Enkel und Urenkel.«

»Dann gäbe es andere, vielleicht solche, die sich nicht dauernd in mein Leben einmischen und meinen, sie wüssten besser als ich, was gut für mich ist.«

Pia sah sie entsetzt an. »Oma, das meinst du jetzt aber nicht im Ernst!«

»Nein, Kind, natürlich nicht.« Oma tätschelte Pias Hand. »Entschuldige. Ich weiß wirklich nicht mehr, was ich rede.«

»›Elly, versündige dich nicht‹, hätte Opa jetzt gesagt.«

Das brachte Oma endlich zum Lachen. »Und er hätte ganz Recht damit gehabt. Vergiss, was ich da gerade gesagt habe. Ich bin heute wirklich nicht ganz zurechnungsfähig.«

Pia lag auf der Zunge zu sagen: »Was vorbei ist, ist vorbei, das kannst du nicht mehr ändern. Du kannst jetzt für den Rest deines Lebens sauer auf Alexander sein und eine verbitterte alte Frau werden. Oder du kannst Alexander verzeihen und ein glückliches Leben mit ihm führen. Denk mal drüber nach!« Aber sie behielt ihre Gedanken für sich. Vielleicht war Oma ja schlau genug, von selbst draufzukommen.

Stattdessen schaute sie Oma an und sagte: »Wir sind schon zwei. Erst sind wir verliebt, dann schicken wir unsere Männer in die Wüste und jetzt sitzen wir hier und trauern ihnen nach. Ziemlich blöd, oder?«

»Ja«, nickte Oma, »da hast du Recht. Aber weißt du, du hast das Glück, dass du noch jung bist. Du wirst wieder jemanden finden, mit dem du dein Leben teilen kannst. Wenn man so alt ist wie ich, sieht die Sache anders aus.«

»Dann solltest du deinem Herzen einen Stoß geben und dir deinen Alexander zurückholen«, schlug Pia vor.

»Findest du? Ich finde, dass Alexander sich bei mir entschuldigen sollte. Dann würde ich vielleicht mit mir reden lassen.«

Oma war wirklich nicht zu helfen.

Felix feierte Jubiläum, das *Feli(c)xita* gab es jetzt seit einem Jahr. Pia hatte ihm beim Schreiben der Einladungen geholfen und Zeichnungen für ein kleines Rezeptbuch gemalt, das Felix an seine geladenen Gäste verschenken und später zum Selbstkostenpreis an seine Kunden und Gäste verkaufen wollte. »Ich wusste gar nicht, dass du so gut malen kannst«, hatte er anerkennend gesagt, und Pia hatte sich gefreut. Er hatte sie gebeten, am Jubiläumsabend beim Bedienen zu helfen, er würde sich um die Begrüßung und den Smalltalk mit seinen Gästen kümmern müssen.

»Es hat sich auch jemand von der Zeitung angemeldet, da darf nichts schiefgehen«, hatte Felix gesagt.

»Kannst dich auf mich verlassen. Sag mal, wäre das nicht eine gute Gelegenheit, dein Lokal umzutaufen?«, schlug Pia vor. »Ich finde, ein hübsches Kind braucht auch einen hübschen Namen.«

»Ich weiß gar nicht, was du immer hast? Ich finde den Namen super, und außer dir hat sich auch noch niemand dran gestört.«

»Tja, dann.«

Pia wusste nicht mehr, wo ihr der Kopf stand. Sie trug gerade die leeren Vorspeisenteller ab. Maria winkte ihr aus der Küche, dass die Pasta fertig sei, und Felix saß am Tisch der Zeitungsredakteurin und versprühte seinen Charme, so, als ginge ihn das alles nichts an. Sie war ein dunkler, rassiger Typ, und sie hatte eine tolle Figur. Zu einer engen schwarzen Lederhose trug sie Highheels und ein apartes rotes Oberteil, das Felix einen tiefen Einblick gewährte.

»Wie sind Sie nur auf diesen ausgefallenen Namen gekommen?«, fragte sie gerade. Sie hatte eine rauchige Stimme und ein kehliges Lachen. Felix, der sich bei Pia über jedes bisschen Wimperntusche aufregte, schien sich nicht daran zu stören, dass die Redakteurin sich recht großzügig aus dem Farbtopf bedient hatte.

»Nun«, erklärte Felix, »›felicità‹ heißt ›Glück‹ auf Italienisch und Felix heiße ich.«

»Eine wunderbare Idee«, bemerkte die Dame und machte sich eifrig Notizen. »Das Glück von Felix, dem Glücklichen, und das auf Italienisch, passend zur Küche des Hauses. Genial!«

Felix warf Pia einen Blick zu, der sagte: »Siehst du?«

Die verdrehte die Augen, was die Dame von der Zeitung nicht sehen konnte, weil sie gerade eifrig etwas auf ihren Block schrieb.

»Darf ich Ihnen Pia vorstellen, Frau Abele, sie hat die Illustrationen für mein Kochbuch gemacht.«

»Oh«, sagte Frau Abele und blätterte oberflächlich durch das Kochbuch, »sehr hübsch, wirklich. Eine malende Serviererin.«

Pia ärgerte sich, dass Felix sie nur mit Vornamen vorgestellt hatte. Außerdem hätte es sich gehört, dass er ihr Frau Abele vorstellte. Aber offensichtlich war Felix der Verstand gerade in die Hose gerutscht.

»Oh, Pia hilft mir nur manchmal aus. Eigentlich ist sie Übersetzerin.«

Das schien Frau Abele zu beeindrucken. »Sie meinen, so simultan?«

»Übersetzerin von Büchern, nicht Dolmetscherin«, stellte Pia richtig.

»Verstehe. Und was übersetzen Sie gerade?«

Ach, wie schön wäre es gewesen, Frau Abele jetzt nonchalant »den neuen Umberto Eco« an den Kopf zu werfen.

Stattdessen musste sie sagen: »Ein Kinderbuch.«

Dieser Hinweis schien Frau Abeles Interesse an ihrer Person schlagartig zum Erliegen zu bringen.

»Pia, ich glaube, Maria hat die Pasta fertig. Du weißt, Pasta darf man nicht warten lassen, das nimmt sie übel.«

»Ich weiß«, lachte Frau Abele sonor, »die Pasta ist weiblich. Und weibliche Wesen soll man grundsätzlich nicht warten lassen, sonst kühlen sie ab wie die Pasta.«

»Hübsch ausgedrückt. Nun ja, Sie sind ja Expertin.«

»Für Liebe?«, fragte Frau Abele und schaute ihn neckisch an.

»Ich dachte eher an Worte«, stellte Felix klar. »Das andere kann ich nicht beurteilen.«

»Noch nicht«, sagte Frau Abele, schaute Felix tief in die Augen und wippte mit dem rechten Fuß.

Pia zog Frau Abele energisch den Teller vor der gepuderten Nase weg. Sie kochte wie das Pastawasser. In der Küche knallte sie die Teller mit Schwung auf den Tisch.

»Ey, was iste los, Pia?«, fragte Maria, die gerade die Nudeln abgoss.

»Felix ist los«, erklärte Pia, »der balzt wie ein liebeskranker Wiedehopf mit dieser Tussi von der Zeitung.«

»Balzt?«, fragte Maria und schaute Pia verständnislos an. »Iste schlimm balze?«

»Wenn's die Falsche ist, schon.« Pia übersetzte ihre Beobachtungen ins Italienische. Sie wusste nicht, was balzen, Wiedehopf und Tussi auf Italienisch hieß, aber sie konnte Maria erklären, was ihr Kummer bereitete.

»Bringe Teller raus«, befahl Maria energisch, »dann erkläre ich dich.«

»Dir. Erkläre ich dir.«

»Non fa niente, verstehste schon.«

Pia trug die Teller an die Tische. An Felix' Tisch fing sie einen tadelnden Blick von ihm auf, weil sie das Essen schwungvoll, wenig elegant und mit einem unfreundlich gemurmelten »Guten Appetit« servierte.

Zurück in der Küche erwartete sie eine Standpauke von Maria. Was sie eigentlich erwarte? Diese Frau von der Zeitung sei sehr wichtig für Felix, da sei ein bisschen Gebalze durchaus angebracht.

»Das ist kein Pflichtgebalze, Maria, sondern Lustgebalze, das sieht ein Blinder mit dem Krückstock.« Pia räumte energisch die schmutzigen Teller in die Spülmaschine.

»Lass Teller ganz, könne nix dafür«, sagte Maria. Und außerdem habe Pia auch Liebe gemacht mit »diese Idiote«, und Felix brauche schließlich auch etwas fürs Herz.

»Fürs Herz? Dass ich nicht lache! Der braucht was fürs Bett!«

»Wenn du nicht mit ihn gehst! Was solle mache? Iste Mann! Pia, Felix liebt nicht Frau von Zeitung, sondern dir, und du biste blind wie Kruckestock.«

»Mir? Ich meine, mich? Du meinst, Felix liebt mich? Wie kommst du denn auf die Idee?«

In dem Moment wurde die Küchentür schwungvoll geöffnet und Felix kam herein.

»Sag mal, seid ihr noch ganz normal? Ihr brüllt hier rum, dass man es im ganzen Lokal hört. Jetzt pass mal auf, Pia! Ich möchte, dass diese Frau Abele in ihrem Bericht schreibt, dass man in meinem Lokal freundlich bedient wird, und nicht, dass einem beim Servieren die Nudeln fast in den Ausschnitt gekippt werden.«

»Oh Verzeihung, dass ich dem Ausschnitt von Frau Abele nicht die gleiche Aufmerksamkeit zuteil werden lasse wie du.«

Felix sah sie groß an. »Sag mal, bist du heute auf Drogen oder was?«

»Pia iste eifersuchtig«, erklärte Maria.

»Da hast du dir einen ausgesprochen schlechten Termin ausgesucht, Pia. Da draußen sitzen Gäste vor leeren Gläsern und wundern sich über euer Geschrei in der Küche. Willst du mich ruinieren?«

Pia schüttelte den Kopf. »Du behandelst mich wie ein dummes, kleines Serviermädchen. Ich kann die Drecksarbeit machen und du machst dieser Frau Abele schöne Augen.«

»Aber Pia, ich hab's dir doch erklärt!«

»Mamma mia«, seufzte Maria, »nun sag ihr schon, dass du ihr liebst, Felix.«

»Wen?«

»Na, wen schon? Pia naturalmente. Sag ›ti amo‹ und gib ihr Kuss!«

»Stimmt das, was Maria sagt?«, wollte Pia wissen.

»Was?«

»Na, dass du mich liebst.«

»Das erkläre ich dir später, in aller Ruhe, aber nur, wenn du dafür sorgst, dass meine Gäste jetzt ordentlich bedient werden. Falls es dich beruhigt: Frau Abele liebe ich jedenfalls nicht. So, und jetzt füll die Gläser nach!«

»Kann nix verstehe Männer«, seufzte Maria, »aber deutsche Männer verstehe uberhaupte nicht, nix Romantik, immer nur Arbeit.«

Pia gab sich Mühe, ihr Versäumnis wettzumachen, und als die Gäste spät am Abend nach Hause gingen, schienen alle zufrieden zu sein, auch Frau Abele.

Ohne darüber zu sprechen und so, als sei es die selbstverständlichste Sache der Welt, begleitete Pia Felix nach Hause. Aber diesmal vergaß sie nicht, Oma Bescheid zu sagen, dass sie die Nacht nicht bei ihr zuhause verbringen würde. Oma schien mit dieser Entwicklung der Dinge sehr zufrieden zu sein.

Wer hatte einmal gesagt, das Beste am Streit sei die Versöhnung? Leise Musik, ein Glas Rotwein, Kerzenschein ... das gab es nicht nur im Kino, das gab es auch bei Felix.

Aber konnte man Männer wechseln wie Schuhe? Wenn der eine drückte, griff man einfach zum nächsten? Gerade erst hatte sie mit Ruben Schluss gemacht ... Und trotzdem ... es fühlte sich alles so richtig an ... »Tausendmal berührt, tausendmal ist nichts passiert«, ging es Pia durch den Kopf. Der berühmte Liedtext. Genauso war es. Wie oft schon hatte Felix sie im Arm gehalten, schon damals, als sie sich als Kind beim Klettern im Apfelbaum den Fuß verstaucht hatte, und erst vor kurzem nach ihrem Streit mit Ruben. Felix war Weltmeister im Tränentrocknen. Immer war er der Freund gewesen, der große Bruder, den sie nicht hatte. Immer hatte sie sich bei ihm geborgen gefühlt. Aber da war plötzlich dieses Prickeln, dieses Ziehen im Bauch, das mit Geborgenheit so gar nichts gemein hatte ... Ach, Liebe war so viel komplizierter als Freundschaft! Was, wenn diese Liebe eines Tages genauso in die Brüche ging wie ihre Liebe zu Ruben und den anderen Männern, mit denen sie vor ihm zusammen gewesen war? Dann hätte sie nicht nur einen Liebhaber verloren, sondern auch einen wunderbaren Freund.

War es das Risiko wert?

»He, was ist los?«, fragte Felix, der ihre verspannten Rückenmuskeln unter seinen streichelnden Händen spürte.

»Nichts ... es ist nur ... ich meine, es geht alles so schnell ...«

Felix lachte leise und küsste sie zärtlich auf das Grübchen unter ihrem Hals. »Das nennst du schnell? Ich bin noch nie mit einer Frau ins Bett gegangen, die ich länger kannte als dich.«

»Das ist es ja gerade. Was ist, wenn das mit uns beiden nicht gut geht? Ich meine, dann ...«

»Weißt du was, Pia? Du denkst zu viel. Und du redest zu viel. Aber das hast du ja schon immer getan«, sagte Felix und verschloss Pias Mund mit einem langen Kuss.

Das Letzte, was Pia dachte, bevor sie in dieser Nacht endgültig aufhörte zu denken, war: »Ich hab mir eingebildet, Felix in- und auswendig zu kennen. Aber ich hatte keine Ahnung, dass er so gut küssen kann! Dagegen ist sogar Ruben ein Waisenknabe.«

Ihr Handy klingelte. Pia öffnete mühsam die Augen und schielte auf ihren Radiowecker: sieben Uhr achtzehn, nachtschlafende Zeit nach Pias Zeitrechnung. Sie tastete nach ihrem Handy auf dem Nachttisch und schaute aufs Display – Felix! Na, wenigstens war es ein netter Mitmensch, der ihre Nachtruhe so unsanft beendete. Sicher trieb ihn die Sehnsucht, nachdem sie die heutige Nacht nicht bei ihm, sondern in ihrem Bett bei Oma verbracht hatte.

»Hallo Felix.«

»Hast du die Zeitung schon gelesen?«

Was war denn das für eine Begrüßung?

»Die heutige?«

»Na, welche denn sonst?«

»Ich liege noch im Bett. Es ist noch nicht mal halb acht.«

»Dann würde ich vorschlagen, dass du aufstehst und dir ansiehst, was diese Frau Abele in ihrem Bericht geschrieben hat.« Felix klang nicht so, als sei es etwas Erfreuliches.

»Nicht gut?«, fragte Pia zaghaft.

Felix ließ ein verächtliches Schnauben hören. »Das ist die Untertreibung des Jahrhunderts. Du hättest dir wirklich keinen günstigeren Zeitpunkt für deinen Eifersuchtsanfall aussuchen können als ausgerechnet diesen Abend.«

Jetzt war Pia endgültig wach. »He, willst du damit sagen, dass ich schuld bin, dass diese ...«

»Lies es!«, sagte Felix und beendete das Gespräch abrupt.

Pia schwang die Beine aus dem Bett und ging hinunter in die Küche, wo Oma dabei war, das Frühstück zu richten.

»Na, heute schon ausgeschlafen?«, fragte Oma. »Das ist aber nett, dann können wir ja zusammen frühstücken.«

»Hast du die Zeitung schon reingeholt?«, fragte Pia ohne Umschweife.

Oma verneinte.

»Dann mach ich das mal.«

»Aber zieh dir was über!«, rief Oma ihr nach.

»Frau Häfele wird schon nicht blind werden, wenn sie mich im Schlafanzug sieht«, gab Pia zurück, aber sie war nicht sicher, ob Oma es gehört hatte, denn sie war inzwischen schon im Flur.

Auf Seite dreizehn fand sie den Artikel über das einjährige Jubiläum des *Feli(c)xita*. Er triefte nur so von Spitzen, Häme und Bösartigkeiten.

Was kann man schon von einem Lokal mit dem »originellen« Namen Feli(c)xita *erwarten? Ohne Erklärung, die der Besitzer des Lokals gerne gibt, wird wohl niemand auf Anhieb verstehen, dass es sich um eine Zusammensetzung aus seinem Namen Felix und dem italienischen Wort für Glück, felicità, handelt. Zugegeben, das Ambiente des kleinen Weinlokals ist recht nett, aber was nützt das alles, wenn der Chef lieber mit den anwesenden Damen flirtet, anstatt sich um die Bedienung seiner Gäste zu kümmern. Die italienische Mamma in der Küche und die junge Aushilfskraft, die im Hauptberuf Kinderbücher übersetzt – was sie hoffentlich besser kann als servieren – sind dem offensichtlich nicht gewachsen. Die Gäste warten vor leeren Gläsern auf die Bedienung und müssen froh sein, wenn die ihnen die Nudeln nicht auf den Schoß kippt ...*

Pia stürmte in die Küche, wo sie die Zeitung auf den Tisch knallte und vor Wut in Tränen ausbrach. Oma schob sie auf einen Küchenstuhl, streichelte ihren Rücken und hörte geduldig zu, was Pia erzählte.

»Das ist so gemein! Die blöde Kuh macht Felix fertig. Und alles bloß, weil er nicht auf ihre Avancen eingegangen ist. Und das Schlimmste ist, dass Felix jetzt mir die Schuld an dem Ganzen gibt.«

»Ach Pia, ich glaube, du nimmst die Sache zu ernst. Nichts ist so alt wie die Zeitung von gestern.«

»Sie ist aber von heute.«

»Schon, aber morgen wird sich kein Mensch mehr daran erinnern. Da gibt es schon wieder neue Nachrichten. Der Erfolg von Felix' Lokal hängt doch nicht von einem Zeitungsartikel ab. Die Leute kommen gern in sein Restaurant, sie sind zufrieden, und das spricht sich herum. Komm, nun frühstücke erst mal, dann sieht die Welt schon wieder anders aus.«

Die Welt sah auch nach dem Frühstück nicht anders aus. Ein wenig verantwortlich fühlte Pia sich schon, dass der Artikel so schlecht ausgefallen war, und deshalb hatte sie beschlossen, der Zeitungsredaktion einen Besuch abzustatten. Sie würde mit Frau Abele reden. Aber das war gar nicht so einfach, denn den Damen am Empfangstresen war der Name Abele unbekannt. Es gebe viele freie Mitarbeiterinnen, die für die Zeitung arbeiteten, erklärten sie Pia und verwiesen sie an den Chef der Lokalredaktion, Herrn Franke. Der unterbrach seine Arbeit am Computer und bot Pia höflich einen Stuhl und eine Tasse Kaffee an. Pia erklärte, worum es ging, und Herr Franke las sich den betreffenden Artikel noch einmal durch.

»Nun ja«, gab er zu, »besonders gut kommt Ihr Freund da wirklich nicht weg. Aber wir zensieren die Artikel unserer Mitarbeiter nicht, es sei denn, es handelt sich um etwas politisch Unkorrektes, ausländerfeindliche Aussagen oder Ähnliches. Eine Beurteilung ist immer subjektiv, die Meinung eines Einzelnen, egal ob es sich nun um ein Konzert, eine Ausstellung, eine Buchbesprechung oder wie in Ihrem Fall um ein Lokal handelt. Natürlich will jeder über sich und seine Sache nur Lobendes lesen, das leuchtet mir ein, aber diesen Wunsch können wir nicht immer erfüllen. Bei uns herrscht Meinungsfreiheit.«

Das verstand Pia, aber sie äußerte den Wunsch, mit Frau Abele zu sprechen. »Sie ist sich vielleicht nicht im Klaren darüber, was sie mit ihrem Artikel anrichtet. Ich glaube, sie ist wütend, weil Felix nichts von ihr wissen wollte, also, ich meine, so in puncto Liebe. Aber ich hab gedacht, dass die beiden ... also, ich meine, Felix und diese Frau Abele ... Und deshalb war ich beim Servieren nicht so ... professionell wie sonst.«

Herr Franke schmunzelte. »Verstehe. Hören Sie, ich kann den Artikel nicht zurücknehmen. Aber ich mache Ihnen einen Vorschlag. Wenn das Lokal Ihres Freundes so gut ist, dann gibt es sicher auch zufriedene Gäste. Veranlassen Sie doch den einen oder anderen, einen netten Leserbrief zu schreiben. Ich verspreche Ihnen, dass wir die drucken werden. Und wenn Sie etwas über Frau Abele erfahren wollen, dann müssen Sie sich an meinen Kollegen, Herrn Kolb, wenden. Der hat mir den Bericht hereingereicht. Ich kenne Frau Abele gar nicht.«

Pia bedankte sich und ging zwei Schreibtische weiter zu Herrn Kolb. Dieses Gespräch war aufschlussreich, denn es stellte sich heraus, dass der Artikel Herrn Kolb über einen Freund zugegangen war und der hieß: Ruben. Die Zeitung bekäme öfter unaufgefordert Artikel zugeschickt von Vereinssitzungen oder Veranstaltungen. Man habe gar nicht genug Mitarbeiter, um einen zu jeder Veranstaltung schicken zu können, aber die Zeitung müsse jeden Tag gefüllt werden. Frau Abele habe auch kein Honorar für den Artikel gefordert.

Pia verabschiedete sich. Sie wusste genug. Ruben hatte nach seinem Rausschmiss aus Felix' Lokal Rache geschworen und die hatte er in die Tat umgesetzt. Sie rief Felix an, um ihm diese Neuigkeiten mitzuteilen, aber der zeigte sich unversöhnlich. Dann nahm sie Verbindung zu zwei Stammkunden aus Felix' Lokal auf, die sich bereiterklärten, einen entsprechenden Leserbrief an die Zeitung zu schreiben. Auch Oma wollte Felix helfen und setzte sich mit Pia zusammen, um einen Leserbrief in Felix' Sache aufzusetzen. Pia hatte daran gedacht, mit Ruben zu sprechen, aber Oma hatte ihr davon abgeraten.

Die Leserbriefe erschienen tatsächlich am nächsten Tag, alle drei. Der von Oma war ein wenig gekürzt worden. Aber das war in Ordnung. Oma und Pia waren in ihrem Sendungsbewusstsein ein wenig übers Ziel hinausgeschossen und der Brief war deshalb zu lang geworden, aber das Wichtige war in der Zeitungsfassung erhalten geblieben.

Mit der Zeitung als Trophäe unter dem Arm machte Pia sich auf den Weg zu Felix. An der Tür seines Lokals hing ein Zettel mit der Aufschrift: »Heute wegen Betriebsprüfung geschlossen.« Die Tür ließ sich trotzdem öffnen und Pia trat ein. Das Lokal war leer, aber Felix war bei Maria in der Küche.

»Hallo, ihr zwei!«

Die Begrüßung der beiden fiel nicht besonders herzlich aus.

»Was hast du denn für eine Betriebsprüfung?«, wollte Pia wissen.

Felix schaute sie verwundert an. Als Pia ihm von dem Zettel an der Tür erzählte, stürmte er nach draußen und riss ihn wütend ab. »Jetzt reicht's!«, sagte er. »Kein Wunder, dass mein Lokal heute leer ist. Und ich hab gedacht, es sei wegen des Artikels. Den Kerl zeige ich an wegen Geschäftsschädigung und Rufmord.«

»Du kannst doch nichts beweisen«, warf Pia ein.

»Die Sache mit dem Artikel schon, wenn dieser Redakteur offiziell bestätigt, was er dir gesagt hat.«

»Ruben scheint sein Freund zu sein, und an der Sache ist grundsätzlich nichts Strafbares. Ich werde mit Ruben reden, vielleicht bringt's was. Hast du schon die Leserbriefe in der Zeitung gesehen?«

Pias Anstrengungen schienen Felix zu besänftigen. Sie war froh, dass er ihr nicht mehr böse war.

Abends suchte Pia Ruben auf. Er schien nicht damit gerechnet zu haben, dass sie die Sache mit Frau Abele aufdecken würde. Trotzdem war er nicht bereit, klein beizugeben. Die Angelegenheit sei nicht strafbar. Und der Zettel an der Tür ein »Dummejungenstreich«. Oder habe irgendjemand gesehen, dass er ihn aufgehängt habe? Er machte Pia einen Vorschlag zur Güte: Sie solle die Zeugenaussage zu dem Unfall in München unterschreiben, dann lasse er Felix in Ruhe. Aber Pia dachte nicht daran, sich von ihm erpressen zu lassen.

Sie sah ihn an und konnte nicht verstehen, was sie je an ihm gefunden hatte.

Elly

Lang leben will jeder,
aber alt werden will keiner.
(J. N. Nestroy)

Geburtstag feiern machte Elly schon lange keinen Spaß mehr. Was gab es schon daran zu feiern, dass man ein Jahr älter geworden war? Am liebsten würde sie einfach so tun, als wäre heute ein ganz normaler Tag, aber das war unmöglich. An einem ganz normalen Tag klingelte nicht ständig das Telefon, während sie versuchte, Kuchen zu backen für all die Leute, die heute zu Besuch kommen würden. Und dann musste sie sich über Geschenke freuen, die ihr eigentlich gar keine Freude bereiteten. Blumen waren ihr das Liebste oder ein schönes Buch, aber bitte nichts, was sie aufstellen und abstauben musste. Davon hatte sie schon viel zu viel. Und vor allem nichts für die Gesundheit. Letztes Jahr hatte Ute ihr irgendwelche Stärkungspillen geschenkt. Sollten ihre Lieben es doch dem Arzt überlassen, sie mit Pillen zu versorgen. Ihr Wunsch, ihr doch bitte gar nichts zu schenken, verhallte jedes Jahr ungehört.

Heute Abend, wenn der letzte Besucher das Haus verlassen hatte, würde sie sich wirklich so fühlen, als sei sie ein Jahr älter geworden, dabei war es genau genommen doch nur ein Tag. Wenn sie sich etwas wünschen würde, dann von jedem von ihnen einen Gutschein für einen Nachmittag Zeit. Den könnte sie dann einlösen, wenn die Tage sich lange und einsam aneinanderreihten, könnte jeden ihrer Lieben einzeln und in Ruhe genießen und nicht alle auf einmal.

Elly schalt sich undankbar. Was sie wohl zu einem Geburtstag sagen würde, an dem keiner sie besuchen kam?

Ob Alexander anrufen oder schreiben würde? Warum sollte er? Er würde sich wohl kaum an ihr Geburtsdatum erinnern, und falls doch, würde er keine Lust haben, sich bei ihr zu melden nach seinem Rausschmiss. Sie hatte wenig nette Dinge zu ihm gesagt. Das eine oder andere Wort tat ihr inzwischen leid und sie würde es gern ungeschehen machen. Sie hatte die ganze Zeit auf einen Anruf von ihm gewartet, aber er wollte wohl genauso wenig den ersten Schritt tun wie sie.

Es war leer im Haus ohne ihn. Zum Glück wohnte Pia noch bei ihr, aber die war oft unterwegs. Elly konnte es ihr nicht verdenken. Sie war zurzeit keine interessante Gesprächspartnerin. Ob es richtig gewesen war, Alexander – oder sollte sie Paul sagen – wegzuschicken? Sie vermisste seine kleinen Aufmerksamkeiten, sein Interesse und seine Fürsorge, seine Gesellschaft und seinen Humor.

Wie so oft in den letzten Tagen öffnete Elly das kleine Kästchen, in dem sie Alexanders Sprüche gesammelt hatte und las den letzten, den er ihr gewidmet hatte: *Alles verändert sich mit dem, der neben einem ist oder neben einem fehlt. Christine Brückner.* Sie musste den Zettel nicht umdrehen, sie wusste, was auf der Rückseite stand: *Für mich hat sich alles verändert, seit du neben mir bist, Elly.* So hatte auch Elly empfunden. Und jetzt hatte sich alles verändert, weil Alexander neben ihr fehlte. Mit einem Seufzer legte Elly den Zettel in das Kästchen zurück.

Pia hatte sich große Mühe gegeben. Sie war heute Morgen extra früh aufgestanden, um liebevoll den Tisch zu decken. Um Ellys Frühstücksgedeck hatte sie eine Girlande aus bunten Blüten gelegt und in die Mitte des Tischs einen Strauß aus blauen, weißen und rosa Hortensien gestellt.

Elly bekam feuchte Augen. Zum einen vor Rührung, zum anderen in Erinnerung an Alexanders Sprüche und Nougatherzen. Sie versuchte, sich das Frühstück nicht durch traurige Gedanken trüben zu lassen.

Pia hatte einen Piccolo geöffnet und Elly und sich ein Glas eingeschenkt. »Auf dich, Oma, und auf ein gesundes, glückliches neues Lebensjahr!«

»Ich danke dir, mein Schatz. Es ist schön, dass du heute da bist.«

»Auf dein Geschenk musst du warten, bis heute Nachmittag alle da sind. Dieses Jahr gibt es ein Geschenk von allen zusammen, etwas Größeres.«

Ob das eine gute oder eine schlechte Nachricht war? Was konnte »etwas Größeres« sein? Hoffentlich kein neuer Fernseher. Ihr Enkel Tobias lag ihr schon lange damit in den Ohren, dass es jetzt Flachbildschirme mit einer tollen Bildqualität gäbe. Aber so einen Schnickschnack brauchte Elly nicht. Ihr genügte ihr alter Fernseher vollkommen. Und er hatte einen Riesenvorteil: Sie kam mit den Knöpfen ihrer Fernbedienung zurecht. Sie brauchte einen Knopf zum An- und Ausschalten, einen, um die Programme zu wählen, und einen, um die Lautstärke einzustellen. Alles andere machte die Sache nur kompliziert. Sie zeichnete nichts auf, und diese ganzen Bildtafeln und Informationen brauchte sie auch nicht. Eine so einfache Fernbedienung gab es bei den neuen Fernsehern sicher gar nicht mehr, dafür immer mehr Knöpfe, und die wurden immer kleiner, damit sie alle auf die Fernbedienung draufpassten. Aber die Hersteller hatten dabei nicht an ihre alten Finger gedacht, die einfach nicht mehr so geschickt waren. Sie hoffte sehr, dass ihr alter Fernseher sie überleben würde, denn sie hatte wirklich keine Lust, sich noch einmal an einen neuen zu gewöhnen.

Oder hatte Werner sich womöglich mit seiner Idee vom Vakuumsauger durchgesetzt? Bloß das nicht! In ihrem Keller standen schon etliche hilfreiche Haushaltshelfer von Werner herum. Darunter ein zwölfteiliges Edelstahltopfset für ihren Einpersonenhaushalt, ein neuartiger Dampfgarer, ein Wischmopp-Set und eine Milbendüse, mit der man Milben und andere unappetitliche Mitbewohner aus Kissen und Matratzen entfernen konnte.

Von Wolfgang, Utes Mann, drohte anderes Ungemach. Er wollte ihr dauernd das Internet schmackhaft machen. Damit vergehe ihr die Zeit wie im Flug. Das tat sie sowieso, und das fand Elly ganz und gar nicht erstrebenswert. Wenn sie Zeit übrig hatte, dann war ihr ein Buch allemal lieber als das Internet.

Leider war Pia nicht bereit, sich etwas über das zu erwartende Geschenk entlocken zu lassen.

»Du wirst dich drüber freuen, Oma, ganz bestimmt. Und du musst heute nichts machen. Ute, Franziska und Trudi werden Kuchen mitbringen. Und heute Abend kommt Felix und grillt für alle im Garten. Zuerst wollten wir zum Essen nach Kirchheim gehen, aber dann hatte Felix die Idee, hier zu grillen, wenn das Wetter schön ist. Er hat ja heute Abend Zeit, weil Montag ist. Was sagst du? Ist doch eine Superidee! Felix macht noch ein paar Vorspeisen, ich mache einen gemischten Salat und Ute hat gesagt, dass sie Kartoffelsalat mitbringt.«

»Ist denn alles wieder gut zwischen Felix und dir?«, wollte Elly wissen.

Pia nickte. »Gott sei Dank.«

»Und Ruben?«

»Im Moment gibt er Ruhe. Keine Ahnung, für wie lange. Aber vielleicht hat er seine Rachegelüste mit dem bösartigen Artikel gestillt. Oder er hat eingesehen, dass es kindisch ist, wie er sich verhält. Nun, was hältst du davon, deinen Geburtstag hier zu feiern?«

Eigentlich wäre es Elly lieber gewesen, in Kirchheim bei Felix zu essen, aber das konnte sie Pia doch nicht sagen, wo die schon alles organisiert hatte. Es würden eine Menge Leute in ihrer Küche herumfuhrwerken, und dauernd würde jemand rein- und rausrennen, die Kinder allen voran. Vermutlich würde wieder etwas zu Bruch gehen, so wie letztes Jahr, als es Großmutters schöne, alte Glaskaraffe getroffen hatte. Ach, warum regte sie sich auf? Sie sollte nicht so sehr an den Dingen hängen, sie konnte nichts davon mitnehmen.

Es war doch rührend, wie viele Gedanken sich alle machten, um ihr eine Geburtstagsfreude zu bereiten.

Wie schön es wäre, wenn Alexander jetzt hier an ihrem Frühstückstisch sitzen würde. Elly schob den Gedanken ärgerlich beiseite. Vielleicht würde er ja doch noch anrufen und ihr Gelegenheit geben, ein paar hässliche Worte aus der Welt zu schaffen.

Die Familie hatte ihr eine Reise geschenkt. Pia würde sie begleiten. Das war wirklich eine Überraschung und sehr viel besser als ein Fernseher oder ein Vakuumstaubsauger! Nur, wohin die Reise ging, das wollte die Familie ihr partout nicht verraten. Elly verstand nicht, warum sie so ein Geheimnis darum machten.

»Aber ich muss doch wissen, ob ich Wanderstiefel oder schicke Schuhe mitnehme! Ihr habt hoffentlich daran gedacht, dass ich nicht mehr auf Berge steigen und stundenlang Pflaster treten kann.«

»Keine Angst, Uri«, sagte Max, »du kannst da auch mit dem Schiff fahren.«

»Woher weißt du das denn?«, fragte Sandra ärgerlich.

»Max hat gelauscht«, verkündete Moritz triumphierend.

»Blöde Petze!«, schimpfte Max und boxte seinen Bruder in den Bauch.

Dem schossen Tränen in die Augen.

»Komm her«, sagte Elly, zog Moritz auf ihren Schoß und drückte ihn an sich. Es war nicht immer leicht für ihn. Bis vor einem Jahr war er das Nesthäkchen gewesen, aber seit Sophia da war, war er der Mittlere, für vieles zu klein, für anderes zu groß.

»Wenn du Uri etwas verrätst, gibt es eine Woche Fernsehverbot«, drohte Sandra.

»Kinder, hört auf zu streiten, ich will es ja gar nicht wissen«, versuchte Elly Frieden zu stiften. Dann flüsterte sie Moritz ins Ohr: »Ich hab ein Trösterle für dich. Komm mal mit.«

»Das hab ich gehört, Uri«, sagte Max und folgte Elly und Moritz in die Küche.

»Bitte noch einen, Uri«, bettelte Max, als er seinen Riegel Schokolade in Empfang nahm.

Elly hatte es nicht fertiggebracht, nur Moritz einen zu geben.

»Ich auch«, sagte Moritz.

»Nein, Kinder, das reicht. Es gibt doch noch Kuchen und nachher Würstchen und Kartoffelsalat.«

»Bitte, bitte«, bettelte Max und setzte seinen Hundeblick auf. Ellys Widerstand begann zu bröckeln. »Ich sag dir auch, wo du mit Pia hinfährst«, versprach er.

»Darfst du gar nicht, hat Mama gesagt«, protestierte Moritz.

»Sei bloß still, du blödes Mamakind«, ärgerte Max seinen Bruder.

»Max!«, schimpfte Elly. »Außerdem hat Moritz Recht.«

»Sie hat gesagt, ich darf's nicht sagen. Aber ein bisschen davon erzählen ist ja nicht sagen, wie es heißt, oder?« Max grinste und entblößte dabei eine große Lücke, dort, wo bis vor Kurzem seine Milchzähne gewesen waren. »Also, pass auf, da gibt es Boote, die schiebt man mit einer langen Stange durchs Wasser.«

»Du meinst die Stocherkähne in Tübingen?«, fragte Elly.

Die kannte Max, beim Stocherkahnrennen waren sie alle zusammen schon einmal gewesen. Das wäre allerdings eine kurze Reise.

»Nee!« Max schüttelte den Kopf. »Aber so ähnlich. Da, wo ich meine, da sind die Straßen aus Wasser.«

»Der Spreewald«, riet Elly.

Das würde ihr als Reiseziel gut gefallen. Da wollte sie schon lange einmal hin. Nur nicht im Sommer, da sollte es dort viele Mücken geben.

»Ey, Uri, im Wald gibt's doch keine Boote und Straßen aus Wasser«, lachte Moritz.

»In dem Wald schon«, sagte Elly. »Ich zeig dir mal ein Foto davon.«

»Das, was ich meine, ist weit weg«, berichtete Max. »Da muss man mit dem Flugzeug hinfliegen.«

Langsam dämmerte Elly, was er meinte. »Venedig?«

»Ich darf's doch nicht verraten«, sagte Max und grinste verschmitzt.

»Wir dürfen's nicht verraten«, echote Moritz.

Wie kam ihre Familie darauf, ihr ausgerechnet eine Reise nach Venedig zu schenken? Vor einigen Wochen hätte sie sich noch darüber gefreut, aber jetzt? Es war die Reise, die Alexander mit ihr zusammen unternehmen wollte. Hätte Pia sich nicht denken können, dass das im Moment nicht das perfekte Reiseziel war?

»Uri, können wir unseren Kuchen im Baumhaus essen?«, wollte Max wissen.

»Wenn's eure Mama erlaubt.«

»Aber dann brauche ich ein rotes Tuch um den Kopf. Wir sind nämlich Seeräuber.«

»Ich auch«, sagte Moritz.

»Und einen Säbel.«

»Ich auch.«

Elly schickte die beiden nach oben in Gudruns Zimmer, in dem jetzt Pia schlief. Dort stand im obersten Fach des Kleiderschranks ein Karton mit Faschingssachen.

»Nehmt die kleine Trittleiter mit nach oben«, sagte Elly, »sonst kommt ihr nicht dran.«

Es dauerte nicht lange, da waren die beiden wieder da. »Guck mal, Uri, was wir im Schrank gefunden haben. Da ist so ein Boot drauf wie in der Stadt, wo du jetzt hinfährst. Können wir das als Schatzkiste haben? Sind bloß olle Bücher drin.«

Elly fühlte einen Stich in der Herzgegend. Die Schachtel, die Alexander liebevoll für sie verziert und gefüllt hatte!

»Nein. Stell das sofort wieder dahin, wo du es geholt hast. Ihr könnt euch die Schachtel mit den Faschingssachen nehmen, von allem anderen lasst ihr die Finger, verstanden?«

So streng sprach Elly selten mit den Kindern. Sie schauten sie erschrocken an, nickten mit dem Kopf und trollten sich nach oben.

Abends vervollständigten die Männer ihre Geburtstagsrunde. Felix hatte wie versprochen eine große Platte mit Antipasti mitgebracht und auf Pias speziellen Wunsch Focaccia, das würzige Fladenbrot, von dem Pia nie genug bekommen konnte. Felix hatte es schon vorbereitet und musste es nur noch kurz ausbacken. Es war noch nicht einmal richtig abgekühlt, als Pia auch schon ein Stück davon abbrach und in den Mund schob.

»Möchte wissen, was Felix da reinmischt. Ich bin ganz süchtig nach dem Zeug. Bestimmt so einen Geschmacksverstärker wie bei Chips. Da kann ich auch nicht aufhören, bevor die Tüte leer ist.«

»Beleidige den Koch nicht«, beschwerte sich Felix. »In meiner Küche gibt es nur einen Geschmacksverstärker, der fängt mir ›a‹ an und hört mit ›e‹ auf.«

»Aroma, sag ich doch.«

»Seit wann hört Aroma denn mit e auf?«, lachte Felix. »Aber die anderen Buchstaben stimmen schon, nur in anderer Reihenfolge. Na?«

»Amore!«, rief Sandra dazwischen, während Pia noch überlegend die Stirn runzelte.

»Kluges Mädchen«, lobte Felix. »Zur wahren Kochkunst gehört Liebe. Frag mal Maria.«

Auch Mathias war anscheinend nach Liebe zumute. Er stand hinter Franziska, hatte die Arme um ihre Taille gelegt und schaute ihr über die Schulter zu, wie sie Salat putzte.

»Kennst du den Spruch, der bei Felix über der Küchentür hängt?«, fragte Pia, grinste frech zu ihm herüber und beantwortete sich die Frage gleich selbst. »Viele Köche verderben die Köchin.«

Alle lachten.

»Sag mal, bist du schwanger?«, wandte Elly sich unvermittelt an Franziska mit Blick auf Mathias' Hände, die zärtlich auf Franziskas Bauch lagen.

Franziska schaute irritiert auf. »Wie kommst du denn darauf? Ich bin immerhin schon vierundvierzig.«

»Na und? Heutzutage bekommen viele Frauen mit über vierzig noch Kinder«, stellte Elly ungerührt fest. »Also ich würde mich freuen, wenn du und Mathias ...«

»Also wirklich, Oma«, mischte sich jetzt Pia ein, »du kannst doch nicht ...«

»Ich glaube, ich gehe dann mal zu den anderen an den Grill«, sagte Mathias, löste sich ein wenig unwillig von Franziska und drückte ihr einen flüchtigen Kuss auf die Wange.

Gutmütiges Gelächter begleitete ihn, als er die Küchentür hinter sich schloss.

»Lieber heißer Grill als heißes Thema. Ich glaube, das war eine Frage zu viel«, lachte Sandra und schaute durchs Küchenfenster auf die Männergruppe, die sich fachsimpelnd um den Gartengrill versammelt hatte.

Die Küchentür ging auf. »Uri, da ist eine Frau, die schimpft dauernd über den Zaun mit uns. Die sagt, wir wären zu laut. Aber ein Seeräuber muss doch schreien, das gehört dazu«, beschwerte sich Max.

Und Moritz bestätigte: »Das gehört dazu.«

»Oh je, die Gomorrha«, stöhnte Pia.

Seit Frau Häfele ihnen den Zettel in den Briefkasten gesteckt hatte, hieß sie nur noch ›die Gomorrha‹ bei ihnen.

»Bei euch in der Nachbarschaft wohnt jemand von der Mafia?«, fragte Ute erschrocken.

»Nicht Camorra«, lachte Pia, »Gomorrha!«

Dann erzählte sie, woher Frau Häfele ihren Spitznamen hatte.

»Die ist bestimmt neidisch, weil's bei uns so gut riecht«, vermutete Max. »Die will sicher ein Würstchen abhaben. Aber die kriegt keins!«

»Nee, die kriegt keins!«, bestätigte Moritz.

»Warum laden wir sie nicht einfach zum Essen ein? Es ist bestimmt genug da«, schlug Ute vor.

»Bist du verrückt? Die Giftspritze?«, fragte Pia.

»Die soll bloß wegbleiben«, jammerte Moritz. »Ich will keine Spritze mit Gift.« Er drückte sich schutzsuchend an Sandras Bauch. Ihm reichten schon die Spritzen, die er beim Arzt bekam.

Sandra erklärte ihm, was es mit dem Begriff auf sich hatte. »Vielleicht ist Mamas Idee gar nicht so blöd«, meinte sie dann. »Damit nehmen wir Frau Häfele den Wind aus den Segeln. Kann sein, dass es heute spät und laut wird bei uns. Wenn sie mitfeiert, wird sie kaum die Polizei rufen.«

Elly war nicht begeistert von der Vorstellung, ausgerechnet mit Frau Häfele ihren Geburtstag zu feiern, aber schließlich gab sie nach. Sandra wurde als neutrale Abordnung zum Zaun geschickt, und eine halbe Stunde später stand Frau Häfele mit einem Strauß roter Gartenrosen ein wenig verlegen am Gartentor.

»Passed bloß uff«, warnte Karl seine beiden Mitbewohner, die mit ihm beim Grill standen, »dass se sich net oin von uns als Opfer raussucht. Mit so alleinstehende Nachbarinnehen mr ja scho unsre Erfahrunge gmacht.«

»Ich bin mit Fräulein Häusler schon hinreichend versorgt«, wehrte Hugo ab und legte noch Fleisch und Würstchen auf den Grill.

»Und i mit meiner Marga. Also wärsch jetzt du an dr Reih!«, sagte er zu Ernst.

»I glaub, i ess mei Fleisch lieber bei Max und Moritz im Baumhaus.«

»Feigling«, zog Hugo ihn auf, hatte aber vollstes Verständnis.

Der Abend verlief trotz Frau Häfeles Anwesenheit sehr harmonisch. Der Prosecco mit Walderdbeerlikör, den Felix vor dem Essen serviert und mit dem sie auf Ellys Geburtstag angestoßen hatten, war ihr wohl ein wenig zu Kopf gestiegen. Er hatte ihre Wangen in der Farbe der Erdbeeren getönt und sie offensichtlich verträglich gestimmt. Vielleicht lag das auch an Ernsts Gesellschaft. Als sie gehört hatte, dass er Lehrer gewesen war, belegte sie ihn mit Beschlag. Auch eine ihrer Töchter war Lehrerin, und so unterhielt sie sich begeistert mit Ernst über G8, G9 und das neue Konzept der Gemeinschaftsschule.

»Sag i's net«, sagte Karl und zwinkerte Hugo zu, »des nenn i Gerechtigkeit.«

»Ich nicht«, gab Hugo zurück. »Du hast dir deine Marga selbst ausgesucht, bei Karl und mir war's Damenwahl.«

»Tja, Hugo, des sin die neue Zeite. Des nennt mr Emanzipation.«

Elly war inzwischen froh, dass ihr Geburtstag bei ihr zuhause gefeiert wurde. Es war schön, draußen im Garten zu sitzen. Langsam brach die Dämmerung herein.

Soeben hatte Elly von Felix ein letztes Geburtstagsgeschenk bekommen, und was für eins – einen köstlichen Nachtisch, der nach Zitrone und Beeren schmeckte und ab sofort auf Felix' Speisekarte als »Semifreddo Elly« geführt werden würde. Wer sagte, dass man auch mit vierundachtzig Jahren nicht noch herrliche Überraschungen erleben konnte?

Mathias hatte seinen Arm um Franziska gelegt und flüsterte ihr etwas ins Ohr. Franziska lachte leise und sah ihm verliebt in die Augen. Elly mochte Mathias. Er war ein feiner Kerl. Zum Geburtstag hatte er ihr eine Spieluhr geschenkt, die er auf einem Flohmarkt entdeckt und liebevoll restauriert hatte. »Bloß nicht noch mehr Nippes ansammeln«, lautete Ellys Mantra eigentlich, aber mit diesem Geschenk verhielt es sich anders. Sie hatte Mathias einmal von der Spieluhr erzählt, die sie als Kind besessen und sehr geliebt hatte und die im Krieg verloren gegangen war. Deshalb hatte Mathias ihr diese Spieluhr geschenkt, und deshalb war sie für Elly kein unnützer Nippes, sondern eine besonders liebevoll ausgesuchte Aufmerksamkeit.

Ein wenig beneidete Elly die jungen Frauen um diese neue Männergeneration, die sich nicht nur phantasievolle Geschenke ausdachte, sondern auch ein Bügeleisen in die Hand nahm und bei ihren Kindern die Windeln wechselte. Das wäre zu ihrer Zeit undenkbar gewesen. Wenn Franziska klug war, dann heiratete sie dieses Prachtstück von Mann möglichst schnell. Warum sie das nicht schon längst getan hatte?

Ach, wie schön es war, an diesem lauen Sommerabend hier draußen zu sitzen, zusammen mit all diesen Menschen, die ihr am Herzen lagen. Pia hatte alte Lampions im Keller aufgestöbert und im Garten aufgehängt. Der Rotwein in den Gläsern funkelte im Schein der Kerzen. Max und Moritz tuschelten im Baumhaus und warfen Lichtkegel mit ihren Taschenlampen. Sie hatten alles Mögliche nach oben geschleppt und beschlossen, im Baumhaus zu übernachten, wozu ihre Eltern aber noch nicht ihre Zustimmung gegeben hatten. Die kleine Sophia schlief friedlich oben in Ellys Schlafzimmer. Pia und Felix standen eng umschlungen in einer dunklen Ecke des Gartens und küssten sich.

»Endlich«, dachte Elly, »war auch langsam Zeit geworden!«

Wenn das Alexander wüsste, dass sie doch noch Recht behalten hatte.

Sie hatte den ganzen Tag vergeblich auf seinen Anruf gewartet.

Pia

*Wenn einer eine Reise tut,
dann kann er was erzählen.*
(Sprichwort)

Mit Oma zu verreisen war eine aufregende Angelegenheit.

Vor der Abreise musste die Wäsche bis auf den letzten Slip gewaschen und gebügelt sein. Die Spülmaschine wurde am Abend vorher in Gang gesetzt, damit Oma sie am anderen Morgen noch ausräumen konnte. Das Frühstücksgeschirr musste deshalb von Hand abgespült werden, denn es durfte sich während Omas Abwesenheit kein schmutziges Geschirr in ihrem Haus befinden, auch nicht in der Spülmaschine. Dann wurden die Betten gemacht und die Waschbecken geputzt. Dass Pia auch noch duschen wollte, passte Oma gar nicht in den Kram.

»Du wirst doch mal einen Tag ohne Dusche auskommen. Wir haben früher auch nicht jeden Tag geduscht. Reib nur alles sorgfältig trocken, wenn du fertig bist, sonst gibt es Kalkflecken.«

Das Gleiche galt für die Waschbecken. Dass Pia kurz vor der Abfahrt noch einmal zur Toilette musste, entlockte Oma einen Seufzer. Pia hatte schließlich das frisch geputzte Waschbecken beim Händewaschen verspritzt und so konnte das nicht bleiben, bis Oma in drei Tagen wiederkam. Also musste Oma es noch einmal auswischen, bevor sie das Haus verließen.

Vorher musste aber noch kontrolliert werden, ob der Wasserhahn in der Waschküche abgedreht, die Kabel von Wasserkocher und Kaffeemaschine herausgezogen und der Herd ausgeschaltet waren. Kein Wunder, dass Oma heute Morgen schon um fünf Uhr durchs Haus gegeistert war.

»Oma, du bist in drei Tagen schon wieder da, und bis dahin betritt kein Mensch dein Haus. Es ist also nicht nötig, dass du vorher noch Großputz machst. Und sollte ein Einbrecher kommen, dann wird es dem ziemlich schnuppe sein, ob deine Waschbecken frisch geputzt sind.«

»Das verstehst du nicht, Kind. Komm erst mal in mein Alter, dann kannst du mitreden. Und von Einbrechern will ich gar nichts hören, sonst bleibe ich gleich zuhause. Schrecklich, was man da in letzter Zeit alles hört von diesen Banden aus dem Osten.«

»Nun komm, sonst ist unser Flugzeug weg. Karl wartet schon draußen.«

Karl war so nett, sie zum Stuttgarter Flughafen zu fahren.

Sie saßen kaum im Auto, da fragte Oma: »Hab ich auch die Haustüre abgeschlossen?«

»Hast du, Oma.«

»Bist du ganz sicher?«

»Ganz sicher, Oma.«

»Und der Herd?«

»Ist ausgeschaltet.«

»Meine Güte, das Bügeleisen! Ich hab gestern Abend noch die letzten Sachen gebügelt. Karl, dreh noch mal um, sonst habe ich das ganze Wochenende keine Ruhe.«

»Nein, wir drehen nicht um!«, protestierte Pia. »Das Bügeleisen ist aus. Im Übrigen wäre dein Haus sonst schon letzte Nacht abgebrannt.«

Karl lachte.

»Ich finde das nicht lustig«, beschwerte sich Oma.

»Weißt du was, Oma? Nächstes Mal nehmen wir dein Bügeleisen mit. Dann kannst du dich jederzeit versichern, dass es ausgeschaltet ist. Du bist ein richtiger Zwängler, weißt du das?«

»Ein was?«

»Du hast Zwangsvorstellungen. Das ist krankhaft. Du musst zum Psychologen.«

»Unsinn, ich muss zu Hause bleiben, dann bleiben mir diese ganzen Aufregungen erspart.«

»So siehst du aus.«

Als Oma am Flughafen erfuhr, dass die Reise nach Venedig ging, schien sie nicht besonders überrascht zu sein. Vielleicht hatten Max und Moritz doch etwas durchsickern lassen. Jedenfalls schien Oma sich zu freuen. Was ihr weniger behagte, waren die Sicherheitsvorkehrungen am Flugplatz. Es gefiel ihr überhaupt nicht, dass ihre Handtasche durchleuchtet wurde.

»Die sehen ja alles, was ich in meiner Tasche habe. Das geht die doch gar nichts an!«, empörte sie sich.

Als sie ihre Handtasche aber auch noch öffnen und ihre Nagelfeile herausholen musste, war sie wirklich ärgerlich. Oma besaß, seit Pia denken konnte, ein kleines Etui aus Leder mit Spiegel, Kamm und einer kleinen Nagelfeile.

»Tut mir leid«, sagte die Beamtin, »aber die Feile müssen wir konfiszieren.«

»Konfiszieren? Meine Nagelfeile? Die gehört zu meinem Taschenspiegel, das sehen Sie doch!«

»Sicher«, erklärte die Beamtin geduldig, »aber das sind Sicherheitsvorschriften. Ich muss mich daran halten. Tut mir leid.«

»Sicherheitsvorschriften? Meinen Sie, ich würde jemanden mit dieser Feile erstechen? Das ist ja wohl lächerlich.«

Hinter ihnen in der Schlange wurde es unruhig.

»Oma, nun komm schon, du hältst den ganzen Verkehr auf. Da kaufst du dir eben eine neue Feile, wenn du zurückkommst.«

»Eine neue Feile? Bei euch jungen Leuten wird immer alles gleich neu gekauft! Diesen Taschenspiegel habe ich mal von Opa geschenkt bekommen. Das war, als wir im Tannheimer Tal Urlaub gemacht haben. Da lag dieses Etui im Schaufenster von einem kleinen Geschäft, in dem ...«

»Oma, nun komm endlich, sonst geht der Flieger noch ohne uns!«

Pia war froh, als sie endlich mit Oma im Warteraum saß.

»Ein Glück, dass die nicht noch von mir verlangt haben, dass ich meine Schuhe ausziehe, so wie der Mann vor uns. Aber das hätten sie bereut. Das hätte eine Weile gedauert, und einen Stuhl hätten sie mir auch bringen müssen. Ich kann mich nicht so einfach hinunterbücken, und auf einem Bein balancieren kann ich auch nicht. Also, das Fliegen ist auch nicht mehr das, was es mal war. Früher, als ich noch mit Opa geflogen bin, da gab es diesen ganzen Quatsch nicht. Da musste man auch nicht schon zwei Stunden vorher am Flugplatz sein.«

»Ich weiß, Oma, früher war alles besser.«

»Nicht alles, Kind, aber vieles. Sag mal, ist das da drüben nicht Ruben?«, fragte sie dann.

Pia folgte ihrem Blick, und tatsächlich, zwei Stuhlreihen weiter saß Ruben. Glücklicherweise war er intensiv mit der auffallend gutaussehenden Blondine an seiner Seite beschäftigt und hatte Pia offensichtlich bisher nicht entdeckt. Sie drehte sich schnell weg, damit er sie nicht erkannte.

»Vermutlich eine Mitarbeiterin«, sagte Oma, »sicher ist er mal wieder auf Geschäftsreise.«

»Na ja, falls es eine Mitarbeiterin ist, dann eine mit weiterreichenden Befugnissen. Aber es macht mir nichts aus, Oma. Das Kapitel ist für mich abgeschlossen. Ich weiß gar nicht, was ich mal an ihm gefunden habe. Na ja, solange er mit der Blonden beschäftigt ist, wird er wenigstens kein Interesse mehr haben, Felix zu schikanieren. Komm, unser Flug wird aufgerufen.«

Pia hatte ein Hotel in der Nähe der Piazzale Roma ausgesucht. Es war ein Palast aus dem 15. Jahrhundert, an einem kleinen Seitenkanal gelegen. So hatten sie vom Busbahnhof aus nicht weit zu gehen. Dort würden sie in jedem Fall ankommen, egal ob sie mit dem Schiff bis zur Anlegestelle bei der Piazzale Roma fuhren oder den Bus vom Flugplatz aus nahmen. Oma entschied sich für das Schiff. Das dauerte ziemlich lange, weil es viele Stationen anfuhr, bevor es endlich in San Marco ankam, wo sie in ein Vaporetto der Linie Eins umsteigen und den Canal Grande hinauffahren konnten. Aber das war Oma egal, sie war schließlich nicht nach Venedig gekommen, um mit dem Bus zu fahren. Dass sie allerdings für ihr Gepäck einen Extra-Fahrschein lösen musste, fand sie empörend.

»Eigentlich mag ich sie ja, diese Italiener. Das sind gutaussehende, charmante Menschen. Schau dir nur mal den Kontrolleur an. Sieht er nicht fesch aus in seiner Uniform? Nur gut, dass wir die Koffer nicht an Bord geschmuggelt haben.« Das hatte Oma in ihrer anfänglichen Empörung tatsächlich vorgehabt. »Aber ein bisschen Mafioso steckt auch in ihnen. Knöpfen einem das Geld ab, wo's nur geht! Mein Gott, Pia, schau doch mal! So schön habe ich es mir wirklich nicht vorgestellt. Im Fernsehen habe ich das ja schon öfter gesehen, aber so in Wirklichkeit ist es noch viel schöner, findest du nicht? Nur gut, dass ich nicht am Flugplatz umgedreht bin, um wieder nach Hause zu fahren, als sie mir die Feile abgeknöpft haben. Es wäre jammerschade gewesen. Dieser Anblick ist den Verlust der Nagelfeile allemal wert. Es wäre sogar das ganze Etui wert gewesen, aber das sagen wir denen natürlich nicht. Schau mal da, die Rialtobrücke! Ach, ist das schön!«

Was ihre Redelust und ihr Sprechtempo anging, stand Oma den Italienern in nichts nach.

»Schade«, sagte Oma, als sie an der Anlegestelle aussteigen mussten. »Ich könnte glatt noch mal zurückfahren, so schön war das.«

»Später kaufen wir ein Ticket, mit dem kannst du Vaporetto fahren, soviel du willst, die ganzen drei Tage. Aber jetzt bringen wir erst einmal das Gepäck ins Hotel«, sagte Pia.

»Nur die Fenster, die sollten sie mal putzen an ihren Schiffen, dann könnte man die Paläste viel besser sehen«, bemängelte Oma.

»Statt zuhause so viel herumzuputzen, hättest du lieber dein Sidolin einpacken sollen. Dann könntest du den Italienern mal zeigen, was eine saubere, schwäbisch geputzte Fensterscheibe ist.«

»Sei nicht so frech! Außerdem hätten sie mir die Flasche am Flugplatz sowieso abgeknöpft, weil sie Angst gehabt hätten, dass ich jemanden damit k. o. sprühe.«

Elly

An Rheumatismus und an die wahre Liebe
glaubt man erst,
wenn man davon befallen ist.
(Marie von Ebner-Eschenbach)

Ach, wie einfach das Verreisen doch für junge Leute war! Die packten ihre Zahnbürste, zwei Slips und ein T-Shirt in ihren Rucksack, zogen die Haustür zu und weg waren sie.

Bei Elly fing das Problem schon beim Kofferpacken an. Und an was sie alles denken musste, bevor sie das Haus verließ! In der Nacht vor der Abreise hatte sie lange nicht einschlafen können, weil ihr so viele Gedanken im Kopf herumgingen. Sie hätte die ganze Reise am liebsten abgeblasen, aber das wäre ja nicht gegangen, und jetzt war sie froh darüber.

Ach, was war dieses Venedig doch für eine herrliche Stadt! Sie wünschte sich, sie könnte eine Zeitreise in die Vergangenheit machen und all das bewundern, als es noch neu und prächtig gewesen war, bevor das Wasser und der Zahn der Zeit daran genagt hatten. Aber selbst angenagt war Venedig schöner als jede andere Stadt, die Elly in ihrem Leben gesehen hatte.

Nur hätte sie diese Reise früher machen sollen, als sie die Treppenstufen der kleinen Brücken noch so leichtfüßig bewältigt hätte wie Pia. Die hatte in jeder Hand auch noch einen Koffer. Zum Glück gab es inzwischen diese praktischen Rollenkoffer, die man hinter sich herziehen konnte. Aber über die Brücken musste Pia die Koffer tragen. Elly hatte schon ohne Gepäck genug zu tun, die Stufen hinauf- und wieder hinunterzusteigen. Venedig war keine Stadt für alte Leute. Sie würde hier so oft wie möglich mit dem Schiff fahren. Was wohl die Venezianer machten, wenn sie alt wurden? Ob das Treppensteigen sie jung hielt? Oder ob sie im Alter von Venedig wegzogen?

Pia behauptete, es lebten in Venedig ohnehin nicht mehr viele Einheimische, den meisten sei es in der Stadt viel zu teuer. Sie würden in Mestre auf dem Festland leben und nur zum Arbeiten herkommen. Deshalb sei es abends sehr ruhig in Venedig, wenn die Tagestouristen und die Geschäftsleute die Stadt verlassen hatten. Elly freute sich darauf, Venedig in der Dämmerung zu erleben. Es musste zauberhaft aussehen, wenn sich die Lichter im Wasser der Kanäle spiegelten.

Das Hotel läge nicht weit von der Anlegestelle beim Busbahnhof entfernt, hatte Pia gesagt. Sie hatten die große Brücke, die über den Canal Grande Richtung Bahnhof führte, links liegen gelassen, waren geradeaus bis zu einer kleineren Brücke gegangen und dahinter nach rechts in einen Seitenkanal abgebogen. Ihr Weg hatte an einem Park entlanggeführt, dann über eine weitere Brücke, danach nach links, bis nach kurzer Zeit ein anderer Kanal ihren Weg kreuzte.

Pia blieb stehen, schaute auf ihren Stadtplan und wandte sich dann nach rechts. Kurz bevor Kanal und Weg einen Knick machten, tauchte linker Hand schon wieder eine kleine Steinbrücke auf, die Pia zielstrebig ansteuerte.

»Sag jetzt bitte nicht, dass wir da rübermüssen«, seufzte Elly, die ohnehin Mühe hatte, mit Pia Schritt zu halten. »Wie viele Brücken gibt es denn in Venedig?«

»Keine Ahnung, Oma, vermutlich eine ganze Menge«, lachte Pia, »aber du hast es gleich geschafft. Das große Gebäude auf der anderen Seite ist es schon.«

Während Elly sich eine kurze Verschnaufpause gönnte, bewunderte sie staunend die prächtige Fassade mit den hohen, spitz zulaufenden gotischen Fensterbögen. Dieser Anblick und die Tatsache, dass sie fast am Ziel angekommen war, weckten ihre Lebensgeister.

»Meine Güte, Pia, das ist ja ein richtiger Palast! Und du bist sicher, dass das unser Hotel ist? Da muss die Übernachtung ja ein Vermögen kosten.«

»Stimmt. Ich meine, dass es ein Palast ist. Aber du kannst beruhigt sein. Es ist ein Drei-Sterne-Haus und durchaus erschwinglich.«

Als sie durch die breite Glastür mit der Aufschrift *Hotel Al Sole* traten, standen sie in der Hotelhalle und schauten geradeaus in einen von altem Gemäuer umgebenen und von grünen Ranken beschatteten Innenhof. Unter großen gelben Sonnenschirmen standen runde Tische mit filigranen, weißen Stühlen.

»Ach, ist das hübsch«, entfuhr es Elly. »Wie romantisch das aussieht, richtig einladend. Da möchte ich einen Kaffee trinken!«

»Das machen wir, Oma, aber erst bringen wir unser Gepäck aufs Zimmer. Der Innenhof hat den Ausschlag gegeben, dass ich dieses Hotel ausgesucht habe. Als ich das Foto im Internet gesehen habe, dachte ich: Das ist genau das Richtige für uns. So was gibt's nicht oft in Venedig.«

Elly war froh, dass Pia bei ihr war. Sie war so sicher in allen Dingen, sprach fließend Italienisch und organisierte alles. Elly brauchte sich um nichts zu kümmern.

Ein Page begleitete sie aufs Zimmer. In den Fluren standen schwere, alte Holztruhen und Schränke, wohl Überbleibsel aus der Zeit, als das Hotel noch ein Palast gewesen war. Ihr Zimmer war recht groß und vor allem sehr hoch. Der Blick ging in einen Hinterhof, aber dafür hatte das Zimmer ein hübsches Bad mit viel schwarzem und weißem Marmor. Es hätte auch ein Zimmer mit Blick auf den Kanal gegeben, aber das wäre kleiner gewesen, erklärte Pia. Auf einem Tischchen stand ein wunderschöner Rosenstrauß mit einer Karte dabei, auf der *Herzlich willkommen in Venedig* stand.

»Meine Güte, sogar auf Deutsch, das ist aber sehr aufmerksam. Bist du sicher, dass das unser Zimmer ist? Vielleicht wohnt hier irgendein Opernstar. Der Strauß muss ja ein Vermögen gekostet haben, wo doch alles so teuer ist in Venedig! Und auf dem einen Nachttisch liegt eine Packung mit Nougatherzen. Woher wissen die denn, dass ich Nougat mag? Hast du das bestellt?«

»Nein, Oma, ich war's nicht. Aber auf alle Fälle ist jetzt klar, auf welcher Seite vom Bett du schläfst.«

Elly verschwand kurz im Badezimmer. Als sie wieder herauskam, saß Pia auf einem der kleinen Sessel und drückte auf den Tasten ihres Handys herum.

»Wen rufst du denn an?«, wollte Elly wissen.

»Niemand. Ich schreibe eine SMS an Felix, dass wir gut angekommen sind.«

»Ich glaube, wenn ihr diese Dinger mal für einen Tag verlieren würdet, dann müsste man euch mit Entzugserscheinungen in die Klinik einweisen.«

»Nee, Oma, wir würden uns sofort ein neues Handy kaufen. Und jetzt komm, gehen wir einen Kaffee trinken.«

Es war hübsch, unter dem Schatten spendenden Blätterdach im Innenhof zu sitzen.

Elly hatte gerade den ersten Schluck Kaffee getrunken, als Pia sagte: »Guck mal, wer da kommt!«

»Das sind ja Alexander und Felix!«, rief Elly und schlug erstaunt die Hände vor den Mund. »Wie kommen die denn hierher?«

Pia lachte. »Na, mit dem Flugzeug, so wie wir.«

»Aber ich habe sie gar nicht im Flugzeug gesehen!«

»Sie sind schon früher geflogen, damit die Überraschung perfekt ist.«

»Das ist sie«, sagte Elly und stand auf.

Auch Pia war aufgestanden und küsste Felix, als hätte sie ihn seit Wochen nicht gesehen.

»Darf ich auch? Oder bist du mir noch böse?«, fragte Alexander.

Elly schüttelte den Kopf. »Nein.«

»Nein was? Dass ich dich nicht küssen darf oder dass du mir nicht mehr böse bist?«, wollte Alexander wissen.

»Was kann ich dafür, dass du mir zwei Fragen auf einmal stellst. Willst du mich jetzt eigentlich immer um Erlaubnis fragen, wenn du mich küssen willst?«

»Elly, sei nicht schon wieder so kratzbürstig zu mir. Nach deiner letzten Abfuhr bin ich vorsichtig geworden.«

»Es tut mir leid, Alexander. Ich fürchte, ich habe ein paar unschöne Dinge zu dir gesagt. Die nehme ich zurück. Aber ich war so wütend auf dich.«

»Das habe ich gemerkt.«

»Hast du dir das mit Venedig ausgedacht?«

Alexander erzählte, dass es Pia gewesen war. Sie hatte ihn in Tübingen besucht, alles mit ihm besprochen und zusammen mit ihm das Hotel ausgesucht.

»Und Felix?«

»Den hat Pia mitgeschickt, weil sie mir wohl nicht zugetraut hat, alleine nach Venedig zu fliegen. Na ja, vielleicht hat sie auch einen Grund gesucht, das Wochenende hier mit Felix zu verbringen. Wie auch immer, jetzt sind wir da. Ist das nicht schön?«

»Sehr schön«, sagte Elly und gab ihm einen Kuss. »Weißt du, ich habe nicht gewusst, wie ich die Sache mit dir wieder in Ordnung bringen soll. Ich habe immer gehofft, dass du den ersten Schritt machst.«

»Das habe ich doch jetzt«, sagte Alexander.

»Nun, genau genommen war es ja Pia«, stellte Elly fest.

»Elly, fängst du schon wieder an? Ich hab mich erst nicht so recht getraut, als Pia mir den Vorschlag mit Venedig gemacht hat. Aber sie hat gesagt: ›Was riskieren Sie schon? Wenn Sie in Tübingen sitzen und Oma in Neubach, ist schließlich auch nichts gewonnen.‹ Und da hat sie doch Recht.«

»Und die Rosen und die Nougatherzen, war das auch Pias Idee?«

»Nein, da bin ich von selbst draufgekommen«, sagte Alexander stolz.

»Das war sehr nett von dir. Vielen Dank. Ich habe sie schon vermisst.«

»Wen?«

»Na, die Nougatherzen.«

»Nur die Nougatherzen?«

Elly lachte. »Was willst du denn hören?«

»Na, was wohl? Dass du dich vor Sehnsucht nach mir verzehrt hast. Aber morgen werde ich Eindruck auf dich machen. Da machen wir eine Gondelfahrt«, sagte Alexander.

»Weißt du, was das kostet?«

»Ja, ich habe mich erkundigt. Billig ist es nicht, aber ich bin ja jetzt wieder glücklicher Besitzer eines Bankkontos. Und ein Liebespaar, das in Venedig ist und nicht mit der Gondel fährt, dem ist doch nicht zu helfen, oder?«

»Da könntest du Recht haben, Alexander«, seufzte Elly. »Man muss auch mal ein bisschen unvernünftig sein.«

»Das sagst ausgerechnet du?«, lachte Alexander. »Warum nennst du mich eigentlich immer noch Alexander?«

»Ach, weißt du, der Paul in meinem Leben, das war einmal. Wir sind doch beide nicht mehr Paul und Lieschen von damals. Ich finde, das mit uns beiden, das ist jetzt eine neue Liebesgeschichte, die von Alexander und Elly. Dann ist auch gleich die alte Sache von deinem Konto getilgt, dass du mich damals verlassen hast. Wir fangen einfach noch einmal neu an. Oder stört es dich, wenn ich dich Alexander nenne?«

»Kein bisschen. Ich denke, ich bin einer der wenigen Menschen, die gefragt wurden, ob ihnen ihr Name gefällt, bevor man sie getauft hat. Ich bin also etwas ganz Besonderes.«

»Das bist du, und zum Glück kein bisschen eingebildet«, lachte Elly. »Aber ich liebe dich trotzdem.«

Pias Handy klingelte. Sie löste sich ein wenig unwillig von Felix, telefonierte kurz und kam dann zu Elly und Alexander herüber. »Das war Karl. Er kommt morgen mit Hugo und Ernst hierher. Sie haben sich kurzfristig entschlossen, uns Gesellschaft zu leisten.«

»Also, irgendwie habe ich mir ein romantisches Wochenende in Venedig ein wenig anders vorgestellt«, lachte Elly. »Inzwischen bekommt es einen Hauch von Kegelausflug.«

»Keine Angst, in der Gondel fahren wir zwei morgen ganz allein«, versprach Alexander.

»Aber wenn wir zu mehreren sind, wird es billiger. Wie viele Leute passen denn in so eine Gondel?«

»Elly, dir ist wirklich nicht zu helfen!«, seufzte Alexander und drückte sie an sich.

Die besten Rezepte aus *Felix' Kochbuch*

Wenn nichts anderes angegeben ist, sind die Rezepte jeweils für 4 Personen.

Prosecco al fragolino – Prosecco mit Walderdbeerlikör

Zutaten (pro Glas)
- *0,1 l Prosecco*
- *2 cl Walderdbeerlikör*
- *3 Eiswürfel*
- *Minzblättchen*

Zubereitung
Die Eiswürfel in ein langes Stielsektglas geben, den Walderdbeerlikör darübergießen und zuletzt das Glas mit dem Prosecco auffüllen. Mit einem Minzblättchen garnieren.

Tipp von Felix:
Der ideale Auftakt für einen romantischen Abend zu zweit! Auch für Junggesellen ohne Kocherfahrung leicht zu meistern. Prickelnd, süß und fruchtig, erhöht dieser Prosecco die weibliche Pulsfrequenz im Nu aufs Angenehmste.

Focaccia del nonno – Fladenbrot nach Großvaterart

Zutaten
- 1 kg Mehl
- 42 g Hefe
- ¾ l lauwarmes Wasser
- 1 Prise Zucker
- 1 EL Salz
- 3 EL Olivenöl
- grobes Salz zum Bestreuen
- Olivenöl zum Bestreichen
- frischer Rosmarin

Zubereitung

Mehl in eine Schüssel sieben. Hefe in etwas Wasser auflösen und den Zucker dazugeben. Eine Vertiefung in das Mehl machen, die aufgelöste Hefe hineingeben und mit etwas Mehl vermischen. Zugedeckt etwa ½ Stunde gehen lassen. Jetzt Salz und Olivenöl zugeben und mit dem Knethaken zu rühren beginnen. Dabei das Wasser in einem dünnen Strahl zugeben (nicht alles auf einmal). Der Teig ist fertig, wenn er sich glatt vom Schüsselrand löst und nicht mehr klebrig ist. Einen Nachmittag oder besser über Nacht in einem kühlen Raum gehen lassen.

Den Teig durchkneten und auf bemehlter Arbeitsfläche handtellergroße Fladen formen, etwa ½ cm dick. Mit den Fingern Dellen eindrücken und mit wenig grobem Salz bestreuen. Mit dem Pinsel etwas Olivenöl darüberstreichen und nach Geschmack mit Rosmarin bestreuen.

Ofen auf 250° C vorheizen. Auf einem geölten Backblech auf der untersten Schiene (oder auf dem Boden des Backofens) etwa 5 Minuten, dann 2 Schienen höher weitere 3–4 Minuten backen.

Man kann die Backzeit auch verkürzen und die Fladen einfrieren, um diese dann nach Bedarf bei ca. 180–200° C fertig zu backen.

Pia schwärmt:
Ich liebe Felix – und ich liebe seine Focaccia! Die schmeckt mir pur, aber sie passt auch ganz toll zu Pasta und Salat. Felix mischt immer wieder etwas anderes unter den Teig, zum Beispiel Zwiebeln, Paprika oder auch frischen Salbei. Aber die wichtigste Zutat, behauptet Felix, sei *amore*!

Zuppa di pesce – Fischsuppe mit Safrannudeln

Zutaten
- 600 g *frische Safrannudeln*
- 500 g *gemischte Fischfilets*
  (Rotbarsch, Kabeljau, Schellfisch ...)
- 250 g *geschälte Garnelen*
- 0,75 l *leichte Fischbrühe*
- 4 *Stangen Staudensellerie*
- 5 *gehäutete und entkernte Tomaten*
- 2 *Schalotten*
- 3 *Knoblauchzehen*
- 6 EL *Olivenöl*
- 1 Schuss *Weißwein*
- ½ TL *Pfefferkörner*
- 1 *Prise Salz*

Zubereitung
Die Fischfilets in Stücke schneiden, leicht salzen und abgedeckt in den Kühlschrank stellen.

Die Staudenselleriestangen und die Schalotten fein würfeln und in einem großen Topf kurz andünsten. Die Knoblauchzehen mit den Pfefferkörnern und etwas Olivenöl in einem Mörser zerstoßen und mit den entkernten und gehäuteten Tomaten zu dem Gemüse in den Topf geben.

Die Garnelen in etwas Olivenöl scharf anbraten und mit Knoblauch, Salz und Pfeffer würzen. Die Garnelen und die Fischfiletstücke zum Gemüse geben.

Das Ganze mit einem Schuss Weißwein ablöschen und die Fischbrühe angießen, 5 Minuten kräftig köcheln lassen.

Die frischen Safrannudeln kurz bissfest abkochen und in die Fischsuppe geben. Mit Salz und Pfeffer abschmecken und das Selleriegrün auf die Suppe streuen.

Maria erzählt:
Amore geht durch die Bauch. Hab i Streit mit mein Antonio, koch i Zuppa di pesce. Dann iste mein Antonio wieder pio. Come se dice? Fromm, fromm wie Schaf. Come, Felix? Heißte lammfromm? Lamm, Schaf, iste egale.

Panzerotti ripieni con carne macinata – mit Hackfleisch gefüllte Teigtaschen

Zutaten für den Teig
- 500 g Weizenmehl Type 405
- 1 Würfel frische Hefe
- 175 ml lauwarme Milch
- 1 Ei
- 2 EL Sonnenblumenöl
- 1 Prise Zucker
- 1 Prise Salz

Zutaten für die Füllung
- 4–5 EL Olivenöl
- 200 g Rinderhackfleisch
- 1 Schalotte
- 1 Knoblauchzehe
- 1 Gemüsepaprika
- 2 EL Pecorino Romano gemahlen
- 2 Eier
- 1 Prise Pfeffer
- 1 Prise Salz
- Öl zum Frittieren

Zubereitung

Das Mehl auf die Arbeitsfläche sieben und in die Mitte eine Mulde drücken. Die Hefe in der lauwarmen Milch auflösen und in die Mulde gießen. Alle weiteren Zutaten zu einem glatten Hefeteig kneten. Den Teig zugedeckt etwa ½ bis ¾ Stunde an einem warmen Ort gehen lassen. Achtung, der Teig darf an der Oberfläche nicht antrocknen.

Das Olivenöl in einer Pfanne heiß werden lassen, Knoblauch schälen und würfeln und ins Öl geben. Das Hackfleisch dazugeben, die Zwiebel fein hacken und dazugeben. Die Paprika fein würfeln, ebenfalls dazugeben und anbraten, pfeffern und salzen.

Die Fleisch-Gemüse-Mischung aus der Pfanne nehmen und gut abkühlen lassen. Den Pecorino daruntermischen, die Eier dazugeben und vermengen.

Den Teig zu einer Bahn ausrollen. Von der Füllung Häufchen mit Abstand daraufsetzen, die Bahn umklappen und festdrücken. Mit einem Ausstecher Halbmonde ausstechen. Die Ränder ordentlich festdrücken und in ausreichend Öl (etwa 1–1 ½ Liter) in einer hochwandigen Pfanne auf etwa 180° C erhitzen. Man kann die Panzerotti auch in einer Fritteuse ausbacken.

Karl sagt:

Panzerotti ess i für mei Lebe gern. Vielleicht, weil se mi a bissle an Mauldasche erinnred: außerom Deig und innedrin Hackfleisch – Mauldasche uff Italienisch, sozusage. Na ja, schmecke dun se scho anders, aber jedenfalls saugut!

Ravioli primavera – Ravioli Frühlingsart

Zutaten
800 g frische Ravioli gefüllt mit Ricotta und Spinat
3 Frühlingszwiebeln
8–10 Blatt frischen Basilikum
15 Cherry- oder Dattel-Tomaten
1 Schalotte
1 Knoblauchzehe
6 EL Olivenöl
0,2 l Weißwein
20 g Pecorino Romano
1 Prise Pfeffer
1 Prise Salz

Zubereitung
Einen Topf mit heißem Wasser aufsetzen. Die Frühlingszwiebeln, die Tomaten und die Schalotte säubern und kleinschneiden. Die Knoblauchzehe schälen und in Scheiben schneiden.

Die Ravioli in das kochende Wasser geben.

Parallel Olivenöl in eine Pfanne geben und erhitzen, den Knoblauch und 3 Blätter Basilikum dazugeben, kurz anbraten. Die Schalotte, Tomaten und Frühlingszwiebeln dazugeben, kurz andünsten und mit Pfeffer und Salz abschmecken. Das Ganze mit Weißwein ablöschen und kurz aufkochen lassen.

Die gekochten Ravioli direkt in die Pfanne geben, durchschwenken (sonst kleben sie zusammen) und die Hälfte des Pecorinos darüberstreuen. Auf Tellern anrichten, mit etwas Pecorino bestreuen.

Maria meint:
Musste nix kaufe Ravioli, kannste auch mache selbst. Willste wisse wie? Sag i dir morge, jetzt hab i keine Zeit. Muss koche Zuppa di pesce für Antonio. Iste sehr wutig mit mich. Hab i gemacht piccolo Loche in seine santa macchina, Auto. Come se dice in Schwabische, Felix? Heiligs Blechle, esatto!

Scampi al sugo di vino bianco – Scampi in Weißweinsoße

Zutaten
- 600 g frische Spaghetti
- 200 g frische Scampi
- 2 Knoblauchzehen
- 2 Frühlingszwiebeln
- 10 Cherry-Tomaten
- 100 g Petersilie
- 400 ml Weißwein
- 3 EL Mehl zum Bestäuben
- 1 EL Crème fraîche
- 1 Prise Pfeffer
- 1 Prise Salz
- Olivenöl

Zubereitung
Die Scampi waschen, putzen und ihre Schalen entfernen. Mit Mehl bestäuben. Den Knoblauch schälen und in Scheiben schneiden, Frühlingszwiebeln und Cherry-Tomaten waschen, putzen und schneiden.

Öl in die Pfanne geben, die Scampi hineingeben und scharf anbraten. Frühlingszwiebeln, Knoblauch und Cherry-Tomaten hinzugeben, kurz mitdünsten, den Löffel Crème fraîche dazugeben und das Ganze mit Weißwein ablöschen. Salzen, pfeffern und die kleingeschnittene Petersilie hinzugeben.

Spaghetti abkochen und unter die Soße geben.

Alexander sagt:
Seit ich öfter bei Felix essen gehe, weiß ich nicht mehr, welches mein Lieblingsgericht ist, so gut schmeckt alles! Die Scampi in Weißweinsoße stehen jedenfalls ganz oben auf der Liste. Maria empfiehlt, zum Essen denselben Weißwein zu trinken, den man auch zum Kochen genommen hat. Ein schwäbischer Ratschlag aus italienischem Mund: So verkommt nichts! Und es schmeckt obendrein. Prost!

Semifreddo »Elly« – Halbgefrorenes mit Früchten und Limoncello

Zutaten
- 2 Bio-Zitronen, unbehandelt
- 2 Blatt Gelatine
- 5 Eigelb
- 150 g Zucker
- 40 ml Limoncello
- 600 ml Sahne

Für die Soße
- 300 g Zucker
- 500 g Erdbeeren oder Himbeeren
- 30 ml Limoncello
- ½ Bio-Zitrone, unbehandelt
- 30 g Mandelblättchen
- 3–4 Blatt Minze

Zubereitung
Von den Zitronen die Schale abreiben und die Zitronen auspressen. Die Gelatine in kaltem Wasser einweichen. Die 5 Eigelb und den Zucker in eine Metallschüssel geben und über Wasserdampf aufschlagen. Darauf achten, dass das Eigelb nicht zu heiß wird, es sollte eine homogene Bindung geben.

Die Gelatine mit dem Wasser, in dem sie eingelegt war, in einem kleinen Topf erwärmen und auflösen. Wenn sich die Gelatine aufgelöst hat, zur warmen Eigelbmasse geben und unterrühren. Daraufhin die abgeriebene Zitronenschale, den Zitronensaft und die 40 ml Limoncello unterrühren und gut auskühlen lassen.

Die 600 ml Sahne steif schlagen und unter die Eigelbmasse ziehen, in kleine Nachtischbecher portionieren und in den Gefrierschrank stellen.

Für die Soße den Zucker, die Beeren und die 30 ml Limoncello mit dem Zauberstab pürieren und den Saft einer ½ Zitrone auspressen und unterrühren.

Das Halbgefrorene aus dem Gefrierschrank holen. Um es aus der Form zu lösen, das jeweilige Gefäß kurz in heißes Wasser tauchen und mit einem Messer den Rand lösen. Auf Tellern anrichten, mit der Soße garnieren. Die Mandelblättchen in einer heißen Pfanne mit 1 EL Zucker anrösten und darübergeben. Mit Minzblättchen garnieren.

Elly freut sich:
Nun bin ich schon 84 Jahre alt und noch nie hat mir jemand ein solches Geschenk gemacht wie Felix: ein Nachtisch, der nicht nur extra für mich komponiert wurde, sondern der auch noch meinen Namen trägt! Maler haben ihre Geliebte gemalt, Komponisten für ihre Angebetete Lieder geschrieben, aber ein Rezept für eine Oma, die nicht einmal die eigene ist – was sagt man denn dazu? Und einen solchen Mann hätte Pia sich fast entgehen lassen, und alles wegen diesem Ruben. Ein Glück, dass sie noch zu Verstand gekommen ist!

Liebe Leserin, lieber Leser,

falls Sie Felix' Gerichte nachkochen wollen, wünsche ich Ihnen gutes Gelingen.

Die Rezepte wurden mir freundlicherweise von Mirijam Pasquini zur Verfügung gestellt, einer waschechten Italienerin mit akzentfreiem schwäbischem Zungenschlag, die das Kochen bei ihrer Großmutter in den Abruzzen gelernt hat.

Weitere Rezepte finden Sie unter www.pasta-fresca-und-co.de.

Sollten Sie sich lieber bekochen lassen, dann können Sie Signora Pasquini in ihrer hübschen kleinen Nudel- und Feinkostmanufaktur »Pasta fresca« in der Alleenstraße 8 in Kirchheim unter Teck besuchen. Wenn Sie sich dort ans *feli(c)xità* erinnert fühlen, so ist diese Ähnlichkeit nicht rein zufällig. Felix werden Sie dort allerdings nicht antreffen, aber der ist ja leider auch schon vergeben, meine Damen. Da hilft nur eins: Trösten Sie sich mit einem Glas Wein und einer Portion Pasta!

Ich empfehle Ihnen ... nein, wählen Sie lieber selbst!

Guten Appetit wünscht Ihnen
Ihre Ingrid Geiger

... zum Weiterlesen

In Ihrer Buchhandlung

Ingrid Geiger
Hefezopf im Buchcafé
Roman

Seit dem Tod ihrer Freundin Thea ist Franziskas Leben turbulenter geworden. Sie hat die Hälfte von Theas Haus geerbt und möchte gern deren Wunsch erfüllen, dort ein Buchcafé zu eröffnen. Doch Theas Neffe lässt keine Gelegenheit aus, der neuen Besitzerin Steine in den Weg zu legen. Kann der Traum vom eigenen Café trotz aller Widrigkeiten, die sich Franziska in den Weg stellen, Wirklichkeit werden?
Ein heiterer Roman mit liebevoll porträtierten Protagonisten. Die Herausforderungen des Alltags, wie sie jeder kennt, und die schwäbische Seele sind die Zutaten für eine gelungene Geschichte, wie sie sich überall im Ländle zutragen könnte.

300 Seiten.
ISBN 978-3-8425-1111-8

www.silberburg.de